怪咖奇异 事件簿

STRANGE EVENT

死亡待定

蔡必贵◎著

贵州出版集团
贵州人民出版社

图书在版编目（CIP）数据

怪咖奇异事件簿．死亡待定 / 蔡必贵著．-- 贵阳 ：贵州人民出版社， 2023.1

ISBN 978-7-221-17038-5

Ⅰ．①怪… Ⅱ．①蔡… Ⅲ．①长篇小说—中国—当代 Ⅳ．①I247.5

中国版本图书馆 CIP 数据核字（2022）第 002542 号

怪咖奇异事件簿·死亡待定

GUAIKA QIYI SHIJIANBU · SIWANG DAIDING

蔡必贵 / 著

责任编辑 陈 章

装帧设计 王 鑫

出版发行 贵州出版集团 贵州人民出版社

地　　址 贵阳市观山湖区会展东路 SOHO 办公区 A 座

邮　　编 550081

印　　刷 大厂回族自治县德诚印务有限公司

开　　本 620mm×889mm 1/16

印　　张 16

字　　数 222 千字

版次印次 2023 年 1 月第 1 版 2023 年 1 月第 1 次印刷

书　　号 ISBN 978-7-221-17038-5

定　　价 49.00 元

怪咖奇异 事件簿 目录

STRANGE EVENT

第一章

同学老向

“蔡先生，今晚还喝点什么？”

吧台后面，扎着小辫子、长得像山本耀司的酒吧老板问道。

我深呼吸了一口气：“来杯麦卡伦，30 年。”

我刚才已经喝了两杯麦卡伦 18 年，一杯余市，还切了碟西班牙火腿，但是感觉并不太妙；现在，我终于下定决心，要了一杯麦卡伦 30 年。

这是一家高级威士忌酒吧，酒卖得很贵，麦卡伦 30 年要 1500 元一杯；而且所谓一杯，其实只是一盎司，约 30 毫升，在杯底薄薄的一层，小半口就能喝完。不过，我之所以深呼吸，之所以下定决心，不是心疼钱，而是有别的原因。

老板咧嘴一笑：“还是净饮？”

我舔了舔嘴唇，犹豫了一下，摇摇头：“算了，加冰吧。”

老板有点疑惑：“加冰？”

我凝重地点了点头，老板耸耸肩膀，转身去柜子上拿酒瓶了。

我知道老板的意思，他是说，像我这样对待一份麦卡伦 30 年，是在浪费，在暴殄天物。

一般来说，威士忌的喝法可以分为净饮、加冰、加苏打水、加纯净水等等；前几年在夜场里，还有加绿茶饮料的奇怪喝法。而除了“净饮”

之外的其他处理方式，在我看来，都是为了冲淡或掩盖“不那么好”的威士忌里的“不那么好”的气味。

要尊重一份上好的单一麦芽威士忌，最佳的饮用方式，莫过于什么都不加的“净饮”，或者叫“纯饮”。当你坐在吧台前，被问到威士忌的喝法时，低声说一句“净饮”——或者干脆说“Straight”——那么，无论侍者还是旁边的客人，都会知道你不是刚入门的菜鸟。

而我，蔡必贵，鬼叔，作为一个爱喝威士忌的老饕，当然懂得这个道理。

“蔡先生，您的麦卡伦30年，加冰。”

我端起吧台上冰凉的杯子，趁着冰块还没有融化太多，赶紧喝了一口。嘴巴里的液体又冰又淡，威士忌的酒精度和复杂香味，都被稀释得所剩无几，变成了一种我辨认不出来的饮料。

我苦笑了一下，没有办法，如今的我，只能喝这样的加冰威士忌。

因为此时此刻，在我的脑子里，有一个乒乓球大小的黑洞，无论什么时候，只要我感觉到充分的愉悦——不管是喝酒、冲浪还是滚床单——脑子里的洞，都有机会变得更大一些。

“充分的愉悦”，按照我的理解，也就是“爽”，爽得触及灵魂，爽得不要不要的。喝一杯纯净的麦卡伦30年，一定够爽；而一杯加冰的麦卡伦30年——我叹了口气，不知道该开心还是不开心——差得远啦。

总之，在治好脑子里的洞之前，我可以喝酒，但只能加冰；可以滚床单，但不能……

我喝了口掺了冰的威士忌，哀悼一下自己悲惨的命运，然后拿起手机，打开微信。

今天晚上，我不是在酒吧独酌，而是在等一个人。

不要误会，不是什么特别的人，更不是妹子什么的——在女朋友唐双的“高压统治”下，给我所有平行空间里蔡必贵的胆儿，我也不敢去撩妹。更别说这一次，我本来就是陪唐双来北京的，从今天下午开始，她跟北京分公司的高层就一直在开会，开到了现在，所以才放我一晚上的假。

我的女朋友唐双是一个霸道女总裁。她的爸爸——我叫唐伯伯——白手起家，创办了一家大型的船运物流公司，从几年前就处于半退休状态，把公司交给唐双打理。唐双在公司的职位是副总裁，在她的管理下，公司业务蒸蒸日上，未来两年内寻求上市，一切看起来都很好。

唐双的哥哥——可能会是我未来的大舅子——唐单，一个典型的不务正业的大少爷，一直在公司挂个闲职，拿高薪，从来不过问业务。就在唐双陪我去德国“治病”的几个月里，董事会里有人暗中撺掇，支持哥哥唐单，对唐双进行逼宫，要让唐单这个长子来管理公司，继承唐伯伯的事业。

这一次，唐双来北京，就是要寻求分公司高层的支持，在董事会里占据绝对优势。

因为陪我去德国，才发生了这样的事情，让我感到非常内疚，我也想帮她做点什么。但唐双作为一个霸道女总裁，却不愿意让我插手，我也只好在背后搜集信息，等她坚持不下去，跟我求助的那一天，我就挺身而出，使出雷霆手段，嘻嘻……

喀喀，醒下。

我从英雄救美的幻想里醒过来，环顾四周。这一家威士忌吧，叫作“石家二号”，是一个四合院改造而成的，隐匿在北京大栅栏的小胡同里，轻易找不到。大栅栏是个地名，离人民大会堂很近，很多外地人——包括我——会一本正经地念成“大炸蓝”，但是地道的老北京叫法，是“大食辣儿”，也不知道为什么。

总之，今天晚上，我就在“大食辣儿”里的这间“石家二号”，等一个人。

我多年未见的大学同学，男的，当年住隔壁宿舍，名字还挺古怪的，叫向亮，不过从大学开始，我们都喊他老向。

这哥们儿，刚才10点时就说已经出发了，现在快11点了，连个影子都没有；这间威士忌吧藏在胡同里，特别难找，所以我也跟他说了，停好车，走到一百多米外的麦当劳门口，我出去接他。

向亮这哥们儿，大学毕业就来了北京，到现在都10年了，不会一家麦当劳都找不到吧？

我皱着眉头，给他发了个微信语音："喂喂，老向，到哪儿啦？"

真是的，人在北京，皇城脚下，说话不由自主地就要卷舌，拙劣地模仿着北京腔。

等了一分钟，老向还是没有动静。我倒想打个电话给他，可是在手机通讯录里找了一会儿，却没找到他的号码。

这家伙，不会失踪了吧？

正在我挠头的时候，微信上终于出现了两个字，言简意赅："到了。"

我不由得笑了，这家伙，还跟大学时一样，是个三闷棍打不出个屁的主儿。

老向说他已经到麦当劳了，我告诉他朝一个方向走，然后自己也推门而出，去跟他会合。

刚出威士忌吧的院门，我就觉得有点怪。

大栅栏是一个商业区，有各种卖吃的、卖工艺品的店，刚才来的时候，店门都开着，灯光明亮，路上走着的都是人。现在才刚过一个小时，店全关了，灯也黑了，路上一个人都没有。

看来我们北方的人民，睡得都比较早嘛，不像南方城市，凌晨3点，消夜的摊子上都人声鼎沸、热火朝天。

我没有多想，紧了紧外套，朝麦当劳的方向走去。在一片平房屋顶的夜色里，黄色的麦当劳广告牌依然亮着，给我指明了方向；北京的胡同如蛛网密布，像一个迷宫，幸好有头顶的这块麦当劳招牌，不然我作为一个外乡人，说不好就迷路了。

不过，其实我应该不用走到麦当劳，刚才让老向也朝这边走了，所以我们应该是在这段路的中间碰头。

不对啊……到了这里，就是我们的中间位置了，麦当劳就在两个转弯之后，老向这小子呢？

我掏出手机，发了条语音给他："你跑哪儿去了，没见人啊？"

他回复的还是文字："到了。"

我忍不住加重语气："到哪儿了，你倒是说啊。"

这一次，老向没有回复我，反而在对话框里，发起了实时位置共享。

我眉头一挑，这小子还是跟以前一样，嘴慢，脑子倒是挺快的。

这么想着，我按了一下手机，进入位置共享，却发现只有代表我的蓝色圆点。

老向在哪儿呢，地图外面？这小子刚才是走错方向，跑远了吧？

不对……

我把手机地图放大，仔细一看，里面不是只有一个圆点，而是有两个，只不过——我打了一下寒战——画面上，代表我跟老向的两个蓝色圆点，是重叠在一起的。

不是接近，不是交集，而是完完全全、严严实实地重叠到一起；只不过，圆点之外还有我们各自的微信头像，以及代表面朝方向的两个箭头。

这是怎么回事？

我倒抽了一口冷气，环顾四周，在5米之内，除了黑漆漆的墙壁，连鬼影都没有一个。

而从手机地图的显示里，我跟他重叠得那么厉害，只有三种可能。要不我跟老向正紧紧抱在一起，要不然他就在我头顶，或者是——我看了看鞋底不知道多少年的青石砖——在我脚下。

说起来，从毕业到现在，我跟老向已经10年没见了。

他是死是活，我根本不知道。

想到这里，我心里一阵发毛。

在微信里的实时位置共享的地图上，两个圆点不但重叠在一起，而且箭头还在滴溜溜乱转。也就是说，根据卫星定位，我跟老向的水平位置，是在一起的；唯一导致我没看到他的原因，只可能是我们的垂直位置不同。

我仰头往上看，头上是黑漆漆的夜空，没有桥，没有其他的建筑，也没有往外伸的树枝，所以，老向不可能在我头顶。那么，难道是脚下……

我低下头，鞋底下，是硬邦邦的石板路。

每个城市，都有下水道，难道说，我所在的石板路下面就是一条下水道，而老向正躲在下水道里？

这样的想法，明显是疯了……

尽管理智告诉我这不可能，但是下意识地，我还是往旁边跳了一步。

万一，出于某种无法解释的原因，老向真的就在下面呢？

我深深吸了一口气，告诉自己，要镇定。应该是刚才喝的几杯威士忌，让我产生了一点醉意，再加上这里到处黑漆漆的，一个人都没有，所以我才会自己吓自己，产生这么荒谬的想法。

除了老向在下水道里这种设想外，一定还有更合理的原因，来解释手机地图里的状况。

我再次深吸一口气，拿起手机，往屏幕里一看，却陡然发现——两个圆点已经分开了。

我还在原地，而老向那小子的圆点，却跳到两百米之外的另一条巷子里；在我们两人之间，隔着我跟他说的那一家麦当劳。

我瞪大眼睛看了一会儿，这才松了口气，原来，不过是虚惊一场。

看起来，刚才是因为GPS（全球定位系统）故障——也不知道跟帝都的雾霾有没有关系——老向的定位信息出错了，才会跟我重叠在一起。至于现在恢复正常之后，他的位置为什么离我这么远，原因很简单：

他走错方向，迷路了。

这小子……

共享实时位置的时候，画面上还有个像对讲机一样的按钮，按下去就可以通话，于是我骂道："你丫！跑错方向啦！"

手机里传来老向的憨笑："哈哈，我说呢！"

我叹了口气："你往回走，回到刚才那家麦当劳，没问题吧？然后站着别动，我过去接你！"

老向依然言简意赅："好。"

我摇了摇头，放下手机，朝着不远处的麦当劳走去。

都说大学毕业之后，人在社会里摸爬滚打，会有很大变化；这么说来，老向要算是一个特例了，他仍然保持着读大学时，显而易见的几个特质——寡言少语、聪明、方向感为负。

十几分钟后，我终于成功接到老向，并且带着他一起回到了酒吧里。

侍应小哥殷勤地献上毛巾，我擦了擦手，拿起刚才没喝完的那杯麦卡伦 30 年。酒杯里的冰块已经化了一大半，我回忆了一下刚才的味道，终于还是丧失了喝一口的勇气，把杯子放回桌上。

老向看了我一眼："不喝？"

我自嘲道："对啊，忘了我这两天来大姨妈，不能喝冰的。"

他对我的冷笑话没什么反应，抬头看着吧台后面的酒柜，上面琳琅满目都是威士忌的瓶子。

这时候，酒吧老板也走了过来，问老向："您喝点什么？"

这小子大学时滴酒不沾，我们出去吃烧烤喝啤酒，他都是在一边静静地喝可乐；想到这里，我热情地介绍道："这上面都是威士忌，酒精度比较高，他们好像也有鸡尾酒，要不你……"

我话音未落，老向嘿嘿一笑："高的好。"

我愣了一下，重复道："高的？什么高的？"

老向补充道："度数。"

我这才反应过来，先跟老板说："给他来一杯，呃，HIBIKI（响）吧，年份高一点的。"

HIBIKI 是日本三得利旗下的一个牌子，号称全世界最好的调和威士忌，口感柔顺，接受面比较广。

然后我对老向讪笑道："行啊老向，我记得你以前打死都不喝酒的，现在也堕落了？"

老向看着我，欲言又止，最后还是简单地说："遇见过一些事。"

我不由得眼睛一亮，照我的理解，老向是说他遇见过一些难忘的事情，无法排解，才喜欢上了喝酒，而且是烈酒。毕业后的 10 年里，他身上到底发生了些什么呢？说到底，别说详细经历，我连他的职业、婚姻状况都不清楚。

更奇怪的是，现在想来，那么长的一段时间里，大学同学也从没有人说起过他。

这 10 年来，对我们来说，老向就像是消失了一般。

老板用窄口的闻香杯，给老向上了一份 HIBIKI 30 年，我刚要介绍这一款酒，他却端了起来，一饮而尽。

喝完这份接近 40 度的威士忌，老向面不改色、面无表情，就好像刚喝下去的是一口温水。

我到现在还记得，大学时我们吃烧烤，被逼着喝了一杯青岛纯生的他，脸红脖子粗，10 分钟就躺倒了。

所以，这 10 年里，他到底经历了什么？

我跟自己说，老向，你才不是一个没有故事的男同学。

我作为一个好奇心那么强的 Boy（男孩）——好吧，是 Uncle（叔叔）——今天晚上已经锁定了目标。我有酒，老向有故事，不管喝多少，也要让他讲出来。

既然主意已定，我干脆让老板开一整瓶麦卡伦 18 年，再切盘西班牙火腿。然后，我跟老向一口酒，一口肉，一边吃，一边聊。

毕竟10年没见了，我大概跟老向讲了下自己的经历和近况，连女朋友唐双的照片都给他看了。按照正常的聊天格局，礼尚往来，他也应该跟我交换自己的信息。可是老向偏偏不吃这一套，我说的时候他嗯嗯嗯地听着，等我问他的时候，他却支支吾吾，闪烁其词，不过倒是没忘了喝酒。

他这个守口如瓶的样子，更激发了我的好奇心。

既然直截了当地问不行，那我就迂回一下，先叙叙旧，打开他的话匣子。

于是接下来，我开始跟老向回忆青春，回忆我们共同在S大学度过的四年。

高中时我是理科生，不过在大学里，读的却是偏文科的传播专业。老向比我大一岁，先读的是别的什么专业，后来不知道为什么，读了一年转专业过来，又成了跟我一样的大一新生，而且就住我隔壁的宿舍。

在大学时期，老向就是这么一个人，不太跟人说话，沉浸在自己的世界里，存在感很低。这样的性格，自然也没有什么朋友。我有一个恶习，就是喜欢逗那些不说话的人说话，所以一来二去的，反而跟他关系还不错。

甚至说，在大学的前两年，虽然我跟老向的关系很普通，但是对老向来说，我却是他唯一的朋友。

今天晚上的话题，就从回忆那两年的友情岁月说起。

麦卡伦喝了半瓶，气氛渐渐好了起来，身体慢慢松弛下来，我一把搂住老向的肩膀，嘿嘿笑道："你啊，还记得大学时，我们都一起玩过什么游戏吗？"

老向伸出五根手指，一只只掰下来："奇迹MU、RO仙境传说、大菠萝（暗黑破坏神）、CS（反恐精英），还有……"

我大笑着补充道："还有SC［拳皇（SUPER CANCEL）］、星际争霸、狗仔变飞龙，记得吗？都是暴露年龄的游戏啊，估计90后、00后，好多听都没听过。”

老向点点头，也微笑道：“好玩儿。”

老向是 2001 年入学，我比他晚了一年。在我们那个年代，PC（个人计算机）并不像现在一样普及，很多新生都还没装备上。我们跟家里要钱买电脑的共同理由，都是学英语、查资料；毫无例外地，等我们真的去了华强北，组装一台电脑带回来之后，第一件要做的事就是：下载游戏。

我喝了一口威士忌，回忆道：“老向，说起来 S 大真是不错，那个年代全国都在用拨号上网吧，看张图片要几分钟，咱 S 大里就有了校园局域网、FTP（文件传输协议）什么的，下载游戏、电影资源，速度那个快。”

老向刚要说什么，酒吧老板却凑了过来，充满好奇地打探：“蔡先生，我听见您说 S 大，是 S 大学吗？”

我奇怪道：“是啊，怎么了，该不会你也是校友？”

老板连连摆手：“不不，我是 985 毕业的啦……”

我对他翻了个白眼，好了好了，厉害死你了，你咋不上天呢？

酒吧老板没有观察到我的表情，仍然一脸亢奋地说：“蔡先生，您看新闻了吗，前几天刚爆出来的，说 S 大学里有一个，有一个……”

我不耐烦道：“有一个什么？你倒是说呀！”

老板看了我一眼，又看了老向一眼，故意压低音量，神秘兮兮地说：“有一个核反应堆！”

我皱着眉头，重复道：“核反应堆？在 S 大？”

老板兴奋地点头：“对啊对啊，多刺激啊，大学校园里有个核反应堆！”

我看了眼老向：“核反应堆，你有印象吗？”

老向面无表情，摇了摇头。

老板还在滔滔不绝：“新闻上说是做什么物理检测用的，骗谁啊？

这里一定有阴谋！怎么样，蔡先生，您知道这个核反应堆吗，大学时看见过没？”

我手摸着额头，S 大学，核反应堆……

大脑深处，记忆的迷雾渐渐散去，浮现出一个黑漆漆的门洞。

一扇锈迹斑斑的铁门，正在缓缓关闭。

吱——呀。

在紧闭的铁门上，有一个黄黑相间的标志，像一个三叶风扇。

核辐射。

我倒吸了一口凉气，喃喃自语道：“核反应堆，核，核……”

酒吧老板紧张地问：“怎么样怎么样，记起来了？”

我点点头，嘿嘿一笑：“没错，我想起来一件跟核有关的事情，那就是——Nuclear launch detected（检测到核弹发射）。”

老板愣了一下：“啥？”

旁边的老向没绷住，哈哈大笑起来。

也许是酒精的作用，也许是被老向感染了，三秒钟后，我也忍不住开始狂笑。

“Nuclear launch detected”，这是十多年前我们玩星际争霸的时候，人族的隐形兵在放核弹时，出现的提示音。

十多年啊，就这么过去了。

老板看了看我，又看了看老向，讪笑着走了：“您二位先喝，我过去招呼别的客人。”

我给老向的杯里倒满了酒，给自己也倒上，跟老向猛烈地碰杯：“干！”

毫无理由，更毫无必要，两个三十多岁的男人，竟然仰头把杯里的酒喝光了。

我放下酒杯，朝老板打了个响指：“再来一瓶！”

杜甫有一句诗，我记得很清楚：“白日放歌须纵酒，青春作伴好还乡。”

白日——现在已经是凌晨 3：00，不，4：00？

放歌——我确实在扯开喉咙唱歌，陈奕迅、张宇、任贤齐、Beyond（中国香港摇滚乐队）……即使喝得烂醉，我仍然能意识到自己唱得有多难听。幸好他们几个都不在附近，不然听见的话，会冲出来打我吧。

须纵酒——刚才在酒吧里，我跟老向两个人，喝光了两瓶威士忌。不算我之前零碎喝的，光一瓶威士忌，750 毫升，就有一斤半。

青春作伴好还乡——呃，我现在只有老向作伴了，而且我也不还乡，回酒店睡觉。

放到平时，喝了那么多，我早就躺倒了；但今天晚上的状态特别好，跟老向聊起大学时的旧事，游戏啦、军训啦、泡妞啦、逃课啦、半夜翻墙去外面消夜啦，都是些乱七八糟的青春记忆。我们甚至还说起当年看的一部美剧：《LOST》（《迷失》），然后一起大骂结局烂尾……

总之，我跟老向有说有笑，非常开心，所以两个人整整喝了三斤威士忌，那可是 40 度的烈酒——而我竟然到现在还会走路，也是挺值得自豪的……

呃，好吧，如果这称得上是走路的话。

5 分钟前，我跟老向走出石家二号的院门，傲娇地拒绝了侍应小哥要送我们到路边的好意；我们互相搀扶着，朝着应该是大路的方向，在黑漆漆的石板路上走了不知道多久。

一边走着，我竟然还能掏出手机，用“滴滴”叫了一辆车。

我打了个酒嗝：“老、老向，你开车来的吧？要叫代、代驾吗？”

老向看起来比我还清醒——好酒量，跟大学时真是判若两人——他冲我摆摆手：“不用。”

我“哦”了一声，他在右边，我在左边，两个人踉踉跄跄地，又走了一段路。

我还是不放心，又说：“你、你丫不会是想自己开、开回去吧，千万别，千万别啊老向！酒驾入、入刑啊，还有你万一撞、撞到人，别说人，就是撞到花花、花、花花草草也不好啊，你说是不是……我喝多了，我怎么那、那么多废话……”

我又掏出手机，一个踉跄，差点摔了个狗吃屎：“我来帮你叫代、代、代……”

老向嘿嘿一笑，把我的手机塞回裤兜里，语气清楚得似乎根本没喝过酒：“不用。”

他脸上的表情有些奇怪：“我回去……很快的。”

老向一把扶住了我——奇怪，他的左手竟然这么有力——然后，他没来由地说了一句：“要开同学会了吧？”

我酒劲上来了，脑子里混混沌沌的：“同、同学会？哦，对，毕业10周年的同学会，是有在筹、筹备……”

老向突然放开了我：“到路边了。”

我抬头一看，真的，就几句话的工夫，两个人已经走到了大路边上。

裤兜里传来一阵震动，要不就是滴滴专车，要不就是唐双打来的……

我伸手去摸手机的时候，老向突然说了句：“拉我进微信群。”

我抬起头来，昏黄的路灯光里，老向朝我笑了一下，然后嗖的一下，消失了。

第二章

无法调和的记忆矛盾

“你是说，他消失了？”

我接过唐双递给我的水杯，一饮而尽，然后用沙哑的嗓音回答：“对，消失，字面意义上的——嗖的一下，不见了。”

唐双从我手里拿过水杯，嗔道：“你喝了多少？鬼，我也不想说你，想想脑子里的洞，你不为自己好也要为了我好……”

我本来就头疼欲裂，听她在念紧箍咒，更是头疼得脑浆都要迸出来了。

说好的霸道女总裁呢，怎么唠叨起来，跟普通妹子也是一模一样的。

我定了定神，看向床头柜上的电子闹钟，现在已经是 13：00；10 分钟前，我才刚从酒店的床上醒来，体验着几年来最强烈的宿醉。

一斤多的威士忌，确实让我断片了。

我不记得自己是怎么上的滴滴专车，怎么回的酒店，竟然还能刷房卡乘电梯到对的楼层、进了对的房间，上床前还能把鞋子脱掉——好吧，最后一点我并不是太确定。

我的记忆，从老向消失那一刻起，就完全被抹掉了。

但是，我还清楚地记得，老向是怎么消失的。

尽管唐双不相信我，认为是我喝多了产生的幻觉，但是我无比确信当时自己所看到的场面。

凌晨 3：00 或者 4：00，在大栅栏空无一人的路口，老向跟我提了个奇怪的要求，要我拉他进微信群，我知道，他指的是我们大学同学的微信群。

说完这句话后，他朝我笑了一下，我记得老向脸上的表情，他非常有个人风格的笑——右边嘴角向上翘，左边嘴角纹丝不动。

不对，我突然迷糊了，他向上翘的是右边嘴角，还是左边嘴角？

好吧，哪一边都不重要，重要的是在露出这个笑容之后，他整个人就消失了。

他本人没有任何的动作，周围也没有任何的征兆，没有烟雾、奇怪的声响、路灯突然灭掉——这些电影里常见的桥段；老向就这么简单粗暴地，“嗖”的一下不见了。

半秒钟前，他还站在我面前，不到一米远的地方；半秒钟后，他就消失得无影无踪。

我下意识地伸手去抓，却连他的影子都抓不住。

他原来站立的地方，只剩下光秃秃的青石板；我甚至听到，由于他原本占据的那一块空间突然被释放，周围空气向中间流动，发出气球爆炸似的啵的一声，不过音量要小了很多。

这感觉，有点似曾相识……

一阵强烈的头疼袭来，我痛苦地摸着太阳穴——一个人，一个活生生的男人，三十来岁，一米七八，140 斤的样子，好端端站在我面前——怎么会突然消失不见？

唐双坐在床沿，轻轻摸我的脸：“鬼，你还好吗？”

我苦笑了一下，老实交代：“不太好。”

按照一般剧情，接下来就是她端茶倒水、嘘寒问暖的机会了，但现实却不是这么演的。

唐双唰地站起身来，看了看手表：“那你照顾好自己，我两点还有个会。”

我抬起头来，这才注意到她已经收拾得体，干脆利落的沙宣头，领子硬得能戳死人的白衬衫，外面套着深灰色西装，袖口露出一枚杜福尔老爷子的白金 Simplicity。这一全套战衣在身，显露出花木兰一般的英姿飒爽，很有杀伐果断、万军之中取上将首级的意思。

我还想说什么，唐双扔下一句：“我整个下午都在开会，你有事找 Stacy（史黛西）姐。”

Stacy 姐是唐双的秘书，是那种公事公办得我公事都不会去找她更何况私事的好秘书。

唐双快步向外走，在门口停了下来，回头跟我说：“好好躺着，别出去浪了啊，乖。”

然后，她义无反顾地关上了门，离开了我的视线，整个消失的过程，并不比昨晚的老向慢多少。

老向……

唉，先不理他了，我现在头又痛，肚子也开始饿了，还是先弄点东西吃吧。

我叫了客房服务，随便点了个白粥跟小菜。从床上爬起来之后，才发现自己穿着牛仔裤睡了一晚。看来昨晚确实醉得厉害……欸，对了，我手机呢？

我在房间里找了半天，枕头下面都翻了，还强忍着头痛趴到地毯上找，结果毛都没找到。宿醉的迟钝大脑后来才想起，可以使用酒店的电话拨自己号码，但是，打过去是关机。我开始有点认命，觉得是把手机丢在专车上了，然后跑到卫生间去洗脸……结果，却在洗手盆旁边找到了它。

手机，现代人的命根，流水线制作出来的阳光和空气、太阳和星辰。不喝水人可以活一天，半天不玩手机，多少人能做到？

总之我是做不到了。

我连脸都来不及洗，心急火燎地给手机充上电，然后开了机。进入桌面的一刹那，我就震惊了，收到了17条信息，打开一看都是未接来电的提醒。除此之外，更加触目惊心的是微信上的小红点，显示有31条未读信息。

我不是处女座的命，却有处女座的病——有那么一点点强迫症，对所有App（智能手机的第三方应用程序）的小红点都“过敏”，会在第一时间统统消除掉。

为了减轻我强迫症发作的次数，我把在微信里常聊天的人，还有所有的群，都设置成“消息免打扰”，重要的对话——比如唐双的，会同时设成置顶聊天，但一律还是“消息免打扰”。所以，只有基本没聊过天、我懒得花两秒时间去设置免打扰的人，发消息给我，才会有小红点出现在App的右上角。

一般来说，逢年过节的时候，才会出现这样的情况，因为有一堆微信里从来不聊天的人，会给我群发祝福的信息。

今天，只是春天一个普通的星期二，往后的半个月里，也都没有任何节日。

所以，这些小红点是……

我打开了微信，在置顶的聊天下面，是四五个带红点的头像，每个人都发了若干条消息给我，加起来刚好就是31条。

再仔细一看，这些发消息给我的人，全都是我的大学同学。

奇怪了。

我随便点开一个毕业10年胖了30斤，叫作李世海的哥们儿，他发了两条文字消息。

第一条:“向亮？”

第二条:“愚人节没到吧？”

还有一条几秒钟的语音，我点开放大音量，李胖子说的是:“老蔡，这样吓人有意思吗？”

我挠挠头，有点莫名其妙，又隐约能猜到他在说什么。他知道我昨晚见了老向，难道说，我在群里描述了老向突然消失这件事？

再点开另外几个人，说的话都大同小异，质问我昨晚是不是真的见过向亮，为什么要戏弄他们；终于，最后一个女同学的问话，给我指明了方向。她提的问题是：“你拉进群里的是谁？”

我皱起了眉头，回忆起昨天晚上，确切来说是今天凌晨，老向对我提的要求，他说：“拉我进微信群。”

说完这句话，他就消失了。

虽然如此，看起来喝得烂醉的我，还是满足了他的要求，把他拉进了我们大学同学的微信群。

不就是拉了老向进来嘛，有什么大惊小怪的。

这么想着，我点开了这个叫“02 广告人与太阳肩并肩”的微信群。

这个群的聊天记录，炸了。

虽然最近在组织 10 周年同学聚会，群里的信息比以前要多很多，但一晚上有 300 多条未读信息，还是非常罕见的情况；而且，至少有三个人 @ 了我。

李世海在群里也喊了：“老蔡，快出来。”

也有比较客气的同学问：“蔡老板，人呢？”

嗯，因为我毕业之后，没在广告业做几年，就开了一家小型工厂直到现在，所以他们叫我蔡老板，也不全是讽刺啦。

我看了几张聊天记录，话题围绕在两个人身上，除了我之外，是一个叫“迷失”的人，他被好几个人 @ 了几次。我想了好一会儿，才想起这个“迷失”，就是老向的微信名。因为我一直把他备注为“老向”，所以反而忘了他本来的微信昵称。

迷失——我不禁哑然失笑——当年老向像疯了一样地喜欢这部美剧，把他所有的 ID（昵称）名都改成中文的“迷失”，或者英文“LOST”。过去了这么多年，他竟然还没有变。

老向的真名“向亮”，跟网名“迷失”，倒是富有意味的两个词。

这时候门铃响了，我两秒后才反应过来，是刚才叫的送餐服务，然后去开了门，取了粥，胡乱喝了几口。

几分钟之后，我重新拿起手机，首先想 @ 老向出来，一起聊天。

可是我发现，无论我 @ 迷失或者 @ 老向，群里都没有这个人。

奇怪了，我把他拉进来了呀。

再打开群成员列表，最后一个人，也并不是老向。

老向已经不在群里了。

所以我在群里的第一句话是："老向呢？"

几秒钟之后，我就被各种热情的声音包围了。

"鬼，你终于来了。"

"吓死本宝宝了，一来就说老向。"

"蔡老板你没事吧？打你手机怎么不接？"

果然，那么多未接来电，也是这群大学同学打来的。

我想了一下，发了条语音："还活着，别担心。啊，我问你们，老向呢？"

几个人纷纷说，是班长踢了，是老曹出手了。

我皱起眉头，对，班长，平时最活跃、存在感爆棚、号称交际花的班长老曹，曹敏钦，怎么不见了呢？

我回忆了一下，他既没有打电话给我，也没有发微信给我，在群里，也仿佛消失了一般，刚才看的聊天记录里，他都没有参与。

老曹，人呢？

我在群里 @ 了老曹，又在私聊里发了个"？"给他，然后，我就放下手机，走进卫生间。

这一早上，不，一下午醒来后，乱七八糟的，等我先洗个热水澡，去去酒味，也顺便让头脑清醒一下。

莲蓬头的热水倾泻而下，我不由得闭上了眼；黑暗中浮现的，却是老向在我眼前，突然消失的瞬间。

我打了个冷战，想起了一件极其恐怖的事情。如果老向能够突然消失，会不会，他也可以突然出现在某个地方，比如说，这个酒店的浴室里？

才不会呢，老向又不是 Gay（男同性恋），而且他要真有这超能力，别说抢银行金库，就算是用来送快递都发财了，昨晚见到他时，就不会是那个邋遢的样子了。

我皱着眉头，努力回想老向昨晚的形象，一件皱巴巴的运动外套，拉链拉得紧紧的，下面是颜色可疑的牛仔裤，脚上不知道什么牌子的运动鞋，倒是白得发亮，像是刚从货架上拿下来的。

我的世界观，代表了一部分比较狭隘、比较虚荣的中年男人，就是跟人见面的时候，会打量对方戴的是什么手表。光着手腕没问题，但是如果戴了表，却没有那么体面，一般来说，就表示这人在经济上没有太大成就；或者换个好听的说法，是对物质没有太多追求。

总之，昨天晚上我戴着唐双送的江诗丹顿，充分显示了我在物质上的虚荣心；而老向则恰恰相反，他手腕上是一只让我百思不得其解的卡西欧 G-SHOCK。

嗯，我知道光凭穿着打扮，来判断一个人的经济情况，是非常肤浅的。但总之昨晚跟老向见面后，我就放下心来他不会跟我抢着埋单，这才尽兴地随意乱点……

慢着。

我突然睁开眼睛，回想起刚才看手机短信的时候，并没有任何一张卡的消费信息。

而昨晚那种喝法，没有一万来块钱，是不够埋单的。没有用卡消费的话，我随身不可能带着一万多的现金。

而那个长得像山本耀司的老板，如果我们没给钱，是绝对不会放我们走出小院的。

仔细回想起来……昨天晚上，临走前我上了趟厕所，回来后就晕乎乎地被老向架着，走出了威士忌吧。

所以，这件事只有一个合理的答案，那就是老向趁我上厕所，花了一万多块钱来结账；这样的财力，跟他朴素——好吧，是寒酸——的打扮，完全不匹配。

老向这小子，到底怎么回事?

我的好奇心快要爆炸了，匆忙洗完澡，浴巾一围就冲出了卫生间，像饿狼一样扑向正在充电的手机。

打开微信，出乎意料地，老曹已经回复我了。

他说的是:“老蔡你找我？”

我不想打字，急忙发了条语音过去:“你把老向给踢了？”

他回复的还是文字:“是我踢的，那个人不是老向，是冒充的。”

我不由得皱眉道:“你什么意思，我亲手拉进来的，什么冒充？”

微信的窗口上方，显示“对方正在输入……”，我等了一分钟，跳出去看了看别的微信消息，再回来一看，老曹却一个字都没发过来。

看上去，他刚才是打了很长一段话，然后又删掉了。

这欲言又止的是在玩什么把戏?

我发了个自定义表情给老曹，就是一个黑人小哥，头上都是问号的那张。

老曹这回终于回复了:“电话聊吧，公司同事在午休，你等我三分钟，去阳台打给你。”

我说了声“好”，然后放下手机，等老曹的电话。

算起来，老曹在互联网圈里打拼了 10 年，到了今时今日，连自己的办公室都没有，还得跟刚毕业的小年轻，挤在一起办公。

读大学的时候，老曹是我们的班长，高大俊朗，他是学生会干部，成绩不错，人缘——尤其是女人缘特别好，人送外号“传播系交际花”。总而言之，无论从哪个角度预测，都是毕业后会一路向上，升职加薪，出任 CEO（首席执行官），迎娶白富美，登上事业巅峰的人生赢家。

不过，现实社会的运行法则，并不由我们的预测来决定。

我的意思是……

老曹比我们所能猜到的，做得还要好。

他毕业之后，待过三家国内外超大型的互联网企业，当他从最后一家公司辞职时，职务已经是部门总经理，手下管着五六百号人。现在他在创业公司当 CEO，公司业务是一个风口行业，发展势头很好，据说明年有望冲击新三板；如果成功的话，拿着公司一半股份的老曹，就能在 35 岁之前实现彻底的财务自由，把我们甩开几条街。

至于为什么要跟同事挤一起办公，无非是与民同乐，跟公司里的 90 后搞好关系，让他们心甘情愿地为公司创造更多价值而已。

都是套路啊。

接起老曹的电话，我跟他异口同声地说："搞什么？"

老曹毕竟是 CEO，气度比较大："老蔡，你说。"

我为老向打抱不平："你把老向踢掉了？为啥啊？"

老曹沉默了两秒，声音低沉地问："你在开玩笑吗？"

我有点摸不着头脑："开玩笑？我还想问你开什么玩笑呢。你就算看老向不顺眼，也用不着踢啊，都是同班同学，何况还是我拉进来的。"

我承认最后一句才是重点，我昨晚拉老向进的群，今天他就被踢了，让我面子上有点过不去。

老曹的语气出奇地严肃："老蔡，我最后问你一遍，你是认真的吗？"

我不太知道他的"认真"指的是什么，不过还是答道："我当然是认真的。"

电话那边，老曹似乎吸了长长的一口气，然后一字一顿地说："向亮早就死了。"

向亮，早就死了？

我反应过来的时候，手臂上已经起了一层的鸡皮疙瘩。

为了掩饰自己的恐惧，我呵呵笑道："别、别开玩笑了老曹，我还真被你吓到了。老向要是死了，昨晚跟我喝酒的是鬼啊？"

老曹却用比念悼词还沉痛的语气，在电话里说：“老蔡，如果我相信你说的，昨晚真的跟老向喝酒了，那你就是见到鬼了。”

我下意识地否认：“不可能，别扯淡了老曹。这世界哪来的什么鬼，你还是党员呢，无神论都忘了？”

但是，此时我心里，却发生了一点动摇。如果老向是鬼，他昨天晚上在我眼前突然消失这件事，就很好解释了。鬼嘛，都是这样退场的。

老向是鬼的话，昨天晚上的威士忌吧，是不是收了一大沓的冥钞……

我用力摇了摇头，不能再往下想了，亏我平时还夸耀自己是坚定的唯物主义者，遇上这么点事，信仰就发生了动摇，那怎么行？

关于老向身上的种种神秘，一定可以有科学的解释。

只不过，目前的情况，似乎怎么样都科学不起来……

电话里传来老曹的声音：“喂喂，老蔡，你没事吧？”

我舔了一下嘴唇，故作镇定道：“没事，你说老向死了，他是什么时候死的？怎么死的？”

回想起来，毕业之后我就没见过老向，仅有的联系，以前是短信拜年，现在变成了微信拜年。10 年那么长，老向在某一年死了，然后有个人假冒是他，沿用他的手机号、微信号一直跟我联系——理论上讲，也不是不可能。

至于昨天晚上见到的老向，嗯，可能是一个长得特别像老向，然后又学了能突然消失的障眼法的骗子吧；这个设想唯一的 Bug（漏洞），就是骗子非但没骗走我的钱，昨晚还自己掏了一万多……

我再怎么也想不到，老曹的回答却是：“你忘了？老向大四就死了啊，淹死在又山湖。”

我一时反应不过来：“大四，大四是什么时候？”

老曹估计要被我蠢哭了：“大四，我们毕业那年，2006 年！”

我连声道：“不可能！你记错了，怎么可能？”

电话那边，老曹却像是在跟旁边的人说话：“好，等会儿。”

然后，他又转过来跟我讲：“老蔡，现在要去开会。你也在北京吗？晚上吃饭聊。”

老曹的公司就在北京，德胜门外大街上，我还去过一次。

我的大脑还处于震撼中，木然道：“在北京，晚上我……”

老曹拿出 CEO 的架势，不容分说道：“地址跟时间我等下发你，就这样。”

然后他就挂了电话，我看着手机屏幕，不由得陷入了沉思。

这到底是怎么一回事？

首先，我非常确定，老向就算变成了鬼，就算死了，也不可能是死在大四。

我在脑海里，努力地搜索 10 年前的记忆。没错，老向一直是一个存在感很低的人，稍不注意，就会把这个人漏掉；但是在我的记忆里，还是有一些碎片，比如说毕业答辩上老向的样，比如从宿舍搬出去前的散伙饭，所有人喝得天昏地暗、惊天动地，他还是躲在角落里静悄悄地喝可乐……

毫无疑问，这些场景都发生在临近毕业时，所以老曹说他大四就淹死了什么的，根本不可能。

我皱起眉头，得出了一个结论——老曹这家伙，记错人了。

不过，老曹“交际花”的外号，并非浪得虚名。除了风趣幽默、情商高之外，他还有个看家本领，就是记性特别好，只吃过一次饭的人，隔了三年没见，再见面时还能准确无误地叫出对方的名字。

很难想象，像老曹这样的天赋异禀，会把同班四年、意外身亡的同学名字记错。

我深深吸了一口气，坐到床边的沙发上，开始冷静思考目前的情况。

老曹刚才说，老向是在大四的时候淹死的。我仔细想了一下，完全没有大四时某个人被淹死的记忆；而且，我们专业 80 多个人，姓向的就只有老向一个；再结合老曹逆天的记忆力，可以排除他记错的可能性。

也就是说，在老曹的记忆里，老向确实在大四时淹死了。

可是，在我的记忆里，并不是这样……

并不是吗？

我不由得有些怀疑自己。

首先，跟老曹相反，我是一个典型的脸盲症患者，对人脸的辨别力、记忆力都差。当年的 80 多个同班同学，我现在能认出 40 个就算很不错了；正常人是分不清网红哪个是哪个，我是分不清正常人哪个是哪个。

所以，老向到底长什么样子呢……

我用尽全力，在脑海里描摹出老向的脸。可是，不论是 10 年前的小鲜肉老向，还是现在的中年人老向，我都想不出来是什么样子。虽然互相加了微信，但老向的头像是个地平线上的太阳，他也从来不发朋友圈，更别提自拍了，所以我对他应该长什么样，本来就没有一个清晰的认识。

也就是说，如果昨晚我见到的不是老向，只是长得跟老向相似——甚至都不需要相似，只要他跟我声称自己是老向，就能骗过愚蠢的我了。

如果只是这样，也就算了。更让我沮丧的是，就连昨晚见到的老向，我也记不清长什么样子了。在我宿醉的脑海里，老向的脸像是被雾化了，一片模糊。

所以是我记错了？

心底一个声音在说，不可能。

昨天晚上在威士忌吧里，我跟老向一起聊了那么多，都是大学时代的事情，其中有一些细节，是除了当事人之外，别人不可能知道的。

而且，就算我有脸盲症，会认错人，但是老向说话时那个惜字如金、三棍子打不出一个闷屁的死样子，绝对是他，没有错的。

老向，向亮，化成灰我都认得。

想到这里，我不由得倒吸了一口冷气。老曹说老向在大学时淹死了，他不可能会记错；我昨晚还跟老向一起喝酒，我也不可能会认错。

这样一来，我跟老曹的认知，就出现了无法调和的矛盾。

当两个人之间出现了严重的分歧，谁也不愿意妥协的时候，最常用的办法，就是寻找外部的意见了。

我重新打开了微信，点击进入“02 广告人与太阳肩并肩”的微信群；我的想法很简单，看看他们是怎么说的，如果都说老向淹死了，那就是我记错了，并且昨晚被骗了；如果说老向没有死，那么就是老曹记错了，或者在骗我。

至于两种可能性，后面隐藏着的各种原因，都算是细节问题，仔细研究，总能搞明白的。

于是，在认真翻阅了昨晚到今天下午的几百条消息之后，我终于得出了一个明确的答案——那就是，我彻底崩溃了。

昨天晚上我把老向拉进群之后，竟然还发了两条语音，第一条说的是热烈欢迎老向，第二条说我跟老向在异乡久别重逢，喝得非常开心。听周围的环境音，我是在坐车的时候，发的这两条语音。

说起来，我真是一个耿直的 Boy，即使喝得烂醉，即使被老向的瞬间移动吓个半死，还是尽最大能力，以最快速度，完成了答应他的事情。

接着再往下看，我就开始“斯巴达”（疯狂）了。

当时已经是凌晨，所以只有两个人回复了，一个女同学说的是：“你疯了？”

半夜喝醉了酒，然后拉一个 10 年前已经死掉的人进群，别人有这个反应，也是相当正常的。

但是，另外一个男同学，说的却是：“新人入群，发红包。”

我不由得皱起了眉头，这个男同学，难道跟我一样记性不好，忘记了老向已经死掉这回事？

再接下来，就是第二天早上，也就是今天早上，大家醒来之后的回复了。

我越看下去，眉头皱得越紧。

就在这一天里，微信群出来讨论的十几个人，分成了旗帜鲜明的两派。

第一派人数比较多，粗略数一数，大概 3/4。这一派人的观点跟老曹一样，坚持认为老向早就死了，我是见了鬼、疯掉了，或者喝大了说胡话。李世海也在这一派，就是他最先提出，这个老向是冒充的，让群主赶紧踢掉。

如果所有人都认为老向死了，那我反而舒服了。答案很简单，我脑子是狗屎，记错了。

问题在于，还有剩下 1/4 的人，组成了第二派。这些人虽然态度没有第一派坚定，但是，他们都跟我一样，认为老向没有死；他们也完全不知道，在大四的时候，学校里有谁在又山湖淹死了。

我注意到，持这种意见的，有一个还是老向的室友。

这个室友叫 Gary（加里），他跟老向的关系不太好，有一次不知道为了什么事，还在宿舍打了起来，我也过去帮忙劝架——好吧，确切地说，是去围观。

他在讨论进行到一半的时候，跳出来说了一句："别闹，我还有老向的微信呢。"

Gary 说完之后，第一派里有几个人，提出了质疑。

有人说，老蔡跟 Gary 联合起来吓唬大家，心太坏。

有人说，拿已经去世的同学开玩笑，不太合适吧？

相对于这些指责，李世海提的问题，比较有建设性："Gary 你和老向有聊过吗？"

Gary 的回答是："除夕他给我拜年。"

李世海隔了一会儿说："你截图发群里看看。"

Gary 发了个微笑的表情："你等下。"

我的聊天记录翻到这里，刚好是一屏，于是我焦急地滑动手指，想看接下来 Gary 发的截图。可是接下来，我看到的记录却是……

Gary 撤回了一条消息。

Gary 撤回了一条消息。

Gary 撤回了一条消息。

李世海撤回了一条消息。

看到这里，我简直要抓狂了。好死不死的，关键时刻撤什么消息？

更让人难受的是，这几条消息的间隔非常之短，只有一两分钟。所以，不光是现在翻聊天记录的我没有看见，当时在群里聊天的，也没人看见 Gary 跟李世海撤回的是什么；几个人在后面纷纷回复，你们说了什么？Gary 的截图呢？

Gary 再次发言，是在十几分钟后了，依然是一个微笑表情："吃饭去。"

我看到这里，绝望地朝后往床上一倒。

两位大哥，不带这么玩的呀。

我快速向后滑动，没再看到这两个人发言。

之后有人问："说的什么？老向？"

有人就在群里 @ 老向，结果发现找不到了，然后就 @ 我，@ 老曹；当时我还在睡觉，当然看不见，老曹也一反常态地没有出现。

反而是李世海说了一句："这老向是假冒的，我让班长踢掉了。"

然后李世海发了几个大表情，又发了个红包，接下来，大家抢完红包都在发"谢谢老板"，再开始聊之后，话题就切换掉了。

没有人关心老向，他本来就是一个存在感特别低的人，我猜班里不少女同学都未必记得有过这么一个同学。

老向，从被我拉进群，到被老曹踢掉，一句话都没有说。

我扔下手机，双手抓住头发，简直了。

不光一个人说老向死了，也不光一个人说老向没死。

可是，说老向没死的 Gary，发出来的应该是证据的消息，都撤回了。

Gary，我可以问问 Gary……

这么想着，我赶紧拿起手机，才发现自己没有加 Gary 为好友。我赶紧添加他，没回复，我又添加了一次，眼巴巴地看着屏幕等了三分钟，还是没回复。

我绝望地再次扔下手机，这都什么事啊，太折磨人了。

我这一辈子，最不擅长的就是等待，尤其是在勾起我强烈好奇心的事情面前。

突然消失的老向、突然踢人的老曹、反应有点激烈的李世海、撤回消息的 Gary —— 宿醉的我携着迟钝的头脑，完全无法理清这里面的关系。

但是，我一定要搞明白，一定要。

我右手举起，在眼前握紧，拳头却在眼前变得模糊，渐渐融化在天花板的背景里。

倦意袭来，我打了个哈欠，似乎嘴巴都没来得及闭上，我就睡了过去。

窗帘没拉，太亮我睡不好 —— 这是我在睡着之前的最后一个念头。

“嘿，您知道那……”

梦里，我又回到了昏暗的威士忌吧；扎着小辫子、长得像山本耀司的老板，正笑着在跟我说话。

我不耐烦地摆摆手：“不知道，找别人打听。”

坐在我身旁的那个人，穿着褪色的运动外套、洗得发白的牛仔裤，还有可笑的、颜色鲜艳的电子表。

那人的脸，是一团模糊的暗影，隐藏在雾里。

他对我举起酒杯，声音穿过雾气，朦胧地传来：“你知道的，老蔡。”

即使在梦里，我也知道自己此时一脸蒙：“我知道什么？”

那人仰头把酒喝光，然后嗖地消失了。

在我的愕然中，玻璃酒杯掉到地上，碎渣四射。

我伸手去抓，抓住的却是空气，还有……耀眼得不自然的、让人几近失明的光亮。

半梦半醒中，我徒劳地遮住眼睛，嘟囔道：“窗帘……”

有人站在床边，俯下身来，在我耳边轻声说：“核反应堆。”

核、反、应、堆……

我猛然惊醒！

“谁！”

我猛地睁开眼睛，弹簧一样地从床上坐了起来，睡意瞬间灰飞烟灭。

开玩笑，我现在清醒得像被一桶冷水浇了头。

我身体绷紧，紧张地看向旁边——别说人，鬼影都没有一个。

然后我再小心翼翼地环顾四周，不到30平方米的酒店房间里，如我所料，除了我之外一个人都没有。

我摸着自己怦怦乱跳的心脏，深呼吸了几下，还好，只是做梦啦。真的是，梦什么不好，梦见该死的老向。

突然之间，我意识到有哪里不对劲。

我屏住呼吸，朝那个方向看去……房间的窗帘，是拉上的。

5分钟之后，我勉强恢复了镇定。

我跟自己说，是在睡过去之前，意识模糊的时候，自己去把窗帘拉上，然后不记得了而已。因为我宿醉嘛，记性比平时差点，很正常。

什么死了的老向变成鬼来帮我拉窗帘，这种滑稽可笑的事情，怎么可能？

对不对？

我深深吸了一口气，拿起手机。有一条新的微信消息，是老曹发过来的，定了一个吃饭的馆子，是离他公司最近的一家大董。老曹说他提前下班出发，6点会准时到；他提醒我也早点出门，一定要避开晚高峰，不然就完蛋了。

我看了下时间，现在是下午4点，5点出门的话，我还剩一个小时。

Gary还是没有通过我的好友申请。

那么，剩下的这点时间，我决定用来查一下资料——关键字：S大学、核反应堆。

在 Surface（微软平板电脑）上按下回车键的时候，我心里暗自好笑，大学里怎么可能会有……

然后我就笑不出来了，因为搜索引擎里，跳出来的第一条消息是："原来 S 大有微型核反应堆……"

我在短暂的两秒钟震惊后，越往下看，越不相信自己的眼睛。

"S 大学有核反应堆，强烈呼吁拆除！"

"上了中美联合声明的 S 大学竟拥有与核反应有关的高浓铀微堆。"

怎么回事？ S 大学，这个我读了四年的学校，真的有核反应堆？

好好的一个学校里，有核反应堆？

那我岂不是在一个核反应堆旁边，硬生生地睡了四年？

这也太超现实了吧？

如果，我是说如果，核反应堆泄漏了，甚至爆炸了，我们这些学生，会不会受到核辐射，产生变异什么的？

我摸了摸胸口，不禁有些庆幸——毕业 10 年以来，身体没出现什么奇怪的反应，看来是要谢谢核反应堆的不杀之恩。

我移动无线鼠标，好了，点进去看看，这个跟我朝夕相处过四年的核反应堆，到底是怎么回事吧。

半个多小时后，对于这个核反应堆，我有了一个大概的了解。

S 大的核反应堆，是在 1988 年开始运行的，我不知道建造、调试一个核反应堆要多久，假设是两年，那么它在 1986 年就开始有了；也就是说，基本跟 1983 年建校的 S 大学同龄。

在默默无闻地运转了 28 年后，之所以会作为新闻被爆出来——所以酒吧老板才会八卦地跑来问我——是因为最近，美国有个什么团队，准备把核反应堆采用的高浓缩铀，进行"低浓化"处理什么什么的。

相关的名词非常专业，作为一个传播系的文科生，我并不是很懂。

不过，正如那个长得像山本耀司的酒吧老板所说，从网上公开的资料来看，这个核反应堆，的确是用来做检测的。一篇文章里说，这个核反应堆可以进行“中子活化分析、核仪器探头的检验、教学及培训、少量同位素生产”，嗯，每个字我都认识，连起来就不知道是啥意思了。

至于检测的具体内容，包括什么空气中致癌的卤素；还有通过历史文物，揭开困扰史学界的百年谜案——清光绪帝的死因等。总而言之，听起来挺厉害的样子。

而且，非常巧合的是，我从一篇帖子里看到，这个核反应堆曾经停止运转了一段时间，在 2006 年——也就是我们读大四的那一年，才又开始恢复运转。

曹老板说，老向是在大四的时候，出了意外死的。难道说，这两件事有什么联系？

至于核反应堆的外形，并没有我想象中的巨型烟囱、散热塔什么的；跟我们通常理解的核电站相比，这个核反应堆的尺寸非常迷你，只有一个房间大小。正因为如此，它的全称里带了“微型”两个字，叫作“微型中子源核反应堆”。

关于核反应堆的外形，网上还能找到一些照片，以及语焉不详的描述文字。看起来，它似乎是藏在校园的某栋建筑里，上方有一个透明的玻璃盖子，操作人员就在玻璃盖子的这一层活动；在这一层的天花板上，则有一套吊臂系统，可以从玻璃盖子下面把什么东西拿出来。

看了这些文字，我的脑海里，出现了夹娃娃机的画面。

这个藏在某栋建筑里的核反应堆，有专人负责管理、维护，闲杂人等禁止入内。

某栋建筑里啊……

我靠在椅背上，双手抱着后脑勺，开始回忆 S 大学里的建筑物。

会是哪一栋楼，里面装着一个微型核反应堆呢？

教学楼、宿舍楼、图书馆、食堂……这些建筑的外形，在我脑海里一一浮现，历历在目。

原来，即使毕业已经 10 年，我也从来没把学校忘掉；大学四年，确实是人生里面很特殊、很难忘的时光；许多人的第一次，都是在大学里完成的，比如第一次恋爱、第一次开房什么的。当然了，许多人里不包括我。

正当我想起大学的女朋友时，突然之间，一段奇怪的回忆生硬地插入我的脑海里。

一扇锈迹斑斑的铁门，正在缓缓关闭。

这是什么鬼？

我闭上眼睛，尝试想起更多，想在回忆里伸出手来，阻止铁门关上，看看门后面有什么……

这个时候，电话突然响了起来。

我恼怒地睁眼一看，却是唐双打来的电话。

我赶紧调整情绪，接起电话，用温和、镇定的语气说："喂。"

唐双笑着问："醒啦？"

她的声音里带着轻松和兴奋，看来，是今天的会议有了一些进展。唐双对同事和客户，一直都是喜怒不形于色，但她再怎么样也是个妹子，在对着自己最亲近信任的人时，不自觉就流露了内心的情绪。当然，这个最亲近信任的人，指的就是她的男朋友，我啦……

慢着。

我突然想到了什么："你怎么知道我在睡觉？"

唐双走的时候我已经醒了，按道理来说，她不会知道我刚才又睡着了，而且，是以那么确定的语气。除非……

她假装哼了一声："猜的，不行吗？"

我毫不迟疑地说："行，当然行，不过真的是猜的吗？"

唐双扑哧一声笑了："看把你吓得，怕我把你看穿猜透了是吗？别紧张，我刚才漏了一份资料在房间里，让 Stacy 姐过去取了一下，她回来说你正在床上睡觉，就没吵醒你。"

原来在我睡觉的时候，唐双的秘书进过房间，难怪我会梦见有人站在床边。

这样的话……我赶紧追问道："她有没有说给我拉了窗帘？"

唐双在电话那边说："这倒没有讲，不过 Stacy 姐会这么做的啦。"

我长舒了一口气，就说嘛，这是一个唯物主义的现实世界，根本就不存在什么鬼，更没有死掉的大学同学来帮我拉窗帘。

果然不出我所料，唐双接下来说："下午的会开得很成功，这边的高层差不多都搞定了，会在董事会上支持我。不过今晚还不能陪你吃饭，我吃完会早点回去的，你自己安排一下晚饭，别饿着，乖呀。"

我答应了一声："好，没问题，我去约个大学同学吃饭。"

唐双马上问："男的女的？"

我故作夸张地说："当然是女的啦，大学时暗恋我的。"

唐双识破了我的吹嘘："算了吧，还能有人暗恋你，就算有，你也不敢去。"

我嘿嘿一笑："这都被你看穿了，好啦，是跟老曹吃饭，大学时的班长，我跟你提过的。你要不信，我等下跟他合照给你打卡。"

唐双非常自信地说："不用了，你还敢骗我？不过不准再喝酒啦，听话，不然今晚有你好看。"

我连声答应，两人挂了电话，再一看时间，已经快要 17：00 了。

我喊了声"糟糕"，赶紧冲进浴室，以豹的速度洗漱、梳个油头、换衣服、戴上手表，把手机从充电器上一拔，转身就出了门。还没进电梯，我就开始叫"滴滴"，加价。北京的交通实在让人头疼，现在有"滴滴"算好点了，我几年前的冬天来过一次北京，在下雪的路边等了半个小时，硬是打不到出租车。

交通差，空气不好，如果不是挣钱多，谁愿意待在这里？

第三章

老友相聚

当我坐进滴滴专车，在已经开始拥堵的路上，朝着大董慢慢开去时，我就在想，老曹——不，人家是堂堂CEO，又请我吃饭，还是尊称为曹老板吧——这几年挣了那么多，等下我就往死里点最贵的菜，不然都算不给面子。

这么想着，我的肚子开始叫了起来，看着路上慢腾腾走着的车子，我开始领悟到一条帝都生存守则：你肚子饿的程度，和道路的顺畅程度，总是成反比。

我在快要到18:30的时候，才急匆匆地冲入大董，曹老板已经在包房里等着了。看见我来，他抬起头来笑着说："来啦。"

之前他在深圳上班，我们还会偶尔出来吃饭聊天；自从3年前他来北京创业，我们见得就很少了。上一次见面，应该也是在一年多以前了。

大部分男人在开始工作后，就在发胖的道路上勇往直前，再也没法回头；每当看到大学时代的照片，就会感叹道，看我那时多瘦，长得是不是像谁谁谁。只有一小部分幸运儿，时光在他们身上留下的烙印很少，大学时什么身材，10年后还是什么身材。就像林志颖的那本书名一样——我对时间有耐心。

没错，曹老板就是这样的人，当年是高大白净的小鲜肉、交际花，现在一样的身姿挺拔、肩膀宽阔，岁月对他很友好，给他增加的只是成熟男人——现在流行的说法是叫大叔——的另一种魅力。

当然了，还是没我帅。

我在曹老板对面落座，看了眼手上的腕表，抱歉地说："不好意思，迟了半个小时。"

曹老板嘿嘿一笑："已经很快了，还以为你7点才能到。"

他伸手招呼服务员："上菜。"

我打趣道："还是来迟了啊，我准备点最贵的，狠狠宰你一次。"

曹老板笑骂道："你小子。怎么样，来瓶五粮液？"

我挠了挠太阳穴："算了，我昨晚喝断片了，劲儿还没过，我也喝不惯白酒。"

说到这里，曹老板脸上的笑突然凝固了。

他一定也想起了，昨天晚上跟我一起喝酒的是谁。

曹老板端起茶杯，喝了一口，脸上的表情还是有点不自然："好，那就不喝。"

我点头表示感谢，心里暗自在想，看起来，曹老板不想那么快进入讨论老向的阶段。倒也是，先好好吃饭吧，别让这件事破坏了心情。

我摸了摸肚子，从今天下午到现在就喝了半碗粥，已经饿得前胸贴后背了。幸好这时候，服务员推门而入，开始上菜。

事实证明，想要宰曹老板一刀，根本不用我来点菜；因为曹老板自己宰自己，宰得更狠，点的都是硬菜，大董烤鸭、葱烧海参、樱桃鹅肝、过桥东星斑，总之，彻底贯彻了我"什么贵就点什么"的作战预期。

曹老板介绍说，奥巴马他老婆来京时，吃的就有这几道菜。

我当然也没跟他客气，一顿风卷残云，半个小时后，肚皮跟后背的距离，明显增长了很多。

曹老板用餐巾擦着手，说道："老蔡，饭量没见老啊。"

我打了个饱嗝："呃，你以为啊。"

服务员把菜都撤掉了，曹老板问要不要换个地方，我说算了，就在这里吧。

两个吃饱饭的男人，就这么一边喝茶，一边有一搭没一搭地聊天。我们聊到了曹老板的公司情况，聊到了他三岁的女儿，聊到了我的霸道女朋友唐双，甚者聊到了我在网上写的、关于雪山跟浴室的帖子。

曹老板干笑了几声："没想到，老蔡啊老蔡，你还成了科幻小说家嘛。"

虽然帖子里的内容，是根据我的真实经历改编，不过反正说出来也没人信，我索性大大咧咧地说："对啊，编起来特别伤脑。"

曹老板又喝了一口茶，终于，在兜了那么久的圈子之后，他终于切入了正题："我懂了，昨天晚上的老向，也是你编的故事，对吧？"

我皱起了眉头，揣摩他这句话的意思。

从表面上看，曹老板说这句话，是不相信老向还活着，所以在试探我，看是不是我自己编造出来的故事。

可是再深想一下，如果曹老板确定老向死了，认为这是个铁板钉钉的事实，那么他根本用不着试探我。人死了，就是死了，无论我怎么编造，老向也不可能活过来。

要知道，曹老板不是什么有大把时间的闲人，他有一个正在冲刺创业板的公司，时间就是金钱，真正的"分分钟几百万上下"。为了一个已经死了 10 年的人，一个无聊的恶作剧，他不太可能会特意抽出时间，来跟我吃这一顿饭。

更别提，几次提到老向时，他脸上出现的不自然的表情。

这里面，有古怪。

"老蔡？"

餐桌对面，曹老板在呼唤我。

我嘿嘿笑了一下："不好意思啊，这饿急了一下子吃得太饱，血糖飙升太厉害，脑子发晕。"

曹老板显然不相信我说的话，不过还是摆摆手："没事没事。"

我喝了一口茶："曹老板，你说的昨晚老向的事，确实……"

他关注地伸长了脖子，我接下去说："不是我编的。"

曹老板听完这句话，身体向椅背靠，双手叉在胸前，做出一个防备的姿势。

看起来，他对于老向的死活，确实很紧张。

过了一会儿，曹老板摇摇头，有点轻蔑地一笑："老蔡，得了吧，不可能。"

我也笑了一下，诚恳地问："不可能？为什么？"

曹老板看了一眼包房的门，压低音量，像是要说什么了不得的秘密："向亮死的时候……"

他不由自主地打了个寒战："尸体我见过的。"

我也被他的表情感染了，觉得脖子后面一阵凉意，好不容易才止住了要回头的冲动。

我看着曹老板的表情，他是认真的，不是在开玩笑，也不像在骗人。

我深吸了一口气："你说他是大四那年淹死的，具体什么时候，上学期还是下学期？"

曹老板眼珠子向上看，根据我从《Lie to me》(《别对我说谎》)里学到的肤浅知识，这个动作代表了他在切实地回忆一件事，而不是胡编乱造。

想了一会儿，曹老板点了点头："在下学期，刚开学不久，3月份，我记得是，对了，是29号。"

3月，29号……

我突然打了个冷战，看了眼手表，日历上的两个数字是29。我跟老向在酒吧里推杯换盏的时候，已经过了00:00，所以也属于今天，29号了。

而现在，正是春天里的三月份。

3月，29号。

曹老板看着我的表情，也想到了同一件事，他倒吸一口冷气："没错，所以今天就是……”

我突然变得口吃起来：“是老、老向……”

我努力想要笑一下，但是却发现脸上肌肉僵硬，根本不听使唤：“老向的10周年忌日。”

当我说出这句话后，房间里的温度，似乎马上下降了5℃。

我的脸色一定很难看，因为曹老板的也一样。

他端起茶杯想喝，手却有点不听使唤，差点把茶杯里的水都洒出来。

我深吸了一口气，努力镇静下来。从曹老板的表现来看，他陈述的向亮死了这件事，起码从他的主观角度来看，一定是真实的，可以完全排除他骗我的可能。而且，他对于这起意外的印象，非常深刻，难以忘怀。

但是，还存在一种可能性，就是他以为向亮死了，但其实只是个误会。

而且——我摸着下巴在想——曹老板，一个见惯大世面的CEO，为什么表现得这么恐惧呢？毕竟，就算老向真的死了，见鬼的也是我，不是他。

一颗怀疑的种子，埋进了我的心里。

我理清了思绪，开始问道：“曹老板，你说向亮是淹死的，能找到什么证据吗？”

曹老板皱起眉头：“证据？”

我解释道：“我的意思是，可以给我看到的资料，比如拍的照片，学校的公告，当时的新闻什么的。”

曹老板像是听到了什么荒谬的奇闻，提高音量道：“哎哟老蔡，人都死了那么多年，还能找出什么证据啊。10年前我那个手机都不能拍照，我总不能带个相机，特意去拍一个意外死了的同学吧。还有啊，出了这种事情，学校也不会大肆宣扬，公告、新闻什么的，当然也不会有了。”

我点了点头，他说得倒也有道理。可是一个大活人死了，真的就留不下什么证据吗？

曹老板轻轻拍了一下桌子：“老蔡，虽然学校不让说，但是当时那么大一件事，整个学院都知道了，更别提我们就在同一个班。虽然毕业10年了，按说你也不应该忘才对。”

我挠了挠太阳穴，嘶气道：“我还真就没印象……”

曹老板狐疑地看着我：“老蔡，你真不是在编故事，吓唬我们？”

我苦笑道：“我没这么无聊啊，好端端编排自己同学干吗？”

曹老板还是不信：“此话当真？”

我不禁有些急了：“昨天晚上我是真的见到老向了，不管他是人是鬼，反正我是真的见到了，还一起喝酒喝到断片。你要不信，等一下跟我去那个酒吧，老板也好，侍应也好，都看见我跟老向喝酒了。”

曹老板还是半信半疑，嘟囔道：“谁知道你搞什么鬼呢，他们也不认识老向啊……”

这下我是真的急了，把右手举到半空中，发誓道：“我要骗人，这辈子永垂不举！”

曹老板重复着最后四个字：“永垂不举，永垂、不举……”

他扑哧一声笑了：“好好好，算你小子狠，我相信你了。”

我也跟着笑了起来，这包房里的气氛总算稍微缓和了一些。

曹老板突然想到了什么：“对了老蔡，刚才你要我拿出向亮死了的证据，我倒是想问，你说他没死，有证据吗？”

我脱口而出：“当然有啊，你等着。”

我掏出手机，把跟老向的微信聊天记录，拿给曹老板看。

曹老板右手拿着手机，手伸得离自己远远的，似乎老向会从手机里爬出来掐死他一样。

他用左手点了几下屏幕，时而沉思，时而释然，几分钟后把手机还给我时，他严肃地说：“老蔡，你这根本不算证据啊。”

我接过手机，皱着眉头问：“怎么就不算了呢，都是老向亲自发给我的啊。”

曹老板小心地解释说：“不是我要怀疑你啊老蔡，你给我看的聊天记录，都是文字，别人完全可以冒充。而且这个叫“迷失”的人，头像都没有，我刚点进去看了，朋友圈也从来没发过。这太可疑了啊。”

他忧心忡忡地看着我：“老蔡，你不会被人骗了吧？昨晚那个说自己是向亮的，有没有找你借钱？”

我不禁哑然失笑：“没找我借钱，放心。你说得也有道理，确实从你的角度，没办法看出这个人到底是不是老向。换了我是你，也会一样怀疑的。不过，我昨晚确确实实见到老向了，还聊起了大学时代的很多事情，你知道细节这些东西，除了当事人，别人都不会知道的。”

曹老板不以为然地摇摇头：“那可不一定。”

我奇怪道：“哦？你的意思是？”

曹老板用食指在桌布上画圈，这是他从大学一直到现在的习惯，在分析问题时，经常会做这个动作：“向亮有写日记的习惯，你知道吗？”

我摸着额头回忆道：“你这么一说，好像还真有这回事。我记得好几次去宿舍找他，都看他趴在书桌上写写画画，我走过去，他还赶紧把本子收起来，像谁喜欢看一样。”

曹老板点点头：“没错，向亮每天都写日记，而且写得很细；你说的那些细节，有可能是被记在本子里，被别人看去了。”

我皱着眉头问：“别人指的是？”

曹老板回忆道：“我是院学生会的，你记得吧？向亮出事以后，学校马上通知了他的家长，不过直到三天之后，他家里人才赶到学校，我记得他妈妈特别年轻……我作为学生会干部，也帮忙负责接待了，向亮的遗物，都让他家里人拿走了，包括六七本大大的日记本。”

我低头沉吟道：“是这样……”

曹老板却突然换了个话题：“对了老蔡，昨晚你看见的那个向亮，有没有戴手表？”

我一下子没反应过来：“手表？”

他举起左手，敲着腕上的那块儿百达翡丽示意：“手表。”

我哦了一声:“有，有，戴一块卡西欧。”

曹老板不知道为什么反应那么大，惊呼道:“卡西欧！”

他眼睛睁得又大又圆，三秒钟后，露出了满脸自信的笑:“原来如此啊，我知道了。”

我不禁满腹狐疑地问:“什么原来如此原来不如此的，到底怎么回事，你知道什么了？”

曹老板这时却卖起了关子:“老蔡，你听我说。刚才我说向亮的家里人，没提他爸爸，对吧？”

我不知道他葫芦里卖的什么药，点头道:“嗯，你是没说。”

曹老板的食指又在桌子上画圈，继续道:“因为向亮是单亲家庭，没有爸爸，他跟他妈妈姓。我记得那一年，来学校的有两个家属，一个是向亮的妈妈，还有一个是……”

曹老板略带得意地看着我:“老蔡，你是写小说的，如果你来写这个故事，另一个家属会是谁？”

我虽然特别不耐烦他的态度，但也只好耐着性子，陪他玩下去:“要我猜，是老向的弟弟？”

曹老板拍了一下手:“机智！我给你点 32 个赞，没错，就是向亮的弟弟，我记得名字叫，呃，叫向明，比向亮小 5 岁，向亮读大四的时候，他还在老家读高三……”

既然曹老板说我是写小说的，我干脆就开始找他故事里面的破绽:“慢，这里有问题啊，第一我从来没听老向说过他有个弟弟；第二，向亮读大四，他弟弟小 5 岁，应该读高二才对吧。”

曹老板愣了一下，摆摆手，笑着解释道:“好好好，果然写东西的人，喜欢钻牛角尖啊。啊，老蔡别误会，我不是针对你，我是说写东西的人全都是……”

我终于忍不住骂道:“去你的，赶紧说正事。”

曹老板像小男生似的吐了下舌头，看起来有说不出的别扭:“向亮本来就不爱说话，不告诉你他有个弟弟，很奇怪吗？至于他弟弟向明读高三，很简单啊，你忘了吗，向亮比我们大一岁。”

我一时语塞，确实，老向是从别的专业转过来的，比我们多读了一年大学。

曹老板继续往下说：“我来说正事，老蔡，你昨晚看到向亮戴的手表，是不是有点眼熟？”

我抿嘴点了点头：“好像是的，是一块颜色很鲜艳的电子表，还很旧。”

曹老板停了两秒，深吸了一口气，这才接着说：“没错，没错，就是这样，他戴的表是红色的，对不对？”

我在脑海里回想了一下：“对，就是红色的。曹老板，你到底想说什么？”

曹老板像一个发现破案线索的侦探，兴奋地搓着手：“当年在向亮的遗物里，也有一块红色的电子表，可能是买来送谁的，没来得及送出去吧。他弟弟向明一看见这块表，一句话没说，就拆了包装戴到自己手上去了。当时的情况非常突兀，所以我印象很深刻。”

他看着我的眼睛，脸上满是轻松、得意的神情：“老蔡，我再问你，昨晚你见的那个老向，手表是戴在哪个手上的？”

我咬着嘴唇，回忆了一下昨晚的情况，不太确定地说：“好像是……右手。”

老向的手表戴在哪只手上，我跟他喝酒时就没太留意，再加上喝断片对记忆造成了点影响，说实在的，我真的不记得他戴的是哪只手。但是，经过曹老板这样一再地暗示、提醒，我自己也开始觉得，老向的手表不是像正常人一样戴在左腕，而是戴在右手上的。

记忆开始慢慢清晰，没错——我重复了一遍，肯定地说：“对，是右手。”

曹老板开心地打了个响指，露出充满自信的笑容：“原来如此，真相大白了。”

我大概猜出了他的意思，想了想说：“你是说，老向的弟弟，向明，是左撇子？”

曹老板嘿嘿一笑：“你小子可以啊，没错，我就是这个意思。10 年前向明拿到他哥哥的表，就往自己右手上戴，然后我观察了下，他是个左撇子。”

我皱着眉头，继续推断：“所以你的意思是，我昨晚见到的不是活着的老向，更不是鬼，是他的弟弟在装神弄鬼？”

曹老板满意地点点头：“除了左撇子这一条外，他们两兄弟长得很像，身高、五官都像，而且事隔多年，人的相貌都会变化，我都没把握能区分出向亮跟向明。更何况，老蔡，我记得你认人的技术不太过关。”

他脸上露出了促狭的笑容，我知道他最后这一句，指的是有一次在饭堂吃饭，我把一个法学院的女生，当成了我当时的女朋友，上去就摸她的头，结果差点跟她真正的男朋友打起来的事情。

我讪笑了一下，承认了不太会认人的这个硬伤。

接着，我继续在脑海里回忆跟老向相处时的细节。他跟我喝酒时，用的是右手，没错，戴着大红色卡西欧 G-SHOCK 的右手；但是现在想起来，他的右手动作似乎不太熟练，就好像我们正常用右手的人，突然改用左手拿东西一样，会不习惯。

然后，从酒吧走到大路上，我在左，他在右，他扶着我的左臂出奇地有力。

还有，我想起了他的笑容——大学时期的老向，招牌笑容是右边嘴角上翘，左边纹丝不动。而昨天晚上那个“老向”，在消失之前对我笑了一下，没错，他向上翘的是左边嘴角。

我深深吸了一口气，把推想的结论说了出来：“如果真是这样，那么一切就解释得通了。老向有个左撇子弟弟，比他小 5 岁，但因为我有“脸盲症”，所以压根没认出来。他跟我聊的细节，都是从老向的日记本里看来的。他之所以选在老向 10 周年忌日跟我喝酒，也是特意挑选，带有某种目的。”

只不过，还有一件解释不通的事情——不论是老向也好，还是老向的弟弟也好，总之有那么一个人，在夜深人静的街头，从我眼前嗖地消失了。这件事情因为太超越常识，所以，我还一直没有跟任何人说。

曹老板一边听我讲，一边满意地点头，就像我是在跟他汇报工作的下属。

我停了一下，突然话锋一转："不过，还有个问题，如果昨晚跟我见面的是老向的弟弟，向明，那么问题来了——他为什么要这么做呢？"

对于这个问题，曹老板却像是早有准备："这我就不知道啦，我又不是警察。"

他嘿嘿一笑："再说了，他感兴趣的是你，不是我啊。"

我皱眉看着曹老板，他突然提到了"警察"这个词，意味着什么？

曹老板处于兴奋中，没有察觉到我的疑惑，得意地继续说："不过，我可以提供给你一个思考的方向。"

我很希望他能把知道的都说出来，却欲擒故纵，装出一副缺乏兴趣的样子："哦？你说说看。"

曹老板的手指又开始画圈："老蔡，我告诉你，当年向亮死得有点奇怪，好好一个人，就在又山湖里淹死了。有人说是自杀，还说留下了一封遗书，不过没人亲眼见过。他妈妈好像是个县政府的公务员，在当地收入还可以，但是自己要供两个儿子读书，压力可想而知。向亮马上就要毕业，可以挣钱来贴补家里了，却在学校出意外死掉，换了谁都接受不了。"

我点了点头，回忆起大学四年，老向虽然从来没跟人提过，但大家都知道他家境不太好。所以，他才会那么热衷于做兼职、当家教，甚至靠代考四六级来挣生活费。

曹老板打开了话匣子，一下子就收不住了："不过他妈妈还好，毕竟是公务员嘛，警察说没有被谋杀的嫌疑，她也就没怎么闹。他弟弟向明就不一样了，年轻人血气方刚，本来高考压力就大，在院长办公室就发疯了，那个场面……"

曹老板可能回忆到了当时的场景，咂舌摇头道："总之，向明怎么都不相信他哥哥是自杀的，说哥哥告诉过他，同班同学里有人想要害他。我还记得他咬牙切齿的样子，他是这么说的……”

曹老板把脸一抹，装出一副凶狠狰狞的样子：“就算死，我也要找到凶手。”

我皱着眉头，摆了摆手：“好了好了曹老板，别演了。我倒是挺好奇啊，当时老向的弟弟闹得这么凶，学校是怎么摆平的？”

曹老板诡异地一笑：“我刚要说到这个结局，太讽刺了。老蔡，你知道，如果有学生在校期间出了事故，每个学校的处理方案都是一样的吧？”

我点了点头：“我知道，给予亲属经济补偿或是在升学上给予照顾。你的意思，该不会是……”

曹老板笑着说：“没错，向明不是正在读高三吗？成绩很差，专科都未必能考上。学校答应把他招进来，专业任选，还保研。”

我不禁哑然失笑，这个结局很庸俗无聊，却也很现实，很合理。

此时此刻，我的心中还是有很多疑问。今天晚上，曹老板绘声绘色地描述了当年向亮意外身亡的前因后果，具体得让人几乎无法质疑。可是对于我来说，无论刚才他说得有多详细，却没有勾起我脑海中一丁点的印象。

与此相反，向亮在毕业答辩上的窘态，以及散伙饭时一声不吭的形象，反而在我脑海中越发鲜明。

我跟曹老板的记忆，在关于向亮的个人命运这件事上，根本就是两条截然不同的时间轴。

而且，不记得向亮死掉这件事的人，可不光我自己，在微信的同学群里就有好几个，其中包括疑似找出了证据，发到群里又撤回了的 Gary。

曹老板说得对，同班同学死掉这么大的事情，我们当时不可能不知道，今天也不可能会忘掉。

我看过一个专业的名词叫群体性记忆偏差，也叫曼德拉效应，是指大众对历史的集体记忆与史实不符。具体展开来讲就是，在很多人的记忆中，南非总统曼德拉在 20 世纪 80 年代应该就已经在监狱里死掉了。

其中有些人能够陈述当年自己看过的报道、葬礼的电视片段，甚至是曼德拉遗孀赚人热泪的演讲。但真实的情况是，20 世纪 80 年代的时候，曼德拉不仅没死，后来更被释放，还当上了南非总统，直到 2013 年才去世。难道我跟同学们也遭遇了这种不可思议的事情？还是说像曹老板说的那样，我遇到的向亮是他弟弟向明假扮的？

想得我脑壳疼，但依旧想不通，实在想不通，我现在脑子里混乱得跟一桶糨糊一样。这中间的种种疑问，依然悬而未决，并没有因为曹老板的细心描述，而变得清晰起来。

但是今晚的这一顿饭，我的收获还是很多的。曹老板今晚说的，表达了他的很多想法；但是他的行动本身，却泄露了比语言更多的信息。

据我观察，他对于老向死而复生这件事，表现出了超乎寻常的关注，还有恐惧。他极力想否认老向没死，这个态度，我理解为是在寻求安全感。而且，让我印象深刻的是，刚才他下意识地提到了“警察”。

要我猜，他是在极力掩饰什么，是在害怕 10 年前的什么事情会败露出来。

这个时候，我心里已经有了定论——老向意外身亡，这件事不简单；曹老板在这件事里的角色，更加不简单。

不过，今天晚上，在这样的环境里，显然是不可能再往深里谈了。

不能让他知道，我已经开始怀疑他了。

桌对面的老曹正在低头看着手表，我笑了一下说：“怎么，今晚还有事？”

曹老板抬起头来，有点不好意思：“等下还要准备给证监会的材料，唉，真是烦死了。”

我嘿嘿一笑：“好了，别在我面前炫富了，你忙去吧。那……今天晚上，就多谢曹老板招待了。”

曹老板一边招呼服务员来埋单，一边再次跟我道歉：“你远道而来，招呼不周，等我忙完这阵子，下次再一起喝酒。”

我点了点头，诚恳地说：“好嘞。”

第四章
83or84

回酒店的路上，比来的时候顺畅了一些；我在房间洗完澡，又躺在床上看了会儿电视，觉得挺无聊的。

于是我从床上坐了起来，想了想，决定给微信里的“迷失”发信息。

发什么好呢?

当然不能问“你是不是死了”这种弱智的问题，我想了一下，假装不知道他是被踢的，问道:“你怎么退群了？”

等了一会儿，老向没有回复。他以前也一直是这样的，发完祝贺短信过来，我手写回复过去，结果就如同泥牛入海。等他再次发信息给我的时候，已经是几个月后的另一个节日了。

我无奈地把手机扔到一边，继续看电视，幸好没过多久，晚上9点多，唐双也回来了。

看着她满脸喜色，我知道，今晚会是个愉快的夜晚。

唐双没有跟我说太多下午开会的事情，我也没有多问。

在进浴室洗澡之前，她一边脱外套一边问:“明天回深圳可以吗？可以的话，我就让Stacy姐订票了。”

我一边盯着她解开衬衫纽扣的手指，一边心不在焉地说:“好啊好啊，你安排就好。”

唐双发现了我的视线所在，嗔道：“没个正经。”

然后，她没脱下衬衫，就转身进了浴室。

我从床上坐了起来，想着她洗完澡后的“节目”，兴奋得不断搓手。

关上浴室门之前，她突然探出半个身子：“对了，Stacy 姐说，下午她没帮你拉窗帘。”

我哦了一声：“好啊，我知道了。”

等唐双关上浴室门，我才反应过来，她说的这句话是什么意思。

Stacy 姐并没有帮我拉窗帘，我睡觉之前，也没有自己去拉窗帘。

所以，帮我把窗帘拉上的，是另外的人。

那一个站在床旁边，俯下身来，在我耳朵旁边说了四个字的人。

我身体瞬间冷却下来，这个人不人鬼不鬼的老向，除了突然消失，真的可以突然出现。

我自己睡的时候还好，如果等下跟唐双睡到一半，老向也突然出现，那可就真的……说不好还会留下什么后遗症。

可是，大战千钧一发，我现在绝不能畏缩避战，不能有无法应战的物理情况。不然唐双肯定会怀疑，我今晚去见的是女同学，并且已经发生了一场“战争”。

这么想着，我紧张地环顾四周，当然，除了浴室里传来的水声之外，房间里什么动静都没有。

我深深吸了一口气，明知道这样做非常可笑，我还是双手合十，口中念念有词：“老向啊老向，等一下千万别出来吓我啊，看在我们关系还不错的份儿上。对了，你大学时喜欢星崎未来，我给你烧一百张碟，行不？”

可能是听到了我的请求，被我的诚意打动，一整个晚上，老向都没有出现。或者最起码的，他出现了，但是没有来打扰我们。

我跟唐双不仅大战了一场，等我技能冷却完，又大战了第二场。折腾到快半夜 12 点，两个人才心满意足地相拥而眠，醒来的时候，已经是第二天早上 9 点多了。

睡眠质量好，人自然也精神饱满。

我们快速收拾好行李，Stacy 姐已经安排好车接我们到机场，下午 3 点多，我们就飞回了香港。

在等着拿行李的时候，我打开手机，老向还是没回我的微信，但是我却发现——Gary 通过了我的好友请求。

他还给我发了两条信息。

第一条："蔡必贵？"

第二条："Sorry（不好意思）啊，我忙着 Trip（旅行），刚刚才看到。"

Gary 算是我们专业毕业生中少有的在广告业里混的，他在香港的一个 4A 公司当美术总监，同事大多是香港人，服务的又是外国客户，所以说话都夹杂着英语。

我跟他寒暄道："那么巧，我也刚下飞机，从北京出差回来。"

嗯，陪女总裁去北京开会，也算是出差的一种吧。

Gary 这回倒是回复得很快："回到哪里？深圳？"

我心中一动，赶紧回复道："陪我女朋友，在香港落地。你也在？要不晚上一起吃饭？"

Gary 却发了个"笑哭"的表情，然后说："今晚吃饭不行了，我也在香港机场啊，不过是离境，正要 Check-in（办理登机手续）。"

那么巧！

我精神一下子就振作起来了，这时唐双走到我面前说："跟谁聊得那么开心？"

我抬起头来，如实交代："一个大学同学，刚好也在机场，我有点事想跟他聊一下，要不……"

唐双善解人意地说："你去吧，我和 Satcy 姐在这儿等行李好了，等会儿停车场会合。"

我高兴地说："好，我很快的，就几句话。"

估计是公司的事情解决了，昨晚的表现又让她满意，今天唐双心情特别好："不要紧的，多久都等你。"

想到马上就可以当面问 Gary 了，我开心得差点跳起来，在唐双脸上亲了一口，转身就跑。

一边跑，一边发语音给 Gary："我到楼上出发厅找你，先别进安检啊，等我！"

机场的出发厅就在到达厅楼上，坐个电梯，两分钟就到。

Gary 如他微信里说的，在一家男装店门口等我。我一眼就认出了他，身形跟大学时相比并没有太大变化，瘦瘦的，穿一件日本潮牌外套，破洞牛仔裤，染成亚麻色的头发梳成了大背头，日默瓦的登机箱上贴满了各色贴纸，一看就是时尚达人。

我赶紧跑了过去，招呼道："Gary！"

Gary 伸出手来，没戴手表，手腕上是克罗心的银链："老蔡，Long time no see（好久不见）。"

我嘿嘿笑道："是啊，得有两三年了。对了，你还有多久登机？"

Gary 看了一眼手机："再有 5 分钟，就得 Check-in 了。你找我那么急，有事？"

他时间紧张，我也就不兜圈子了："对，是老向的事情。"

Gary 做出一副明白了的样子："我知道，你在 WeChat group（微信群）里说了，跟他一起 Happy（玩乐）了是吧，怎么样，他还好吗？"

我心里大大松了一口气，果然，认为老向没有死的人，不只我一个。

我来不及解释太多，简短地说："他还不错，不过很奇怪啊，我昨晚见了班长，曹老板，他说老向早就死了。"

Gary 喊了一声："怎么可能，他记错人了吧？老向是一毕业就失踪了，不过我们偶尔会在 WeChat（微信）上聊聊天的。"

我也点头说："对啊，实在是太奇怪了，曹老板、李世海这些人，都说老向大四的时候淹死了。对了，他们在群里也说了的，你没看见？"

Gary 看了一眼安检口，然后摇摇头："我的 WeChat group 太多了，没有 Keep（保持）关注。"

见他着急要进安检，我也不好意思浪费他太多时间，直接切入正题："我看你在群里发了几条信息，然后撤回了，撤回的内容是什么？"

Gary 奇怪地看了我一眼："撤回？哦，你说的是 Recall，这个嘛，哈哈……"

他笑得很暧昧，这样一来我更好奇了："怎么了？"

Gary 故作神秘道："哎，也没有啦，我发了一张跟老向的聊天截图，还有他发给我的照片，是跟一个女同学的合影。结果女同学马上私聊我，说那张照片她太难看了，让我撤回。"

我愣了一下："女同学？你是说老向跟女同学的合影？是哪个女同学？"

Gary 一脸贱贱的表情："Sorry 啊老蔡，这个就不能告诉你了，我答应要帮她 Keep secret（保密），她答应请我吃顿好的，喏，我等下飞 L.A.（洛杉矶），我们都约上了。"

我心里暗自骂了他一遍，恐怕你看上的不是这顿饭，是那个女同学吧。

既然他不肯说，我也没办法强求，不过，他刚才说这个女同学在洛杉矶；我们班的同学，在美国发展的就这么几个，根据排除法，很快就能找出来。到时候，直接跟这个女同学聊一聊就好了。

从好的角度考虑，这个洛杉矶的女同学跟老向吃过饭，那么她当然也知道老向没有死。所以，站在我这一边的人，又多了一个。

Gary 又看了一遍手机，然后用拇指指着安检口示意："Sorry 啊老蔡，我要去赶飞机了。"

我不好意思再耽误人家，赶紧说："好好，等你回来再约，请你吃饭。"

Gary 跟我挥手道别，然后拉着登机箱，朝安检口走去了。

我看着他的背影，内心是充满感激的。就这么短短的 5 分钟，他给了我两个启发。

第一，是可以通过排除法，找到那个跟老向拍过照片的在国外的女同学；就算万一找不到，我还可以对 Gary 死缠烂打，让他一定把那张合照发给我。有了这张合照，我就可以拿去给曹老板、李世海等人看，证明老向根本没有死。

第二，除了找在国外的女同学、Gary 要照片外，我还可以自己回家找照片。虽然毕业之后再也没见过老向，但是，毕业典礼上的合照，我还是有的。虽然不记得老向站着的具体位置，但是那一天，他一定是出现了的。

只要回家找到这张大合照，曹老板所说的老向淹死啦，老向弟弟闹事啦，所有的一切，都会被无情地粉碎。

到时候，我再来追问曹老板撒这个弥天大谎的动机。

嗯，就这么愉快地决定了。

事情有了解决的希望，我像个小学生一样，三步并作两步地朝停车场跑去。

离开机场，唐双回公司继续开会，巩固战果。我跟她说自己也有点事要处理，索性晚饭都不在香港吃了，直奔深圳湾关口。18：00，我回到了自己位于南山的公寓，一进门就把行李扔到一边，跑到楼上翻箱倒柜，找那张大学毕业典礼上的合照。

皇天不负有心人，我找了半个多小时，终于在衣柜的角落里，翻出了一个装满旧物的纸箱。打开一看，我的毕业证书啦、学士证书啦、四六级证啦，还有一本普通话等级证书，都好端端地在里面搁着。

话说当年，老向还问过我要不要代考六级，收我友情价，被我大义凛然地拒绝了。我的说法是，英语是一门工具，毕业以后要用到的，所以一定要自己考。实际上，是因为我当时刚交了个英语系的女朋友，想以复习六级为借口，每天跟她泡图书馆。

毕业以后，我跟这个女朋友再也没联系过，而且我发现，除了在看美剧时稍微有点优势外，英语一点用都没有。

好吧，真是一个凄美的爱情故事，不过现在，重点并不在这里。

在大本的学士证书里面，果然！夹着当年那张毕业合照。

我如获至宝地拿起照片，放到书桌上，打开所有的灯，仔细研究起那张照片。

老向呀老向，马上就能找到你了。

很快，我发现了一个问题。

到底哪个才是老向啊？

前排的老师啊、院长啊什么的就不算了，我们班一共 83 个同学，83 张人脸，每张脸都没有手指甲盖大，密密麻麻地挤在同一张照片里。这里面，一大半是男同学，在这 50 多张男人脸里，首先要分辨出到底有没有老向，有的话，还要从里面找出具体哪一个是老向——对我这个脸盲症患者来说，这真是一个恐怖的任务。

说实在的，别说老向了，我差点连自己都没认出来。

不过，最后我还是运用自己的智慧，按照自己的身高，把搜索范围限定在男生第一排。果不其然，终于找到了自己，就在男生第一排最中间的位置，属于“矬子里面拔大个儿”的意思。然而这并没有给我带来一丝安慰，因为当我运用同样的办法，在第二排找老向的时候，却是无功而返。

这个有点像，这个也有点像，啊，一定是这个！

咦……好像又不是，老向的鼻子没这么大……

到底哪个是老向啊！

在努力了 15 分钟，相信自己无法找出并确认老向后，我决定尝试另一种方法。班上一共有 83 个学生，我把合照里的学生人数算一遍，如果也是 83 个，就说明没有任何人缺席，自然，老向也就没有死。

能想出这个办法，不得不承认我很机智。虽然我有脸盲症，但是 100 以内的加减乘除，我还是能应付得来的。

好，接下来——我搓搓双手，开始一个人头、一个人头地数起来。

1、2、3、4……37、38、39……78、79、80……

越数到后面，我的心情就越兴奋，尤其是到了80这里，我用眼角的余光发现，还没数到的学生，绝对不止两个。

81、82、83！

不对……

我的手指头，像被强力胶粘在照片上，动弹不得。

因为，在第83个同学旁边，还多出了一个人。

84。

我仿佛被电到了一般，把手指从照片上收了回来。

我清楚地记得，我们班的同学人数，有人转学来，有人转学走，但是在毕业的那一年，固定在了83个。

就算老向出意外死了，或者有别的同学没积攒够学分啊，没出席毕业典礼啊这些，总人数也只会比83少，不可能比83多。

我双手揪着头发，这到底是怎么回事？

不，蔡必贵，冷静，冷静一下。

一定是自己数错了，来，深呼吸，再数一遍。

这么想着，我趴在桌子上，仔细地数了起来。这一次，我优化了算法，每数完一行，就把该行的人数记在手机的备忘录里，最后再加起来就是总数了。

终于，第二次数完人头后，我开始把备忘录里的6个数字，加起来算个总数。

我从最后一排加起，17、15、14、14、13、11，第一排最宽，但是学生的人数最少，因为还坐着老师什么的。好了，让我来加一下，总数是84。

真是奇了怪了。

这一次，我确定没有算错，毕业照上的学生总数，就是84个。

多了一个。

至于多出来的是谁，别说是脸盲症的我，就算是记性最好的曹老板，一时半会儿的，也很难分辨得出来。

我对着桌面上的毕业照，无奈地摇着头。本以为凭这张照片，可以找到老向，证明他当时还活得好好的，参加了毕业典礼。可谁知道，不光老向没能找到，还多出了一个不知道是谁、也不知道为什么出现在照片里，滥竽充数，冒充是我们同班同学的人。

现在的我，真是一个头两个大。

慢着，一个头，两个头。

靠我自己的一个头，找不到老向，更认不出多了谁；但是没关系呀，我可以把毕业照拍下来，发到微信群里，玩“大家来找碴”。群里有多少个同学，就有多少个头，让他们一起来找老向，一起看是多了谁出来，群策群力，一定能弄个水落石出。

这么想着，我赶紧站起身来，用手机拍了好几次，终于拍出了一张清晰、完整、没反光的照片，然后打开微信群，点击相册，选中—预览—原图。

按下发送的前一秒，我在心里盘算着，嗯，我的同学们，都会有什么反应呢?

发在群里的毕业照，就好像扔进海里的一颗深水炸弹，不到两分钟时间，就把这些潜水的家伙纷纷炸了出来。

不过，出乎我的意料，根本没有人关注老向，不光这个人的生死无足轻重，就连我们昨天关于老向的讨论，也似乎被忘得一干二净。

所有人的第一反应，都是在找当年的自己。

“哇，我那时好瘦啊！”

“马尾辫哪，也就那时留起来才不违和。”

“啧啧，满脸的胶原蛋白。”

“唉，我好矬啊，像个小处男。”

“哈哈哈哈楼上的，你当年就是个处男好不好？”

10分钟里，一共出来了二十几个人，把照片里的自己都认领了。

难得有那么多人在，趁热打铁，是时候让大家来帮忙找碴了。

于是，我在群里说："大家静一静，听我说。"

然而，并没有人鸟我，群里还是沉浸在：哎我那时好年轻、你现在也很年轻啊、哪里最年轻的是你——这种虚伪又无意义的对话中，我咬咬牙，只好使出撒手锏。

扔一个大红包。

果然，这些人在十几秒内就把 20 个红包抢完，又各自发了"谢谢老板"等领红包表情后，终于有心情听我说话了。

我再重复了一遍："大家静一静，听我说。"

底下纷纷回复："蔡老板你说。"

我也没有犹豫，硬邦邦地抛出了问题："大家帮忙看看，向亮在里面吗？"

群里马上又炸锅了，各种说法的人都有。跟上次一样，占四分之三的多数派，都认为向亮已经死了，这批人说的是"老蔡你又来""老蔡别吓唬人啊""向亮是你的真爱吗""人死不能复生""向亮怎么可能在"之类的话。

可是，也有两三个少数派的回复是"好，等我找找"。

等少数派表态完后，多数派就调转枪头，纷纷问他们是不是疯了，失忆了，还是在配合老蔡一起搞恶作剧。

此情此景，让我想起很多年前，汤姆克鲁斯演的一个电影，叫作《少数派报告》。不同的是，电影里的三个祭司是对未来的预言发生了分歧；而我们群里的情况更诡异，是对已经确确实实发生了的、10 年前的一件事，有着截然不同的记忆。

我深深吸了一口气，要解开目前的困境，除非是……

"找到了。"

我瞪大了眼睛，看见微信群里，一个叫 Upson（爱普生）的少数派，打出了简简单单却又惊心动魄的三个字。

我几乎颤抖着手指，回复道："@Upson，你找到向亮了？在哪儿？"

多数派七嘴八舌的，质疑 Upson 说的话，纷纷要他把向亮指出来。

我也紧张地一手拿着毕业照，一手拿着手机等 Upson 回复，好用最快的速度，找到向亮。

过了一会儿，Upson 发出来一条信息："倒数第二排，最右边。"

我赶紧在毕业照上找，从后面数第二排，也就是我站的后面那排，最右边——果然！

刚才我也怀疑过这个是向亮，只是不敢确定；现在 Upson 也这么说，所以这个最右边的男同学，就是向亮没错！

我盯着照片上那张指甲盖大小的人脸，心里一阵狂喜。向亮没死！他活着参加了毕业典礼，哈哈，我倒要看这群多数派怎么讲！

微信群里，另外两个少数派也附和道："没错，我也看到了，就是向亮没错。"

有两分钟时间，多数派没有一个人说话。我看着手机，不由自主地笑了起来。怎么样，傻眼了吧？还说什么向亮淹死啦，向亮怎么可能来，老蔡一定是疯了，这样那样的话，现在看你们还怎么说。

终于，有一个多数派回复了，是一个女同学，她说："好像不对啊，倒数第二排，最右边，不是那谁吗？"

她接着说："哎呀，叫什么名字呀，心急死了，一时想不出来。"

我皱起了眉头，仔细再往照片上看；一旦确定了他就是向亮，就没有任何疑问了，怎么看怎么像。

难道说，多数派还想抵赖，硬说这个不是向亮，想玩指鹿为马那一套？

果然，接下来另一个多数派的男同学，出来接话了："我知道，是阿橙！"

刚才那个女同学也赶紧赞同道："没错，是阿橙！@阿橙，出来看看，这个是你吗？"

这个叫阿橙的男同学，我记得他会拉小提琴，戴一副眼镜，面目和善，跟五官棱角分明的老向，差别不要太大。怎么可能会认错是他呢，这也太胡扯了。

还没想好要怎么嘲讽多数派，阿橙就真的被@出来了。他估计没有去翻前面的聊天记录，只看到了最后的几句，所以显得一头雾水："啊？怎么啦？什么是我？"

女同学把毕业照重发了一遍，又说："阿橙你看看，倒数第二排最右边的，是不是你？"

我盯着照片上向亮的那张脸，实在是佩服阿橙，竟然能睁着眼睛说瞎话："没错，是我啊。"

我心里的气啊，你们这群人，为了不承认错误，就敢这么合起伙来撒谎。

"别开玩笑了，你们瞎了啊，怎么会是啊……"

输入框里的字还没打完，突然之间，我打了个冷战。

阿橙戴着眼镜，非常和善的脸，我在照片上也见到了。位置好像是……

我吞了一口口水，看向桌面上的照片。

没错，这两人的身高差不多，所以在毕业照上，阿橙正站在老向身旁，倒数第二排，右边数起第二个。

我瞬间就明白了什么，浑身都开始起鸡皮疙瘩。

我们几个少数派，指的倒数第二排最右边的，明明是向亮；而多数派说的同一排最右边，却是阿橙——我眼中的右边数起的第二个。

也就是说，如果多数派没有合起来骗人，说明在他们眼里，看不见在最右边的向亮。

没有这个人。

我嘴角不由得抽搐起来，这没有道理啊，完全说不通好吗？

如果说各自看的是不一样的合照，还有可能是因为照片不同，多了个人，或少了个人。可是现在，大家看的是同一张照片，是我刚才拍了发在微信群里的。

同样的一个向亮，就站在倒数第二排最右边，怎么有人看得见，更多人却看不见呢？

难道说……真的是见鬼了？

我深深吸了一口气，稍微冷静下来，在输入框里把刚才的字删掉，快速回复道：“Upson，你帮忙把向亮圈出来好吗？”

Upson 回答说没问题，我于是 @ 了另外两个少数派，让他们也这么做。

然后，我从书桌里找出一支红色马克笔，干脆就在毕业照上，围着向亮的脸画了一个红圈，再用手机拍了照片，发到微信群里。

另外三个人的照片，都是用手机里的修图软件画的圈，看来现在无论男女都是 PS 的老司机，几分钟内，全都把修改后的照片发出来了。虽然画圈的方式不同，但是四个人圈的都是同一个位置——倒数第二排最右边，向亮的脸。

微信群里安静了半分钟，然后，就开始炸锅了。

刚才那个女同学说：“你们太吓人了。”

阿橙的说法是：“都圈在我旁边的是什么东西啊？”

另外一个多数派回复的话，最具有总结性，他说：“你们几个人，圈的都是空气啊。”

我身体往后靠在椅背上，双手抱着后脑勺，深深地吸了一口气。

头皮有些发麻啊。

看起来，目前的情况是这样的。我用手机翻拍了毕业照，然后发到微信群里；同样的一张电子格式的照片，包括我在内的四个人看到了向亮，并且在照片上打了个圈；但是，除我们之外的多数人，声称他们根本看不见向亮，我们四个人打的圈，都是照片上空白的位置。

遇见这种事，普通人的第一反应，当然是——见鬼了。

但是，既然我是个不信鬼的唯物主义者，用鬼来解释，显然不太合适。那么，除了见鬼之外，还存在别的可能吗？

第一种可能性，一切都是人为的。也就是说，这些多数派，在集体撒谎，睁眼说瞎话。他们明明看见了，但是偏偏就说没看见，一时半会儿的，也没办法考证。

但是，我想不出来背后能有什么原因，驱使这些同窗四年的同学们，联合起来撒这个谎。而且，从他们在微信群里的聊天来看，表现得都很真诚、自然，不像是在撒谎。

至于第二种可能性，尝试用科学来解答，就比较复杂了。

我挠了挠头，努力理清思路。

首先，排除人为因素，即多数派、少数派都没有撒谎，说没看见的就是没看见，说看见的就是看见了。

好了，我们说的“看见”，指的是什么呢？

以我肤浅的科学知识来说，就是物体反射的可见光，被人的眼睛吸收，再通过视觉神经传达到大脑，从而形成了我们可以感知的影像。

然而，我看过一些资料，说人类的视觉其实很好被愚弄。

比如说，曾经在网上流传的“蓝裙子之争”，明明是同一张照片，有人说裙子是蓝黑的，另一部分人说是白色跟金色。

还有以前流行的一个旋转的女人，黑格子白线上的点，两个处于图片上不同位置、看上去绝不可能同色，但真的就是同一种颜色的方块，诸如此类，这些视觉骗局都告诉我们一个真相——眼见，不一定为实。

还有科学证据表明，处在这个三维世界里的我们，其实根本无法“看见”这个三维世界。眼睛能看到的，只是一个二维的平面；我们的脑子把这些二维图像拼凑起来，重新组合，再配合身体其他感知，才让我们误以为自己看见了三维的世界。

好了，现在我面对的情况是——在同一张照片上，有人看到了向亮，有人没有看到。

假设所有人都是诚实的，也没有同时眼睛出了毛病，那么根源就在这张照片上。

也就是说，照片上向亮这个区域的原子，向不同的人，反射的是不同的光线。所以，少数派的眼睛，接受的是组成向亮的光线；多数派的眼睛，接受的则是照片上，向亮身后的背景所发出的光线。

我倒吸了一口冷气。

一个经常听说的物理学术语，从我心里蹦了出来。

没错，就是大名鼎鼎的“薛定谔的猫”。

作为一个文科生、工厂老板，深奥的物理知识我并不懂，我所理解的“薛定谔的猫”，意思是说——在一个盒子里，有依靠原子衰变与否，来决定是否释放毒气的机关，另外还放着一只猫。因为在微观尺度上，这个决定性的原子，是既发生了衰变，又没有发生衰变；导致了盒子里的这只猫，是既活着，又死了。

猫的生跟死，两种截然不同的状态，就在这个盒子里同时存在。

注意，这个理论的诡异之处，就在于盒子里的猫，既活着又死了，两种状态混合；而不是我们日常生活中所理解的，或者活着，或者死了，两种状态已经固定，只是你还不知道而已。

而当有人打开了这个盒子，进行观测，观测的这个行为本身，会导致这个原子既衰变又没衰变的状态，坍缩成为一种固定的状态——衰变了，或者没有衰变；对于猫来讲，结局就是死了，或者没死。

也就是说，观测者打开盒子这个动作本身，决定了薛定谔的猫的生死。

如果把“薛定谔的猫”这个理论，套用到目前的状况，就是说……向亮既活着又死了，取决于观测者的不同，即使在同一张照片上，我们看到的也是不一样的结果。

我紧皱着眉头，这也太荒谬了，这样一来，老向岂非变成了“薛定谔的人”？

如果是纸上谈兵，讨论一个物理概念还好，可是一个刚见过面的活生生的人，他既活着、又死了，这样的事情，确实已经超出了我的理解能力，让我感到头脑混乱。

我用力揉了下太阳穴，叹了一口气，把视线移向桌子上的毕业照。这该死的老向……

在看到刚才自己画的红圈时，我顿时呆住了。

红圈里，空空如也。

老向的脸，已经消失不见了。

这到底是怎么回事？

难道说，因为我把毕业照公布到了群里，大家的观测行为，对老向死了或者活着这件事本身，反过来产生了影响？

我低下头去，狠狠地看着照片，没错，照片还是那张，可是刚才还在的老向，却已经消失了。

10 分钟前亲手画的红圈里面，现在变成了舞台的绛紫色幕布。

我把手指放在照片上，稍微用力摩擦。没错，相纸的颗粒感是真实的，老向的那张脸，也同样真实地消失了。就好像，他从来没参加过毕业典礼，从来没存在于这张毕业照上。

在箱子里放了快 10 年、不见天日的毕业照，被我翻出来还不到一小时，里面的一个人就消失了。这种感觉，有点像打开了一个千年古墓，然后眼睁睁看着栩栩如生的雕像，在自己眼前风化，转眼消失不见了。

太诡异了。

在又愣了十几秒后，我突然意识到了什么，疯了一样抓起桌上的手机，打开来看微信群里的照片。

还好，这些储存在手机里的电子格式图像，目前还没有发生变化。无论是最早我拍的原始照片，还是后来各自画了圈的照片，都有老向在上面。

我不禁感到庆幸，毕业照的实物上，老向已经消失了，如果拿手机拍的照片里他也不见了，那么死无对证，我跟另外三个少数派，都会被当成神经病。

不过，我很快又皱起了眉头。既然冲洗出来的照片，都可以发生这种诡异的变化，那么手机里的图像，估计也保存不了太久。

很快，关于老向活着参加了毕业典礼的证据，都会被抹杀掉。那时候，除了我自己的记忆，再没有什么能证明，老向这个人没有死，还活着。

不，说不好就连我的记忆本身，也会受到影响，遭到篡改。

当务之急，是要跟时间赛跑，在所有证据湮灭之前，搞清楚事情的真相。

我狠狠地盯着照片红圈里的空白，突然间，发现……还有什么不对劲。

除了老向消失了之外，这一张毕业照，还发生了一些其他的变化。

嗯，我刚才数了一下学生人数，比我印象中的 83 个人，多了一个，变成 84 个。

而现在……好像在某一排的某个位置，还缺了个人。

为了确定我的感觉，我再数了一遍照片上的人数，从后往前数，每一排的学生数分别是 17、15、14、14、13、10。

再看回刚才记下来的每排人数，17、15、14、14、13、11。

第一排，少了个人。

确切来说，是少了个女同学。

这一个神秘的女同学，跟老向一起出现，又一起消失。

毫无疑问，想要找出事情真相，这个消失的女同学，至关重要。

可是，消失的到底是谁呢？

我正要去挠头发，突然之间，手却僵在了半空。

脑子像过电了一般，回想起 Gary 在机场跟我讲的话。他说向亮曾经给他发过一张照片，是跟某一个女同学的合影；应这个女同学的要求，Gary 才撤回了发在微信群里的合影。

在毕业照上消失的人，会不会就是这个女同学呢？

Gary 还说了，这个女同学住在美国洛杉矶。让我想想，我们班里有谁在美国定居了呢？隐约中有点印象的，到底是谁？哎呀，如果是曹老板，肯定能……

我心里的念头还没落下，桌子上的手机就响了起来，一看屏幕，正是我们的班长兼交际花，曹老板。

说曹操，曹操就到，这估计是姓曹的遗传吧。

真是刚想瞌睡，就递来个枕头。我赶紧把电话接了起来，热情地打了声招呼："曹老……"

话还没说完，电话那边劈头就骂道："你搞什么鬼？"

曹老板出了名的好脾气，很少动怒，现在却一反常态，来势汹汹。

我一时有些不知所措，心虚地说："哈？什么什么鬼？"

曹老板确实很生气："毕业照，你发群里的毕业照！还在照片上画圈，制造恐慌啊你这是！几个女同学都找我反映情况了！"

我不由得笑了："都什么年代了，还有打小报告的啊。"

曹老板怒道："老蔡，你正经点行吗？"

我稍微收敛了一点，想了想说："曹老板，你先别激动啊，不就一张毕业照嘛，而且很奇怪啊，除了我之外，还有几个人看见了向亮……"

听我这么说，曹老板更激动了："别提向亮了好吗，我昨天不是跟你说，他淹死了，淹死了！你总拿个死人出来讲，有什么意思嘛？"

我皱着眉头，没有说话。在向亮这件事上，曹老板表现得太不正常了；我不过是在群里发了张毕业照，他竟然打电话来向我咆哮，情绪近乎崩溃。

要说有鬼，鬼不在照片上，而是在曹老板心里。

曹老板可能也意识到了自己的失态，电话那边安静了一会儿，然后是他故作镇静，但明显听得出在压抑愤怒的声音："老蔡啊老蔡，别折腾了好吗？被你这么一闹，我们的 10 周年聚会还搞不搞了？"

第五章

被篡改的现实

我沉吟了一会儿，决定还是先不跟曹老板正面冲突；如果这件事对他牵涉很大，让他知道我想要揭开真相，他一定会用尽全力来阻止我，甚至把本来就不多的证据都破坏掉。

总之，不论他信不信，我还是来个缓兵之计，麻痹他一下。

这么想着，我假装服软道："好好好，不折腾了，哎你看我这不是无聊嘛，就想找点事做。"

听我这么说，曹老板的气似乎消了一点："没事做去生娃啊，有孩子了，看你还能瞎折腾不。"

我嘿嘿一笑："我倒是想生，也要女朋友配合才行。对了，我们的同学会，来的人多吗？"

曹老板愣了一会儿，像是没想到我突然转变话题，不过还是回答道："挺多的，毕竟10周年，到现在报名的有50多个人。"

我哦了一声："外地回来的多吗？国外的也来？"

曹老板对我倒没什么戒心，继续往下说："在深圳的有20多个，包括你啊，你不来我削你。其他都是我们这些外地混的咯，国外的不多，五六个吧。"

我假装很关注这个同学会："来，肯定来啊，国外的都回来，我还能不去？对了，我记得在美帝有两三个，都回来吗？”

曹老板不愧是老班长、交际花，对全班同学的动态如数家珍：“对啊，小敏在华盛顿，大钟也是，还有洛杉矶的……”

听到这里，我紧张得眼睛都睁大了，幸好隔着电话，曹老板看不见。

他继续往下说：“莫宁也说要回来。”

我不由得提高了音量：“是她啊！”

这个曾经无比熟悉的名字，一瞬间，引爆了我许多学生时代的回忆。

曹老板奇怪道：“对啊，莫宁，怎么了，你不会把班花都忘了吧？”

我怕他怀疑到向亮那边去，赶紧掩饰道：“谁会忘记莫宁啊！不过我以为她在上海呢，是上海对吧？跟那个富豪老公，大别墅住着，怎么投奔美帝了？”

看来曹老板跟我一样，都没看到微信群里 Gary 发的合照，所以并没有对我起疑心，耐心解释道：“她老公还在上海，她是带着儿子先过去了，那边空气好啊，你懂的，有钱人在哪儿不是住大别墅呢？她在群里都发过照片的，好家伙，跟城堡似的，花园都有 S 大运动场那么宽，啧啧……”

我随口附和道：“人生赢家啊，我们羡慕不来。”

心里想的却是——莫宁的儿子，没错，我想起来了，莫宁两年前生了个儿子。

Gary 在机场里跟我说，跟向亮合照的女同学说微信群里的照片太难看了，要他赶紧撤回。

一向爱美的莫宁，如果是在两年多以前的怀孕期间，跟向亮见面并留下了合照，当然会要求 Gary 撤回的。

挂了电话的那一瞬间，我点点头，对自己说：“没错，就是她。”

每个男生的大学生活，都会有一个特别扎眼、特别出众，就像一片漆黑中的萤火虫般的女神，对于我们专业的绝大部分男同学来说，这个女神就是莫宁。

整个班五十多号男生，大概有一半曾经暗恋过莫宁，另外一半，都轰轰烈烈地追求过。

当然，我算是个例外，我从来没有明恋，也没有暗恋——好吧，我承认即使是我，也对莫宁很有好感。

比起理科专业来说，文科的男生，本来就享有较多的女生资源。我们专业里，超过 40% 都是女生，而且平均质量，可以说傲视其他院系，大概也就比艺术学院的略逊。

可是，这些其实都不错的同班女生，四年大学生活，都被笼罩在莫宁的光辉下，显得黯然失色了。

莫宁的家庭环境很好，她爸爸经商多年，妈妈是深圳一个很好的中学的校长，她从小就学习弹钢琴，跳芭蕾。要知道在我们的童年时代，中国才刚刚改革开放，这些东西可不像今天这么普及，能接触到的，都是真正的非富即贵。

我还看过她在家里客厅弹钢琴的照片，穿着长长的纱裙，钢琴是黑得发亮的三角钢琴，看着跟仙女一样。

既然说是女神，外在的美貌当然不能少。她脸长得像好几个女明星的混合体，说她像朱茵、酒井法子、莫文蔚的都有；光脚能有 170 厘米的样子，骨架很小，皮肤白皙，是学校模特队的主力。

除此之外，莫宁很懂得穿衣服，平时在学校里，她的打扮拿捏得非常妥当，充分利用自己的身材优势，又没有太暴露、太肤浅、太辣人眼睛。21 世纪初的大学校园里，流行的还是什么 F4 呀、松糕鞋呀、各种怪异发型，现在回想起来，莫宁的审美真的是出类拔萃，超前了一个时代。

因为妈妈是中学校长，莫宁的成绩一直还不错，算是半个学霸，成绩在班里是稳稳的第一军团。英语四六级就不说了，她还考了剑桥商务英语，中级还是高级，忘记了。

总而言之，莫宁就是这么一个完美的存在。这么说吧，不光我们专业，整个学院，大半个学校，要是知道这个人，却没有垂涎过她、没有在宿舍卧谈会里意淫过她的，都要认真考虑一下自己的性取向了。

说起莫宁，不得不提大一时的元旦联欢晚会，她震撼全校师生的独舞。

我记得很清楚，当年流行的一个韩国女星朴志胤，她的《成人礼》MV（音乐短片），里面跳的舞蹈姿势撩人，刷新三观。据说当年的联欢晚会之前，很多系的女生都想出这个来当院系的节目，但是看了莫宁的排练之后，纷纷都放弃了这个想法。

我至今记得，当年在S大的剧场里，莫宁一个人在舞台上跳，台下男生像疯了一样，欢呼、起哄，声浪几乎掀开了房顶。

十几年后的今天晚上，我坐在家里的沙发上，开始思索一个问题：当年疯狂呐喊的男生里，有没有向亮？

不过，当我再次看向手里的毕业照片，却稍微有些失望。

因为，莫宁还在这张照片里，即使像我这样的脸盲，也可以轻易把她好看的脸、洁白的牙齿，从芸芸众生中一眼挑出来。

所以，跟向亮一起消失的女同学，并不是莫宁。

不过，管它呢。

反正我拿定主意，就从莫宁下手。首先，想个办法，跟她聊聊向亮，让她把跟他的合照发给我。

Gary发在微信群里的合照，她没有否认，只是要求撤回；也就是说，对莫宁来说，她两年多以前怀孕时见过向亮，这是个她承认的事实。

一个在多年前死掉的男同学，当然不可能在莫宁怀孕时，再跟她合照。即使像我刚才推测的那样，老向现在变成了“薛定谔的人”，处在生或死的混合状态，起码，莫宁的观测角度，跟我是一致的。

在我跟她的时间轴上，老向都是活着的。

我微信里本来就有莫宁，我给她发了条信息：“听曹老板说，十周年聚会你要回来？”

现在是晚上9点，洛杉矶比中国要慢15个小时，也就是不到早上6点，应该都还在睡觉呢。没关系，我等着她回复就好了。

放下手机前，我随手点开了跟老向的聊天窗口。

最后一条信息，是昨天在帝都的酒店里，我发给他的：“你怎么退群了？”

当然了，他没有回复我。

我叹了口气，唉，要是能跟老向直接聊聊，许多问题就迎刃而解了。

突然之间，微信里跳出了一行字。

我顿时心跳加速，以为自己看错了，再定睛一看，没错！

是老向回复我了！

他发的那几个字是：“老蔡，我没有死。”

看清楚手机里这句话时，我的心脏短暂停跳了一秒。

老向都被踢出群了，他是怎么知道，我们正在群里讨论他的生死？

难道说，微信群里有他的眼线？

还是说……

我吞了一口口水，老向在毕业照里可以隐身，还能从我眼前突然消失。说不定我看不见他，但是他一直站在我身后，注视着我的一举一动，盯着我的手机屏幕。所以，当然知道我们在群里聊什么了。

就这么想了一下，我甚至听到身后传来了轻微的呼吸声；想要朝后看去，脖子却僵硬得难以转动。

我深深吸了一口气，对自己说——蔡必贵，别吓唬自己了。

我鼓足勇气转过身，伸出手在空气中乱挥，你看，什么都没有嘛。

这样幼稚地自我安慰了一通，我才回过头来，想着要怎么回复老向的消息。

“老蔡，我没有死。”

放在两天前，这样的问题简直是狗屁啦，一个会跟我发微信，和我一起喝酒的人，当然是没有死的。

可是短短的 48 小时内，关于老向生死的问题，却变得像薄薄的雾气一般，飘忽不定。

我想了一会儿，决定还是先避开这个问题，让老向把跟莫宁的合照发给我。

刚要往手机里打字的时候，他的信息又过来了。这一句，比上句要稍长一些，他是这么说的："你外套右边口袋，有我留给你的东西。看看去。"

我吓了一跳，难道说老向不是成了鬼，是成仙了，能够看穿我的心思？我还没开口找他要照片，就把照片塞到我外套口袋里了？

我皱着眉头想了一下，应该是在帝都喝酒的时候，他趁我不注意塞进去的。应该不是照片，不然老向不光可以看穿人心，还能预见未来了。

那会是什么东西呢？

外套，外套在哪儿呢，该不会落在帝都酒店里了吧？那可就糟了！

我一下从椅子上弹起来，奔向楼上卧室的行李箱。

我像一头豺狼一样，把行李箱开膛破肚，从里面扒拉出了所有的衣物。

幸好，外套还在箱子里，只不过叠在最下面而已。

我如获至宝地拿起外套，摊开放在床上，然后开始掏起口袋。

在哪儿，在哪儿呢……有了！

从衣服口袋里掏出东西，会那么惊喜的人，除了小偷，也就只有我了吧。

总之，并不是薄薄、软软的照片，而是一个硬邦邦、立体的东西，塑料的质感，拿在手里的感觉很熟悉，像是平时经常会用到的物品。难道是……

我手里拿着那东西，从口袋里掏出来一看，果然是一块手表。

准确来说，是一块红色的卡西欧电子表。

更详细地说，是前天跟老向喝酒时，他戴在右手上的、有些破旧的电子表；也是昨天跟曹老板喝酒时，他声称是老向的遗物，被他的左撇子弟弟向明带走了的那块手表。

我刚才胡乱想的老向会预知未来这件事，看起来不算错得太离谱；他像是早就知道这块表会引起我的关注，提前就把它塞进了我的外套口袋。

想来应该是在他扶着我，从威士忌吧走到大路上的时候，偷偷放进我口袋里的。

突然之间，我想到了别的可能性。

说不好，是昨天下午，他帮我拉窗帘的时候，顺手塞进去的……

可以突然消失、突然出现在我房间里的老向——我不由得打了个寒战。

可是，留给我这块手表，到底是什么意思呢？

我皱起眉头，把手表拿到眼前，在吸顶灯之下仔细观察。

不，根本不需要仔细观察。

两秒钟之内，我就发现了问题所在：曹老板所说——老向是由他的左撇子弟弟冒充——的可能性，被这一块表，狠狠地打脸了。

根本不是什么左撇子，老向整个人，都是反过来的。

就连他戴的这块表，也是反的。

纵使经历过不少诡异事件，手上的这块表，还是让我感到了发自内心的恐惧。

没错，乍一看，它就是一块普普通通的塑料电子表，旧旧的，造型过时，放在跳蚤市场上，30 块钱都不一定有人买。

可是，稍微仔细看一下，就会发现——这块表的商标，原本应该是"CASIO（卡西欧）"这几个英文字母，现在却左右颠倒，像从镜子里面看到的一样。

如果说几个喷上去的英文字母，还可以解释为有人故意恶搞，但液晶屏里显示的、同样左右相反的数字，就可以粉碎前面的设想。这就是一块彻彻底底、左右颠倒、像是对着镜子掏出来的一块诡异的红色塑料表。

这是怎么回事？

有时候，让人真心感到害怕的，并不是刀子、毒药、大火，甚至不是变态杀人狂。因为这些东西，虽然危险，但是人们大都听说过，也都知道这些东西的存在，所以会有心理准备。

可是，一块左右颠倒的手表，它本不应该存在于这个世界上，更让人完全无法理解——它到底是怎么来的？代表着什么？

这一块其貌不扬的表，放在我的手里，却比一只毒蝎子、一块烧红的铁、一挂快要爆炸的鞭炮，更让人急于摆脱、难以忍受。

说真的，我好不容易才忍住把它扔出窗外的冲动。

我深吸了一口气，告诉自己，这是老向留给我的，是解决疑问的关键证据，要好好保存，好好研究。

我把它放到桌子上，先看了一眼手机，果然，老向没有再说什么。

然后，我开始好好端详这一块反过来的表。

如果把一块玻璃镜子放在它前面，再看镜子里的镜像，就能看到正常的 CASIO 商标，以及正常的数字时间显示。

那么，会不会这块手表，就是从镜像世界里带出来的?

比如说，曹老板跟我讲老向是投湖自杀的，会不会我们学校的又山湖，不是一个普通的湖，而是神秘的镜像世界?所以老向在这个世界死了，但是在镜像世界里活着，不知道为什么又跑了出来，所以看上去是左右颠倒的?

仅仅几秒之后，我不由得笑了一下，否定了自己的设想。

这个假设，无法回答为什么同一个班里的人，对老向的记忆会出现偏差；更无法解答毕业照里的老向，为什么会在我看过之后，突然消失了的问题。

再说了，从一个镜像世界——无论是浴室的玻璃镜也好，学校里的人工湖也好——可以拉出一个左右相反的自己的幼稚的情节，更适合发生在童话故事，或者是不太高明的悬疑小说里。

千万不能心存侥幸，以为现实世界的复杂程度，可以靠这样简单的推测，轻轻松松地解决。

更别说，在老向这个扑朔迷离的事件里，包含了太多诡异的元素。大学里的核电站、生死叠加态的老同学、神秘的毕业照、表现反常的老班长，还有不知道以什么身份介入的班花。这些元素的复杂程度，比起正常的现实世界，似乎还要高一个维度。

可是，如果否决掉镜像世界的可能性，那么眼前的这个左右相反的手表，又是怎么形成的呢？

真是让人百思不得其解。

我在台灯的光亮下，仔细观察这块卡西欧电子表，试图发现老向留给我的其他信息。

可是，当我一厘米一厘米地，从表盘、背面、表带到表扣仔细检查后，发现除了日常佩戴造成的磨损外，并没有发现任何人工留下的记号。

我叹了口气，看来，老向给我留下的这个难题，没有任何提示；谜面只有一个，就是这块电子表本身。

既然一时半会儿想不出来，我索性就找点别的事情干。

从香港机场一路狂奔回家，到家了又是楼上楼下一通折腾，到现在还没吃上晚饭。等这会儿注意力被分散掉，才发现自己都饿出马甲线了。

好了，赶紧下楼吃点东西吧。

出门前，我又折回二楼的卧室，把放在桌面上的电子表，收进抽屉里。这么做的时候，我自己都觉得好笑，要知道我在家里，劳力士绿水鬼、江诗丹顿传承，都是随手放的；对这块电子表却如此重视，难道还怕谁来偷不成？

开玩笑。

这两天都沉浸在老向的事情里，搞得整个人紧张兮兮，都有些神经质了。我有意想要放松下自己，于是到楼下茶餐厅吃了份云吞面，跟唐双聊了下微信，又刷了会儿知乎，这才慢吞吞地回了复式公寓。

舒舒服服地泡完澡，准备上床睡觉之前，我终于允许自己，把抽屉里的那块电子表拿出来，再研究一下。

打开抽屉的一刹那，我才发现，有什么地方不对劲。

不，并不是电子表被偷了，它还在。

只是，这块表被人动过了。

我清楚地记得，两三个小时前把它放进抽屉时，是以正常的状态，塑料表带插进表扣里，表扣针插进表带的孔里面，好端端地放进去的。

如今，这块电子表的表带，却不知道被谁粗暴地拧了 180 度，以一个扭曲的姿态，背面插入表扣，然后再用表扣针固定好。

我紧皱着眉头，拿起这块扭曲的电子表。

这个结构，有点眼熟，好像是……

莫比乌斯环。

“呵。”

黑暗中，好像有人在叹息。

“啊！”

我吓得跳了起来，环顾四周，却是一个鬼影都没有。

我用手捂住狂跳的心脏，刚才进门时，电子门锁并没有被破坏的痕迹；这么高的高层公寓，飞贼也很难从阳台爬进来。

而且，没有什么窃贼会有情怀到破了空门，进了屋也不偷东西，只是把主人放在抽屉里的电子表，扭曲了表带再放回去。

我深吸一口气，点了点头——所以，这是老向留给我的信息。

既然他可以突然消失，突然出现在酒店房间里给我拉窗帘，当然，他也可以突然出现在我家的复式公寓里，给我留下一条线索，然后再从容地嗖一下，灰飞烟灭，不留一点痕迹。

我几乎有点羡慕老向的超能力了。

我赶紧摇了摇头，真是个危险的想法。

还是别胡思乱想了，既然老向留下了线索，那就从这条线索开始查起。

我拿着这块诡异的手表，跑到楼下，打开电脑，开始查资料。

维基百科上，把这东西叫作莫比乌斯带，它是这么介绍的：“莫比乌斯带（德语：Möbiusband），又译莫比乌斯环或麦比乌斯带，是一种拓扑学结构……”

我跳着往下看：“……这个结构可以用一个纸带旋转半圈再把两端粘上之后轻而易举地制作出来。事实上有两种不同的莫比乌斯带镜像，他们相互对称。如果把纸带顺时针旋转再粘贴，就会形成一个右手性的莫比乌斯带，反之亦类似。莫比乌斯带本身具有很多奇妙的性质……”

这么长的一段话里，我最关注的是这三个字——“右手性”。

我从键盘上收回右手，伸到眼前仔细观察。

大学四年，老向跟我一样，是惯用右手的少年，无论写字、打游戏，还是吃饭。

总之，他跟我一样是个正常使用右手的人，或者说是右撇子。莫比乌斯环有所谓“右手性”，那么我跟当时的老向，都可以称为“右手性”的人。

而现在，老向变成了一个左撇子，就连他手上戴的卡西欧电子表，也变成了左右相反；所以，本来“右手性”的老向，现在变成了“左手性”的老向。

右手性，左手性，嗯，这是个有趣的解释。

只不过——长方形的一张纸条，你可以随便怎么扭曲，右手性也好，左手性也好，爱怎么扭曲就怎么扭曲，很容易做到。

一个右手性的人，该怎么变成左手性的人呢？就算是世界上最厉害的瑜伽大师，能把身体扭成麻花，也无法做到这件事情。

莫比乌斯环……

我看了一眼桌上扭曲的电子表，深深吸了一口气，继续看维基百科里的资料。

如果把一只蚂蚁，放到了莫比乌斯环上，驱使它往前走。我们可以观测到，蚂蚁不需要翻越纸条的边缘，就可以从莫比乌斯环朝外的这一面，爬到向内的那一面。可是，对于蚂蚁来讲，根本没有什么内外之分，它只会觉得自己是在同一个平面、同一条道路上，顺着直线，一直往前爬。

然后，莫名其妙地，它就回到了原点。

一只普普通通的蚂蚁，被人类的手抓住，放到了莫比乌斯环上。以它的智力，能看到的只有二维的平面，无法理解莫比乌斯环在三维空间的构造；所以，蚂蚁会迷失在这根扭曲的纸条上，一直走、一直走，直到死亡为止。

我突然打了个寒战。

如果把人类这种三维空间里的生物，被一只神秘的大手抓起来，放在一个四维的类似莫比乌斯环的构造里。以我们的智力，估计也无法看穿这个构造，跟蚂蚁一样，只能迷失在没有尽头的时间空间里。

老向。

难道说，他就是这样一个“迷失”的人？

我看了一会儿资料，感觉有点困意，想起来冲杯单丛茶喝的时候，才发现——原来已经快 00:00 了。

我不由得讪笑了一下，刚才自己也迷失在关于莫比乌斯环的资料里了，没有注意到时间的流逝。

今天刚从帝都回来，舟车劳顿，因为老向的事又伤了半天脑筋，现在，身心都挺疲倦了。

这么想了一下，才发现自己真的是困了，上下眼皮都要打架了。

我打了个哈欠，那就先睡了吧，明天再说。

爬到床上，打开微信，刚想跟唐双报告一下我要睡觉了，却发现有人发了条新信息给我。

一看，是 Upson，刚才跟我一起圈了老向出来的那个。

奇怪了，他找我干吗？

点开一看，Upson 说的是：“老蔡，明天有空吗？一起吃个饭。”

我皱着眉头，好端端地找我吃饭？我跟 Upson 并不是很熟，两人毕业后都留在深圳，但是他工作很忙，又喜欢放飞机，所以在这 10 年里，我跟他见面不超过三次。

莫非，是跟老向有关？

这么想着，刚才还困得眼睛都睁不开，现在却一下子来了精神。

我手指在屏幕上啪啪啪地打字：“明天没事，好啊，去哪儿吃？”

Upson 的答复是：“去华兴吧，你还记得吗？好久没吃了。”

我嘿嘿一笑，华兴，怎么会不记得？对许多S大人来说，这是一家充满了回忆的饭馆。出了S大学的正门往西走，到区政府对面，华兴就藏在一个小小的城中村里。这家店的手撕鸡是一绝，盐焗猪肚、客家猪肉汤则屈居必点菜单的第二、三位。

大学四年，手上稍微有点闲钱的时候，我简直就把那儿当成饭堂。说起来，跟老向也在那里吃过不少次。

还挺怀念的啊。

这么想着，我回复Upson说好，约了明天中午12点，先到先等。

跟唐双汇报完，关了灯，在进入睡眠的前一刻，我想的是——明天，Upson会跟我聊什么呢？

微型核反应堆。

莫比乌斯环。

毕业证上消失的两个身影。

班花莫宁。

又山湖里漂浮的尸体。

左右相反的红色卡西欧。

曹老板、Gary、Upson，这些10年前每天都见到、现在已经渐渐生疏的老同学。

他们之中，有些人说向亮死了，有些人则跟我一样，压根不记得有这么回事。

有人俯身在我耳边说："核反应堆。"

核反应堆？

有人在黑暗中，隐藏于一团迷雾之后，朝我举杯："你知道的，老蔡。"

嗖。老向在我眼前消失了。

第二天早晨，一觉醒来，我赖在床上，翻来覆去想着这些问题。

那么多让人费解、复杂无比的问题，彼此之间，似乎全无关系。

可是我在隐隐之中，却感觉到所有事情，都指向同一个起源；就好像物理学家在研究的终极理论，万有引力、重力、弹力、摩擦力、电场力、磁场力，这些看上去风马牛不相及的力，实际上，都是同一种力。

嗯……那么，在我眼前这些分散的、复杂的谜面之后，也会是同一个谜底吗？

真是让人头大啊。

我叹了口气，从床上爬了起来，洗漱完毕后换了一身 Nike Pro（贴身运动服装），到楼下去跑步。跑一个小时 10 公里，再回来洗个澡，刚刚好出发，去华兴跟 Upson 吃饭。

在楼下热身的时候，我心里想的是，可不要有什么看不见的大手，把我捉到了思维的莫比乌斯环里；这样我就会跟蚂蚁一样迷失掉，永远也跑不出去，这样一来只能放 Upson 的飞机了。

虽然是说着玩的，但是心里隐隐的，竟然也觉得有些恐惧。

幸好在跑了两公里以后，大脑开始分泌多巴胺，人也变得愉快、乐观起来。我开始想，Upson 起码和我一样，都认为老向没有死；跟他聊聊，或许能得到一些启发。

说不定，他就是为了这个才约我的呢。

我跟 Upson 约的是 12：00 吃饭，但是在他的时间观里，“12：00”指的大概是现实世界里的 12：30—13：00 的这段时间；所以，我一直到 12：00，才从家里出发，12：30 准时到了华兴。

没想到，一进大门，我就看见 Upson 坐在旁边一张桌上，正在对我招手。

我一边落座，一边抱歉道：“对不起啊，迟到了。你来多久了？”

Upson 看了一下表说：“没多久，半个小时吧。没事没事，我们点菜。”

我颇为意外地说：“不会吧，你 12：00 就到了，那么准时？”

Upson 故作严肃道：“开什么玩笑，我一向准时啊。”

我被他逗笑了，他能讲笑话讲到自己完全不笑，也是挺厉害的。不过，这个放飞机大王兼迟到小王子，今天会一反常态，估计是有重要的事情跟我说。

我们先聊了下各自的近况，等第一道菜手撕鸡上桌的时候，我就把话题往老向身上引了："以前上学时，我跟向亮也常来这里吃饭。"

我猜得没错，Upson 要跟我聊的果然是跟向亮有关，他伸向手撕鸡的筷子迟滞了一秒，然后才随便夹起了一块，扔进嘴里，边吃边点头道："嗯，我知道的。"

我继续往下说："毕业后你还见过他吗？"

Upson 抬起头来看我，脸上的表情，就像被刚才那块鸡肉噎住了："向亮？没有，当然没有。"

我也夹了一条鸡腿，点头："那也是，你跟他又不熟。"

Upson 的反应却超出我的意料："跟熟不熟没关系吧？他都那样了，再熟也见不上面啊。"

我皱着眉头问："为什么这么说，我就刚跟他喝过酒啊，前两天在北京。"

Upson 脸上露出了夸张的表情，这个表情我很熟悉，因为上次跟曹老板吃饭时，他脸上也是这种表情。解读起来，这个表情的含义就是——你是说真的吗？

我心里不由得咯噔了一下，Upson 的反应这么大，该不会是……

果然，接下来，他开口说："老蔡，别胡说八道了，向亮死了这么多年，你还跟他喝酒，别乱讲了啊……"

我一下子就蒙了，Upson 不是站在我这边，认为老向还没死吗？昨晚是他第一个在毕业照上，圈出老向来的。怎么过了一晚上，他的态度就发生了 180 度的转变？

他还在继续说："大白天的听着都吓人，难怪曹老板会被你吓到，老蔡你是不是写小说压力太大啊，要不就别写了，开工厂不是好好的吗？"

我伸出右手，阻止他继续往下说："等一等，Upson，你是说你也认为老向死了？"

Upson 像是听见了什么奇闻："不是什么我认为，向亮是真的死了啊！真搞不懂你们……"

我深深吸了一口气，观察 Upson 脸上的表情。他表现出来的不解、害怕，甚至带着一点愤怒，各种情绪都很真实，并不像是装出来的。

过了一晚上，Upson 就叛变了，而且是从内到外地叛变。

这样一来，我也就不用跟他客气了。

我直视他的眼睛，质问道："好，你说老向死了，那昨天晚上是怎么回事？毕业照上的老向，你是最早圈出来的啊。"

Upson 瞪大了眼睛，激动地说："老蔡你怎么回事，我哪里圈了，是晓洁跟大夏圈的啊！"

他说的这两个名字，是昨晚另外两个圈了照片的同学；难怪他之前说的是"真搞不懂你们"，而不是"真搞不懂你"，指的就是我们三个人。

可是 Upson 啊 Upson，你的人叛变了，证据还在的。

我笑笑不语，从袋子里掏出手机，点开微信，啪一声放在桌面上："你自己翻翻聊天记录，昨晚是怎么说的？这个你没法抵赖了吧。"

Upson 狐疑地看着我，拿过我的手机，向上翻了起来。

我双手抱胸，笑着看他的表情，等着他要怎么圆下去。

十几秒钟后，他突然骂了一声，然后把手机放回到桌面上，愤愤不平地说："我还差点真信了你。幸好有聊天记录给我做证。"

我的笑容凝固在脸上，这是怎么回事，难道 Upson 已经叛变到可以睁眼说瞎话的地步了？

我赶紧拿起手机，往屏幕上看去——这一看，只觉得头晕眼花，耳朵嗡嗡作响。

微信里的聊天记录，变了。

我记得很清楚，昨晚是 Upson 第一个跳出来支持我，我是第一个发了圈好的照片，他是第二个。

但是，在现在眼前看到的聊天记录中，我发照片出来之后，第一个回复的却是一个叫晓洁的女同学，然后就是大夏。站在我这边的，只剩下这两个人，而且在多数派同学的质问下，这两个人也表现得很迟疑，说自己有可能是看错了。

在这份聊天记录里，Upson 从头到尾都没出现，更没有发过照片。

我深呼吸了一下，想要找到一些蛛丝马迹，是 Upson 撤回了消息，还是他刚才在翻聊天记录时偷偷删掉了。

但是，无论我如何仔细观察，都看不出是 Upson 做的手脚。在这份聊天记录里，所有对话的衔接都是很自然的；也就是说，从这唯一的证据来看，Upson 昨天晚上，确确实实没有发表过任何支持我的言论。

所以，从他的角度来说，根本没有叛变这回事。

我倒吸了一口冷气，突然想起一件事，我记忆中的迟到小王子，今天没有迟到，而且声称他从来不迟到。

要不然就是我记性太差了，要不然……

是有人篡改了一部分现实。

这一顿饭，吃得不算开心。

理所当然地，Upson 把我当成脑子出了问题；这也很好理解，毕竟对他来说，我不但声称和一个死了 10 年的同学刚见过面，还造谣说他昨晚在毕业照上看见了这个人，还画了圈。

对我而言，虽然这两件事都确实发生了，但都苦于没有任何证据，所以根本没办法和 Upson 争辩。

所以我也只好笑笑，借用了曹老板之前的说法，给自己一个台阶下："不好意思啊，我确实是写小说太入神了，把编出来的故事，跟现实搞混了。"

Upson 像是松了一口气："你能意识到这一点，说明病得不是太重。"

其实他说得没错，我确实是病了，毕竟脑子里还有个黑漆漆的洞呢。于是我默认了他的说法，端起客家猪肉汤，狠狠喝了一口，补补身体。

Upson 却接着说道："老蔡啊，要我说曹老板是真的关心你，怕你精神出问题，特意拜托我来劝劝你。"

他已经是第二次提曹老板了，我眉头一扬，问道："他什么时候跟你说的？"

Upson 想了一下说："昨晚啊，10 点多吧。"

我皱起了眉头，看来，昨晚曹老板是先打了电话给我，再打给 Upson 的，之前、之后，不知道还打给了谁。不得不说，曹老板对这件事，表现出了超乎寻常的关注。

我点了点头，继续往下套话："他怎么跟你说的？"

Upson 继续回忆道："就说跟你在北京见了一面，看你有点不太对劲，一直说什么向亮没死，还一起喝过酒。我还以为你在群里是恶作剧呢，听曹老板这么一讲，才知道你是认真的。曹老板就让我找你吃顿饭，劝劝你别胡思乱想了，老婆都没娶呢，要是疯了可就亏了。"

我假装低下头吃菜，心里却打起了小算盘。如果 Upson 说的都是真话，那么在曹老板打电话之前，他关于向亮的记忆——或者说是关于向亮的一部分现实——就被篡改掉了。那么，到底是哪一个事件，触发了篡改的扳机？

难道说，就因为我把毕业照发在群里，公之于众？

因为薛定谔的猫一旦被观测，生或死并存的状态，就必须坍缩成一个固定的状态……

我咬着嘴唇，如果是这样的话，那我必须要改变策略，在找出真相之前，尽可能地保守秘密。只有这样，才能减少证据的湮灭，降低现实被篡改的风险。

"老蔡，又想什么呢？"

Upson 用筷子在我眼前晃动，像挡位开到最大的雨刮。

我回过神来，嘿嘿一笑："没啥。"

接下去，我们的话题又切换回了正常模式，挣钱啊、换房换车啊，还聊到了两个月后的同学会；看上去，就像两个正常、疲倦、无聊的中年男人，在说一些更加无聊的话题，无论是谁路过，都不会有偷听的欲望。

第六章
S 大又山湖

吃完饭，Upson 要回公司上班，我想了一下，决定回 S 大走走。

虽然毕业之后，住得离学校不远，但是回来的次数并不多。以前年轻时想着有朝一日，如果能买得起一辆好点的车，就开回学校来泡妞；但当我的年纪真的可以买得起一辆好车时，却早已没了这种热情。

总之，告别了 Upson，我把车停在了餐厅旁边，准备走路进学校，反正也就几百米。

走了 5 分钟，到了 S 大正门前，这里有个下沉的地下行车通道。在深圳这个城市里，人走的天桥，跟车走的立交桥，都是建在地面上的；地下的行人、行车通道都很少，在我印象中基本没有。至于我母校门前的这个，可以算是个特例了。

从地下通道上方的桥面走过时，我突然想到一个问题——校门口的保安小哥，看见可疑人员是要查学生证的；我这张三十多岁的老脸，还能在青春的脸庞中蒙混过关，不引起保安小哥的怀疑吗？

这可说不……

我无意中看向地下通道，却一下就惊呆了。

在通道靠近学校正门的这面水泥墙壁里，镶嵌着半个人。

这人一看就是个男的，穿着一件白得刺眼的衬衣，黑色西裤，背对着我，右边身子嵌入水泥墙里，剩下左边身子露在外面，竟然还在动。

他仅剩的左脚弯曲着，踩在通道旁窄窄的绿化带上；左手伸出，上下挥动，就像我们在路边打车的动作。

而在地下通道行驶的汽车，都从他身边正常驶过，像是根本没人注意到他。

幻觉？

我揉揉眼睛，深深吸了一口气，再朝下面看去。

那人，还在。

我站在桥面上，一时不知该怎么做。

以我现在的位置，除非从五六米高的桥上往下跳，不然无法去到那人身边；虽然可以绕一个圈，从另一边步行到桥下，但是这个地下通道是设计给汽车通过的，两旁都没有人行道，只有不到半米的绿化带。现在下面车水马龙的，就算不被车撞，也会被司机开窗骂神经病。

我想了一会儿，突然有了个办法。

既然下面是给车走的，那我开车下去不就行了？

这么想着，我拔腿就要往停车的地方跑，却突然又停了下来，回头拿出手机，给桥下那半个人拍了几张照。我已经隐隐有预感，和毕业照一样，我能看到的这半个人，其他人无论在现场、在照片上，都有看不见的可能——但管他呢，先拍了再说。

拍完照片，我转头就跑，一边跑一边在心里祈祷——不论卡在墙里的是谁，别消失啊，起码在我开车下去之前，不要消失啊。

上了车之后，我用最快速度，绕了个圈，从另一条路上，赶到了S大前面地下通道的入口。

在跟随着车流，缓慢进入地下通道时，我不由得念出了声："还在、还在、还在、还在……"

果然，还在。

隔着五六辆车的距离，我认出了卡在水泥墙里的那半个人。

难怪，刚才光看背影，就觉得很熟悉。

因为，这人是老向。

只不过，是 10 年前、穿着便宜但崭新的白衬衣、黑色西裤有点肥大、年轻的老向。

他还保持着刚才我从桥上看见的姿势，左腿微屈，左手上下挥舞；露在水泥墙外的半张脸，虽然离得有点远，但看得出并没有痛苦的表情，而是非常自然、恬淡。

就好像，他根本没有被镶嵌在水泥墙内，而是就站在路边，挥手喊停一辆迎面而来的计程车。

车子慢慢朝着老向靠近，我注意到——他的左手上，并没有一块红色的电子表。

就在这短短的一分钟内，我想到了无数的可能性。

首先，我看到的可能不是老向的实体，而是 10 年前的一段影像，不知道用什么设备、为什么被保存下来，也不知道用什么设备、为什么会在现在播放。

第二，我看到的是老向真人，他不知道为什么返老还童了，又或者是 10 年前直接穿越过来，在瞬间移动的时候，因为空间坐标没有校对好——尤其是垂直坐标——所以，半边身子被卡在了水泥墙里，现在正朝人求救呢。

还有……

随着我离老向越来越近，他脸上平静甚至略带微笑的诡异表情，也看得越来越清楚。

我吞了一口口水，在心里祈祷——希望眼前的他，是刚才猜的第一个可能性。

车子走得很慢，但是终于还是来到了老向身边。

我深深吸了一口气，打开应急灯的双闪，把车硬生生停在路上，然后开了车窗，大声喊：“老向！向亮！”

他好像根本没看见我，也没听见我说话，头也不回，眼睛仍然看着原来的方向，左手还是钟摆似的挥动着。

我又喊了几句，无奈之下，只好探出半边身子，鼓足勇气，去够老向的手。

就在他不停挥舞的左手，碰上我手指的那一刻。

嗖。

老向消失不见了。

我虽然也有一点心理准备，但此时此刻，还是蒙了。

后面传来猛烈的汽车鸣笛，伴随着闪烁的大灯。

毕竟这里是车水马龙的通道，不允许我在这里犯蒙，我深深吸了一口气，重新开动汽车，驶出了地下通道。

所以，这到底是怎么回事呢？

10 年前的老向，突然出现在我眼前，又突然消失。这一次的地点，是我们一起度过四年时光的校园。

而且，又是在全深圳少见的地下通道里，半截身子进入了水泥墙。

我想，他这样的出现，不会是出于意外，而应该是像那块卡西欧电子表一样，传达着某种信息。

那会是什么信息呢？

说到底，为什么刚刚好在 S 大正门的前面，会有这样一个地下通道呢？要知道，这里往南一点点就是海了，按照正常理解，地下不能随便乱挖的吧。

除非，是因为什么原因，需要挖出这样一条地下通道。

这么想着，我突然头皮有些发麻。

我想起在一年多以前，我的一个朋友，水哥，曾经给我讲过的一个关于地下车库的故事。

在他那个真假难辨的故事里，他所上班的公司大楼，地下车库再往下，竟然有一个秦始皇的地宫。水哥在地宫里遇见了一些死而复生的秦朝士兵，还有一只恐怖的红色虫子，最后这虫子钻进了他的身体里。

水哥曾经上班的那家公司，离这里直线距离还不到一公里，那栋高耸的大厦一抬头就能看见。

难道说，这两者之间，有什么关系？

带着满腹疑问，我开着车去了 S 大。

走路进来的话会有被盘问的可能，开车倒是畅行无阻，大概是把开车的都当成家长了吧。

我把车停在文学院办公楼前，日晷的旁边，然后走进校园。

这会儿刚要开始上课，师弟师妹——不，按照年龄算的话，应该是师侄、师侄女了——都从宿舍区走出来，到教学楼里上课。我一个三十多岁的大叔，穿行在青春洋溢的笑脸、年轻的荷尔蒙之中，其实也有些尴尬。

原来我已经老到正经得不敢去偷瞄那些年轻学妹的地步了，这个发现，让我更觉得忧伤。

好了，忧伤完了，现在该去哪儿呢？

去找微型核反应堆吧，不过该怎么找呢？

我并不知道这个“微堆”的确切位置，随手抓一个人过来问，感觉也没有人会告诉我。

我站在原地挠头——既然这样，那就到处随便走走吧。

这么想着，在去上课的人群中，我逆流而上，从图书馆经过教学楼，走到了大学时住的宿舍楼。

S 大学建校时物质条件艰苦，宿舍楼都是用海砂建造的，过了 30 年之后，现在基本都成了危楼。我们读书时的其他学院的宿舍楼，已经拆掉了很多，不过我住的那一栋，倒是还在。

此时此刻，我正站在当年的宿舍楼下，抬头向上看去。

度过四年青葱岁月的宿舍楼，样子并没有变；当年我住的是 311 房，向亮住的是隔壁的 313，如今，住在这些宿舍里的小伙子，是不是跟我们一样年轻、一样无知？

此刻在我的内心里，是充满感慨、充满忧伤、充满怀念的；不过在心灵之外，就没那么小清新了。身边几米之外，有个人跟我一样，也抬头看着楼上，不过，他显然不是来缅怀旧地的。因为这个小伙子，穿着领口发黄的白衬衣，手里拿着塑料袋，还一边朝楼上喊："外卖！"

为了不被当成送外卖的，我转身准备离开，脑子里却闪过了一个念头。

白衬衣……

刚才在校门口的地下通道里，我看见的镶在水泥墙里面的"老向"，身上穿着件崭新的白衬衣。但是，在我的印象中，学生时代的老向根本不注重衣着，常年都穿着宽大破旧的短袖。会那么正经地穿一件白衬衣，除非，是遇上了什么重要的事情。

难道说……

我急忙掏出手机，打开微信。

我找到曹老板，发了一行字过去："向亮自杀的那天，穿的是什么衣服？"

之后我站在树荫下，盯着手机屏幕，焦急地等着曹老板的回复。就在我忍不住想要打电话给他时，曹老板终于回复了："老蔡，你问这个干吗？"

我皱着眉头，一时也想不出什么好的借口，只好直截了当地说："别问那么多，告诉我啊！"

想了一下，我又加了一条："你记性那么好，肯定记得当天他穿的是什么，除非你在骗我。"

这么幼稚的激将法，换了是我，肯定就生气了；不过，曹老板的脾气比我好多了，过了一会儿，他直接回复了一条信息。

曹老板是这么说的："那天他穿得很正式，白衬衣，黑西裤，准备好了才去投湖的。"

我深深吸了一口气——白衬衣，黑西裤，就是我在几十分钟前，所看到的“老向”的衣着。

我先给曹老板回复了一条信息：“好的，谢谢。”

然后，我收起手机，仔细思考这件事代表着什么。

曹老板一口断定，老向是预谋自杀，所以才穿得那么正式。但是，他凭什么这么说呢？这一身装扮，要我说，更像是去面试或者约会。

没错，按照我对老向的理解，他不是那种要自杀了，还注意自身形象的人。换了我也是这样的，老子都要死了，还管别人怎么看？只有像曹老板这种人，才会无论何时何地，都那么注重仪表，毕竟他是一个敬业的交际花嘛。

好了，先不管老向是要去自杀、面试，还是约会，总之，按照曹老板的说法，老向的尸体被发现时，就是身穿白衬衣、黑西裤——跟我刚才看见的那个“老向”，一模一样。

再加上老向穿成这样的次数非常少，基本可以断定，无论我刚才看见的是什么东西，影像也好，鬼魂也好，“它”都是老向在死去的那一天保留下来的。

我深深吸了一口气，既然如此，我知道接下来该去哪里了。

10 年前，老向的死亡现场。

又山湖。

说不定，那里有老向留给我的更多信息。

今天的又山湖，跟 10 年前一样，对于不同的人，具有不同的意义。

我的意思是，对于校园情侣来说，这里是约会的胜地。湖边的树荫下，三三两两坐着小情侣们，也不嫌热，全都抱在一起。要是正正经经地谈恋爱也就算了，还有些女同学坐在男同学大腿上，手里拿着本书，该夸你们是恋爱不忘学习，还是学习兼顾恋爱？

对于单身狗来说，这里则是虐狗的胜地。从湖边的小路走过，猝不及防，就会被塞一嘴的狗粮。

不过，今天的我，关注点并不在这里。

此刻我正站在湖边，一棵鸡蛋花树的下面，盯着太阳下波光粼粼的湖面，想象着 10 年前那一天的场景。

确切来说，是在曹老板所描绘的过去中，曾经的那个场景。

让我们来想象一下。

老向是穿着白衬衣、黑西裤，死在湖里的。被发现时，他是脸朝上还是脸朝下呢？位置是在湖中央，还是在湖的边缘？

他的白衬衣质量那么差，泡了水之后，肯定已经贴在皮肤上，变得透明，露出了身上肉的颜色。

还有啊，这又山湖里的鲤鱼那么多，跟蝗虫似的，随便往湖里扔点什么，鲤鱼都会一拥而上过来抢食。如果是人的尸体在湖里……这个画面，让人不太敢想象。

对了，大学四年里，老向没有跟我一起去游过泳，但这并不表明他不会游泳啊。如果他会游泳的话，在这样一个人工湖里，真的能被淹死吗……

“蔡必贵？”

一个声音如同炸雷般在我身后响起。

我毫无防备之下，心脏都被吓得蹦了出来，整个人跳了起来，差点栽进湖里。

回过头去看时，却是一张似曾相识的脸，只不过……胖得认不出来了。

胖脸的主人一把拉住我，我这才没有掉进湖里。

他右手提着一个红色的塑料袋，伸出来拉住我的——是左手。

我脑子里仿佛接上了 220V 的电源，脱口而出：“向明！”

疑似向明的这个胖子，脸上的表情也是同样的诧异：“蔡必贵，真的是你？”

向明，向亮的左撇子弟弟，按照曹老板的说法，是他假装成哥哥向亮来骗我。

可是，只要曹老板亲眼见一下现在的向明，就会知道他的说法有多么可笑。

因为那天晚上的向亮瘦得像个流浪汉，而我眼前的这个男人，则是一个超过两百斤的大胖子。

电影里的瘦子演员，还能够通过特技化装变成胖子；一个胖子想要化装成体重是自己一半的瘦子，那就是天方夜谭了。

几分钟后，我跟向明像周围的小情侣一般，坐在湖边树下一条石凳上。

我端详着树荫下向明的一张胖脸。跟曹老板描述的一样，两兄弟的五官长得很像，另外身高也相差无几。如果是同样的瘦、同样的黑，患有脸盲症的我，很可能区分不出两个人。

感谢向明身上白花花的肥肉，彻底解决了我的难题。如果这样还能认错人，那就不是脸盲，而是全盲。

初次见面，我还没来得及寒暄，就提出了第一个问题："我们见过面吗？"

向亮从没跟我提起过这个弟弟，我是直到前几天跟曹老板吃饭时，才知道向明的存在。

向明摇了摇他蒲扇般的手："没有，没见过。"

我接下来的问题是："那你怎么知道我名字，还能一下子就把我认出来？"

听到这里，向明一张大脸上的表情非常丰富："我说出来，你不要害怕。"

我皱着眉头："你说。"

向明把满头是汗的一张大脸凑了过来，压低音量、神秘兮兮地说："我哥告诉我的。"

我虽然不至于吓到，但心里还是咯噔了一下。毕竟几分钟前，我还站在湖边想象着老向的死法；而这个据说10年前就死掉了的人，竟然还惦记着我。

不过……

我突然想到了什么，继续问道："你哥是怎么告诉你的？托梦？梦里给你看我的照片？"

向明愣了一下："托梦？"

过了两秒，他捧着肚子哈哈大笑起来，身上的肥肉一直颤抖："托梦，哈哈哈，托梦！"

我这才意识到，自己受了曹老板的蛊惑，先入为主地认为，在向明看来，他哥哥向亮肯定也是已经死掉了。实际上，未必如此！

很有可能，向明是跟我站在一边的，在他的时间线上，老向也并没有死。

我不由得振奋起来，换了个说法："那是他亲口跟你说的？什么时候，你什么时候见过他？"

向明好不容易止住笑，缓了口气说："亲口说？怎么可能？我哥都走了好久了。"

走了好久了？

我不甘心地问道："你说走了好久，意思是……"

向明奇怪地说："我哥没毕业就走了啊，走了，就是死了，自杀！就在这湖里啊，你不知道吗？"

果然。

原来我猜得没错，在向明这条线上，老向也是已经死了的。我刚刚提起的一点兴奋感，又完全地泄掉了气。

只不过……

我稍微有点恼羞成怒，质问道："不是托梦，也不是他亲口跟你讲的，那你到底是怎么认出我的？"

向明嘿嘿一笑："我认不出你啦，我也是瞎猜的。"

瞎猜？

我刚要骂人，他左右张望了一下，像是怕被别人偷听去了，小声说："你知道吗，我哥临死前，留下的遗物里面，有日记本。"

我皱着眉头："日记本？我听曹老板，啊，听我们班长曹敏钦说过。"

向明点了点头："曹敏钦，我知道，就是他把日记本给我的。蔡哥，你真是守信用，10 年前答应的事情，到现在还记得。"

我一头雾水，挠着头说："守信用，什么意思？我答应了什么？"

向明也奇怪道："咦？你不是跟我哥约好了，今天来又山湖旁边吗？"

被他这么一问，我一时糊涂了，等到仔细想了一下后，才断然否定道："没有，完全没有，没这回事！"

这下子，换向明一头雾水了："你没跟我哥约好，不可能吧？我哥那日记本上面，清清楚楚写了今天的日期，说你会到又山湖旁边来。我就当是回母校看看，随便来转转，结果真的在湖边看见一个大叔，哦，不，看见你了……"

我对于大叔什么的并没有在意，反而注意到向明说的是"回母校看看"，也就是说，曹老板没有骗我，当年学校确实以收向明来读书为条件，平息了这件事。

不过，日记本上面写了我今天会来？

老向这家伙，10 年前就能够预知未来了？

我深深吸了一口气，盯着他放在石凳旁边地上的塑料袋，试探道："你说的那个日记本，不会刚好也带来了吧？"

向明笑了起来，脸上的五官都挤成了一团："带了，不是刚好，是特意带给你的。"

他拿起那个红色的塑料袋，一边从里面翻东西，一边说："我哥这个日记本啊，有好多本的，就这一本特别奇怪，写了这样的东西。我觉得还挺好玩的，反正这两天请了假，闲着也是闲着，就随便过来看看……"

我对他的絮叨不感兴趣，死死盯着红色的塑料袋。

他从里面翻出了一个蓝色软皮封的笔记本，文具店里都有卖的那种。没错，大学时偶尔看见老向在写写画画，就是在这样的本子上。

毕竟过了 10 年，也没有好好保存，笔记本封面破破烂烂的，感觉马上就要掉下来了。但是，封面上的字迹却还很清楚："向亮，#07。"

所以，这个是向亮在大学里的第七本日记？

我迫不及待地伸手就去拿，向明爽快地交给了我，吩咐道："你从后面往前翻，嗯，就是最后一篇，有你的名字。"

我按照他的指示，翻到了那一页，焦急地读了起来。

2016 年 3 月 31 日，星期四，向明在又山湖旁边遇见了蔡必贵，把这本笔记本交给他。还有手表。

就这么简单的一行字，轻描淡写，像是在描述一件跟自己无关的事情。

然而，这简简单单的一句话，却包含着巨大的信息量。

我今天会回 S 大来，是因为 Upson 约了在旁边吃饭，我临时起意，进来逛逛。之前并没有跟向亮约好——就算有，我也是完全忘掉了——也不是他的忌日，或者别的什么特别日子。

所以，如果真如向明所说，这个日记本是他 10 年前拿到的老向的遗物，那么，老向是成精了？居然能未卜先知？

对了，除了这个笔记本之外——我自言自语道："还有手表？"

可是，手表不是已经给我了吗？此时此刻，那一块红色的卡西欧电子表，正在我家的抽屉里躺着呢。

对面坐着的向明，却突然想起来似的说："差点忘了。"

然后，他手又伸进了红色塑料袋里，掏了一会儿，拿出一个东西递给我。

我定睛一看，确实是一块红色的塑料电子表，卡西欧 G-SHOCK。

这又是怎么回事？

我万分疑惑地伸出手去，接过那块电子表，拿在手里端详。

一样的款式，材质一样是红色的塑料，破旧程度也差不多，一样的CASIO 标志……没错，眼前的这块电子表，跟躺在我家抽屉里的那块，是一模一样的。

只有一点除外——这块手表是正常的，左右并没有颠倒。

也就是说，两块卡西欧电子表，互为镜像。

我皱紧了眉头，为眼前的电子表感到大惑不解。

同样的手表，为什么一分为二，变成了两块？

慢着……

我突然想到了什么，摊开日记本，指着里面的那行字说："向明，你确定这是你哥哥的字吗？"

要知道，明天就是 4 月 1 号了，这会不会只是个愚人节玩笑？

向明却认真地点了点头："当然啊，不信你看看，跟前面日记里的字，是一样的。"

我依他所说往前翻，最接近的一篇日记里，日期却是 10 年前了——2006 年 3 月 28 号。

向明说得没错，这两篇日记的字迹是一模一样的，工整的蝇头小楷，跟我印象中老向写的字也是一样的，刻板，谨慎。

不过，这两篇日记的墨迹，看上去却是不一样的。

最后一篇用的是蓝色的圆珠笔，墨迹很新，而前面的一篇用的是黑色的签字笔，稍微有点褪色，看上去有些年头了。

会不会是老向写日记的时候，并没有考究用的是什么笔，交换着随便写？

我皱着眉头，把日记本往前翻，却发现之前的所有日记，都是用同样的黑色笔写成。

只有最后这一篇，用的是随随便便的圆珠笔，似乎暗示着这一篇日记，是在一个慌张的、特殊的情况下写成。

这样一来，我又想到了一个刚才就想问的问题。

我指着最后一篇日记，认真地看着向明："你确定这一篇日记，是10年前你拿到手的时候就有的吗？"

向明用左手摸着自己的胖脸，犹豫道："这个啊……"

我用手指用力擦了擦上面的字，再一看手指头，竟然还沾上了蓝色的油墨。

我把手指头戳到向明面前："你看，这个字那么新，像是最近才写上去的。"

向明似乎有点生气了："蔡哥你是什么意思呢，是说我在骗你吗？"

我讪笑了一下："我不知道啊，你看那么巧，明天就是愚人节。"

这下子他受不住了，赌气道："哎我才没这么无聊啊，蔡哥，老实告诉你，我确实不知道这篇日记是什么时候写的，你想想我哥留的日记本那么多，我也不可能一本一本看过……"

我打断道："之前的有可能不看，但这是最后一本啊，曹老板跟我说过，你们当时对向亮的死是有怀疑的。这样的话，当年怎么可能会没看他最后的日记？这太不合理了。"

向明一下子卡了壳，支支吾吾道："这，这个，好吧，这个笔记本，我们当年是看了的没错，当时……"

他朝身后看了一下，像是怕他哥的鬼魂站在那里似的，然后才回过头来说："当时，我记得，确实没见过这篇日记。"

我皱着眉头，继续问道："那这篇日记，你是什么时候才发现的？"

向明看了我一眼，认真地问："蔡哥，你真的想知道？"

我同样认真地点了点头。

向明勉强一笑："说出来你不要怕，我把我哥的遗物搬出来整理，是在前天，我哥10周年……"

我倒吸了一口冷气，接下去道：“10 周年忌日。”

向明点了点头：“没错，前几年我妈也走了，家里只剩我一个人。前天我哥 10 周年忌日，要不是他当年……那样了，我也不会在这里上学，不会在深圳工作买房、娶老婆、生孩子。这样说起来有点怪，不过确实是因为我哥，我才有今天的好日子过……”

他像是发觉自己离题了，不好意思地说：“哎，总之我整理了一下他的遗物，看见这个日记本，就顺手拿出来一翻，没想到，却发现了这篇日记。不瞒你说蔡哥，我也觉得奇怪，可是你看，没有错的，这就是我哥的字啊。”

向明又笑了一下：“你要说这篇日记是新写的，除非……”

他怕冷似的双手交叉，摸着自己的上臂：“除非是我哥没死，偷偷来了我家，又偷偷写了一篇日记，然后偷偷跑了。”

我深深吸了一口气。

两天前的凌晨，这个应该死了 10 年的老向，却出现在帝都的一间威士忌吧里，跟我举杯畅饮，然后扶着我走到路边，再嗖一声不见。

所以，这个像是成了幽灵的老向，既然拥有了瞬间移动的能力，跑到弟弟家里去，偷偷续写了这样一篇日记，再嗖一声消失，不留痕迹——也完全不足为奇。

不过，我想了想，还是不准备告诉向明这件事——他的哥哥，可能并没有死，或者说没有死得彻底，而是以一种诡异的方式存在着。

向明刚才的那番话，已经流露出了他深深的内疚感。

当年他们母子，以不追究学校责任为代价，“出卖”向亮，换取了向明在 S 大本硕连读的权利。如果认真说起来，向明现在幸福稳定的生活，有很大一部分，是建立在他哥哥的意外身亡上的。

如果我告诉面前这个胖胖的、诚恳的年轻人，他哥哥可能没有死，甚至前两天还跟我一起喝过酒。很难想象，向明会以怎样一种心情，去面对这件事，面对被他“出卖”的哥哥。

应该会疯掉吧，说不定直接跳进湖里了。

刚才是他在湖边拉住了我，如果交换位置，以他这个吨位，我可拉不住。

总而言之，我右手拿着日记本，左手拿着红色的电子表——这些都是老向留给我的信息，来帮助我破解眼前的谜题。这些，已经足够了。

这么想着，我对着向明笑了一下："怎么可能，你哥走了那么多年，我们都知道的。"

向明紧张的脸色，马上就放松了下来。他擦了一把额头的汗，又朝旁边看了两下，心不在焉地说："蔡哥，都交给你了，那我就走啦。"

还没等我说什么，向明就站了起来，马上要走的样子。

看起来，这是一个动作灵活的胖子。

我赶紧也跟着站了起来，掏出手机："先加个微信。"

向明似乎不是特别情愿，但还是拿出了手机，打开微信，调出了自己的二维码。

我赶紧扫了一遍，点添加好友；向明似乎一秒都不愿意多待，朝我挥挥手，大踏步地走了。

下午炽热的阳光下，他双手一直抱着肩膀，就好像是泡了很久的水，刚刚出来，被风吹得很冷一样。

没过多久，他就消失在一个转角处。

我低头看着手上的日记本，这里面，是老向在人世的最后日子里，所写的日记。

他到底写了些什么，又想让我知道什么呢？

第七章

谁是莉莉安？

坐在湖边石凳上看一本日记，大概会一边看一边冒傻气；但是我又没有信心，能忍住带回家再看。所以，最后我决定，到学校的图书馆里，去读这本10年前的日记。

图书馆跟10年前没什么不同，书架还是那些书架，桌椅还是那些桌椅，只不过，在里面读书的年轻男女，早就换了好几拨。

我找了个安静无人的角落，坐了下来，翻开日记本，看看在老向死前的一个月里，都发生了些什么。

我先粗略翻了一下，这个日记本上，大概有30篇日记，时间跨度是一个多月。我应该从前往后顺着看呢，还是从后往前倒着看？最后，我决定还是耐着性子，从头读到尾，不能像那些网上看小说的年轻人一样，青春期躁动，刚看完开头就催着要结尾。

不过，话虽这么说，刚看了前面的五六篇，我就有点烦躁，差点要拍桌子了。

老向写的这个根本不能叫日记，都是些流水账，跟小学生作文似的，我今天早上干了什么，下午干了什么，谁对我说了什么，我内心的想法是怎么样。就差最后一句“真是有意义的一天”了。

我深深吸了一口气，对自己说——老向特意让他弟弟把日记本交给我，不可能只让我看他的小学生作文，一定是要传达某些信息。

重要的信息。

在我最爱的电影《肖申克的救赎》里，典狱长拿着一本圣经，对安迪说："解救之道，就在其中。"如今，我看着图书馆桌上的平平无奇的日记本，努力让自己相信，"解谜之道，就在其中"。

这么想着，我几乎是捏着鼻子，往日记本后面看去。

果然，在两篇日记之后，我就找到了一些蛛丝马迹。

在这一天的日记里，老向写道："运气不错，买到了限量版的手表。不枉我去了一趟香港，资本主义纸醉金迷的地方。"

原来，这一块红色的卡西欧电子表，竟然还是限量版，是老向特意跑到香港去买的。对于他这种厉行节俭的人，会奢侈到不计成本地去香港买一块表，这实在是太反常了。

不过，让我真正在意的，是接下来的一句话："她一定会很开心的。"

很明显，结合上文，老向特意跑去香港买的这块手表，是为了送给"她"。

"她"会是谁呢？

难道"她"就是班花莫宁？

还有，鉴于日记里提到的这块表，现在在我身上，刚才是由向明交给我的，10 年前是作为遗物给向明带走的，也就是说，这一块表，当年没有成功送给老向的那个"她"。

在老向和"她"之间，到底发生了什么？或者说，到底没发生了什么呢？

就这么简单的一条线索，像是给我打了一针鸡血，我精神大为振奋，急忙往后面翻去。

可是，接下来的日记内容，却开始变得凌乱起来，不再是前面的流水账笔法，变得不再写事，更多的是记录自己内心的想法。

老向当时心里的小情绪，在 10 年后的我看来，实在是不知所云。

比如说，有一篇是这样的。

没想到啊没想到啊没想到啊没想到啊没想到啊没想到啊没想到啊啊啊啊啊啊她怎么能这样？

还有这样的。

曹操曹操曹操曹曹曹曹曹曹曹曹曹曹操操操操操操操操操操操。

曹操？说的是那个曹操？不——我倒吸了一口冷气——“曹”指的是曹老板，“操”表明的是一种情绪。果然，老向的死，以及老向现在的诡异形态，跟曹老板脱不了关系。

有意思。

接下来的一篇日记，终于写了我容易看懂的。

她喜欢的是谁？求了她一个小时，还是不说。是谁？我快疯了。晚上还要到路口等吗？会不会吓到她？

看到这里，我无奈地叹了口气。好一个被感情折磨的少年啊，真没想到，老向表面上老实木讷，原来内心如此热情四射，狂浪不羁。看他在日记里的说法，甚至有点变态尾随的倾向了。老向啊老向，泡妞也是要按照基本法的，你这样跟个变态似的，能追到妹子才有鬼呢。

接下去，老向以一种感恩戴德的口吻，描述道：

莉莉安是个好女孩，我以前错怪她了，还跟她说过不要跟莉莉安太好。现在想起来真傻。多亏莉莉安告诉我真相，要不然我还被蒙在鼓里，像个傻瓜。傻瓜！没想到啊，她喜欢的人是……他哪里好了？我真想变成他。不，我要弄死他。

我倒吸了一口冷气，且不说莉莉安到底是谁，听起来像是“她”的好姐妹；老向为了一个女人，竟然萌生了要杀死她男友的念头，这已经不是感情问题那么简单，是严重的心理问题了。

不过，除了不适和可惜之外，我心里还有一点点……幸灾乐祸。

老向的“她”，喜欢的男人到底是谁呢？当年老向没能弄死他，但是现在不同了，老向成了一个能瞬间移动的神奇老向，要弄死谁都是分分钟的事。说不好，老向10年后再次出现，就是为了回来复仇的。

这个男人，要倒大霉了。

所以“他”会是谁？交际花曹老板的嫌疑最大，Gary、李世海、Upson，都有可能，该不会是……

我把日记翻到下一页，看到了一个让我毛骨悚然的名字。

这一篇日记没有别的内容，只有简单的三个字。

但是就这三个字，让我领略到的恐惧，比什么厉害的恐怖片，比什么洪水猛兽、妖魔鬼怪，都要来得凶猛，来得深刻。

这么说吧，这三个字，让我的肾上腺素狂飙，尽管图书馆里空调开得很低，但后背的汗水，还是唰的一下浸湿了T恤。

没错，老向写的这三个字，正是——蔡必贵。

我的名字。

结合上一页的内容，我，蔡必贵，就是他在陷入疯狂状态之后，歇斯底里的，想要弄死的男人。

老向会瞬间移动啊。

想到这里，我猛地扭头朝后一看，幸好，什么都没有出现。

我心有余悸地回过头来，再看着那一页日记。

没错，除了日期之外，就是三个用黑色水笔写成的字——蔡必贵。

可是，我冤啊！这都什么事啊，我躺那么远也能中枪？

我连你老向喜欢的“她”是谁都不确定，就当是莫宁吧，莫宁怎么可能喜欢我？我一点都不知情啊。

还有，莉莉安是谁啊，为什么要诬陷我？你站出来，我保证不打死你。

老向还说她是个好女孩，老向啊老向，你真的是太好骗了，这明显是借刀杀人啊，到底是有多大仇？

慢着……

莉莉安是谁？

如果说老向写的“她”有一个合理的怀疑对象，就是大众情人莫宁，那么莉莉安呢？我对莫宁多少还是有些记忆的，大学四年里，她并没有一个叫“莉莉安”的好闺密。

而按照老向的交际能力，如果莉莉安是别的学院，甚至别的学校的学生，他很难去跟对方搭上话，更不要说交上朋友了。

所以，合理的怀疑是，这个我从没听说过的莫宁的好姐妹，莉莉安，嫁祸于我的心机女，也是我们学院的。说不好，就是我们班的。

可是，我们班上，没有一个英文名叫莉莉安的女同学。

一个从来没听过名字的女同学。

我突然想起——毕业照上突然多了出来，又突然消失的女同学。

会不会，她们是同一个人——莉莉安？

莉莉安这个名字，听上去感觉怪怪的，但是我想了好一会儿，也没想明白到底哪里不对劲。

一直到后来，这个向亮事件接近尾声时，我才豁然开朗，同时无比懊恼——如果当时就猜出莉莉安是谁，后面就不用绕那么多弯路了。

当时的我，却还在纠结老向要“弄死”我这件事，无暇他顾。

不过，仔细想想，如果他真的要害我，在喝酒时就会下手了，也不用等到现在。

况且，这毕竟是老向 10 年前写的日记，当时情绪激动，当不得真；

在漫长的10年里，如果以这种诡异形态存在的老向，依然拥有思考的能力，那他应该早就弄清这个误会，没有再怨恨我了。

嗯，一定是这样的。

自我安慰了一番后，我的情绪渐渐稳定下来，继续翻看后面的日记。

可是，毫无过渡地，在写了我名字后紧接着的一篇，又回归到了之前的小学生日记风格，写的都是日常琐事，完全看不出前几天写同一本日记的人，经历过那么大的情绪波动。

再接下来的几篇，也是如此。

我皱着眉头一边往下看，一边注意到，手中的这个日记本，写有字的页数已经不多了。

可是，无论我怎么认真地看剩下的日记，也没一点有用的信息，全都是流水账。

直到最后一篇。不，确切地说，是倒数第二篇。这一篇也很简单，只有一句话。

终于约到她了。明天见。

我深吸了一口气，确认这一篇日记的日期——没错，2006年3月28号，老向“意外死亡”的前一天。

这样一来，一切都说得通了。

老向之所以打扮得那么正式，并不像曹老板说的那样，是为了死得好看一点；他这么做，是因为跟“她”有一个重要的约会。本来是很兴奋的事情，但是不知道出了什么意外，他被害了，或者自杀了。

所以，日记里满篇的“她”，到底是谁？

当然了，我们的班花莫宁，嫌疑最大。

再接下去，就是那篇用蓝色圆珠笔写的，穿越到10年后的今天的日记了。

2016 年 3 月 31 日，星期四，向明在又山湖旁边遇见了蔡必贵，把这本笔记本交给他。还有手表。

老向是能够预知未来，还是利用闪现的能力，最近才写下了这篇日记？又或者，他不光能穿梭空间，还可以穿梭时间？

这种能力，跟我曾经遇见过的一个“时间囚徒”，倒是有几分相似……

我双手抱着后脑勺，闭上眼睛，在脑子里排演了各种可能性。

十几分钟后，我睁开眼睛，叹了口气。

每一种可能都有可能，每一种可能，又都不太可能。

我看了一眼手表，已经快 16 : 00 了，我还是先回家吧。

我站起身来，拿了日记本就要走，没料到，从本子里掉出了一张纸条，飘落在地上。

我赶紧弯腰去捡，这才发现，夹在日记本里的不是纸条，不，应该说不光是纸条——这是一个纸条做成的、压扁了的莫比乌斯环。

这个莫比乌斯环的做工很粗糙，是从日记本上直接撕下一条，扭曲之后首尾相连，用装订机订起来的。做这样的一个环，大概用不了 20 秒。

不过，在莫比乌斯环的起点——说不好是终点——的位置，还画了一个小人。是那种最简陋的小人，圆圈脑袋，火柴一样的肢体。小人摆出了一个姿势，一只手跟一只脚在前，身体前面还有一个示意的箭头；很明显，这个小人要顺着莫比乌斯环往前走。

看起来，这是老向亲手做的。

我本来想要坐下来研究，不过有个年轻的学弟已经走了过来，准备在我的位置坐下。那就带回家再说吧，日记本，电子表，现在又多了个纸环，仔细研究，一定会找出线索的。

走出图书馆的时候，我没来由地信心爆棚，真相，简直呼之欲出了。

这样的好心情，一直持续到我走回停车场。

我一眼看见，有个熟悉的背影，正杵在我的车门旁边。

我愣了一下，然后又释然一笑。

这小子，嗅觉还真灵敏，就好像是海里的鲨鱼，在很远的地方，都能闻到血腥味。每次我周围发生什么离奇的事情，尤其牵涉死人的，他必然会出现。

不愧是专业的国际刑警。

我一边走过去，一边装模作样地喊："梁警官，Long time no see 啊。"

国际刑警华南分部的梁超伟转过身来，朝我笑了笑："鬼叔，也没多久啊。"

没错，就在几个月前，是他首先告诉我德国有个科学家，可以治我脑子里的怪病，然后我才跟唐双去了趟慕尼黑；谁知道这一趟旅程，却让我陷入了《盗梦空间》般的拯救之旅，差点就回不来现实世界。

如果再远一点，半年之前，在他的授意之下，我到一个游戏公司当了编外卧底；在目睹了同事的惨死之后，我跟梁警官还有唐双一起破获了一桩诡异的连环杀人案。

抒情地讲，他是我共患难同生死的战友；如果从现实的角度分析，那就是一看见他，我就有倒霉的事要发生了。

认真说起来，他还欠我一大笔编外卧底费、工伤补偿金呢。

我刚想要催梁警官还钱，他却仿佛看穿了我心底的怨念，笑得比夕阳还灿烂，拍着我的肩膀说："鬼叔，今晚我请你吃饭。"

他这么客气，我反而更加警惕起来："好端端地请我吃饭，你想干吗?"

梁警官嘿嘿一笑，故意装萌："哎呀，别这样说人家嘛。"

我做出一个坚决的手势："你别打我歪主意啊，我先告诉你，这次你跪下求我，我也不会去当卧底了。"

梁警官笑得更灿烂了："想什么呢你，放心吧，不会要你当卧底的。吃饭，就吃个饭。"

他再次诚恳地问:“鬼叔，今晚想吃什么，别跟我客气，我刚发了工资。”

我半信半疑地开了车门，两人一左一右上了车，我一边发动了车子，一边说:“好，那就去欢乐海岸找地方坐坐，晚上吃铁板烧吧。”

梁警官明显有些肉疼了，嘴角抽搐着，却假装大方地说:“没问题。”

我心里暗爽，却也更加确定了，这小子肯定是有求于我。

那么，今晚就好好宰他一顿。

这么想着，我猛地一脚油门:“好嘞，那家店的澳洲鲜鲍还不错的，也就一千多一只。”

发动机的轰鸣声中，我明明听见，梁警官牙疼似的“嘶”了一声。

嘿嘿。

铁板烧的台子后面，穿着白色制服的师傅，正在像要杂技一样地料理食物。铁铲的锵锵声，黄油滋啦一下，香气四溢，我跟梁警官就坐在食物的香味里，愉快地交谈着。

好吧，反正我是挺愉快的。

我们还在继续聊着之前的话题，出乎我的意料，这一次梁警官来找我，不是因为老向的事情。

刚才我们喝咖啡的时候，他问了我一句:“鬼叔，唐森公司的情况，你熟悉吗？”

唐森 TOMSON 物流公司，总部地址在香港，是我的霸道总裁女朋友，唐双所管理的那家公司。本来计划在三年内上市，但最近因为我的“大舅子”唐单想要夺权，所以内部管理有些混乱。

作为一个国际刑警，梁警官当然不是想跟我要原始股；他想跟我打探公司的内部情况，结果却在我的反问之下，泄露了他所在的组织正在追查的秘密事件。原来，唐森公司的夺权事件，绝非简单的公司管理权之争，而是一场早有预谋、牵涉几条人命、刷新了我世界观的诡异事件。

在跟梁警官会面的几个月后，为了保护唐双，我也被卷入夺权事件中。

不过，就在这一次谈话时，梁警官得到的信息本就不多，而且还对我有所保留，所以当时的我，并没有太往心里去，只是想着要提醒唐双，让她留神，小心吃亏。

我的关注点，还在老向这个事件上。

作为一个专门处理离奇事件的国际刑警，梁警官肯定能给我一些建议。

所以，当上了一道红酒梨子鹅肝的时候，我就把话题引向了这边。为了避免梁警官插手这件事情——甚至把我刚到手的物证都征收了——所以，我不说具体的人和事，而是跟他探讨起了薛定谔的猫呀、莫比乌斯环呀、S 大学的微型核反应堆呀，这些形而上的问题。

梁警官似乎还挺感兴趣的："莫比乌斯环？"

我想了一下，掏出了日记本里掉出来的纸环，放在他的碟子旁边："就是这个玩意儿。"

梁警官拿起纸环端详道："是这个……我也有了解过，相当于我们三维空间的 Klein bottle，嗯，中文要怎么说？"

我皱眉道："你是说克莱因瓶？"

梁警官用手指敲了敲桌面："没错，就是克莱因瓶。按照我的理解，这两个模型，都是高了 0.5 个维度的。鬼叔，你明白我的意思吗？"

我皱着眉头，想了一下："莫比乌斯环是一个二维的平面，但是在三维空间里扭曲了一下；克莱因瓶也是这样，我们住在三维空间的人类，可以构想出这个模型，但是却没办法真的把它做出来。"

梁警官点了点头："差不多，就是这个意思。三维空间的人类没办法真正理解四维空间，二维空间的生物也不能理解三维空间。莫比乌斯环是 2.5 维，克莱因瓶是 3.5 维，都是能够被本维度的生物理解，但是没办法制造出来的。"

我深吸了一口气，补充道："不光没法制造，而且就算知道这样的构造存在，真的进入里面，也无从分辨。比如说……”

梁警官表示赞同，指着纸环上画的那个小人，接下去道：“没错，比如说你，鬼叔，就是这个二维空间里的小人。注意，是住在纸条的里面，不是表层。”

他的手指，顺着小人身前的那个箭头，往前划动：“你顺着这个二维空间，往前一直走，一直走……”

他的手指在纸环上绕了一圈，回到了原点：“你会发现，咦，怎么又回到了原来的地方，可是，这时候的你，已经不是原来的你了。”

我一时没理解过来：“不是原来的我？”

梁警官诡谲地笑了一下：“对啊，你就变成了头朝下脚朝上，上下颠倒的你。”

我从他手里拿过纸环，看着那个简陋的小人，想象着我就是这个小人，在纸环里往前走的景象，一下子恍然大悟：“对啊！因为我从三维空间里这个地方，这个扭曲走过时，是感觉不到空间扭曲的；所以，我走着走着，也不知道为什么，欸，突然就头朝下了。”

其中的奥妙，光凭语言很难描述，如果自己用纸做一个莫比乌斯环，拿在手里，就很容易理解了。关键在于，要想象出人是活在纸条里面，而不是纸条的表层。

我深吸了一口气，所以，老向给我留下的信息之一，莫比乌斯环，就是这个意思？

他是从三维空间的莫比乌斯环里走过，才变成了镜像的自己？

但是，也不对啊。

我低头看着纸环，喃喃自语道：“上下颠倒，不对啊，是左右颠倒才对。”

梁警官一语惊醒梦中人：“没错，顺着莫比乌斯环再走一遍，就会左右颠倒。”

左右颠倒……再走一遍……

我脑子里仿佛过了电，原来如此！

如果我是二维空间里上下颠倒的小人，只要顺着莫比乌斯环再走一遍，就会经历跟刚才一样的莫名其妙的颠倒，恢复头朝上、脚朝下的正常位置。

但是，我却成了自己的镜像，左右颠倒了！

右撇子的我，会成为左撇子的我。

不只如此，我的左眼会变成右眼，左肾会变成右肾，更加明显的是，我的心脏也会变到右边！

甚至，我身上携带的所有物品——比如手表——也会变成左右颠倒。

“鹅肝冷了就不好吃了。”梁警官在旁边提醒，“这个很贵的啊。”

我叉起鹅肝扔进嘴里，味觉却没能传达到大脑，因为那里面正乱糟糟在琢磨着老向的事情。

他给我留下左右相反的手表，又把表带扭成莫比乌斯环的形状；还让他弟弟向明给我送了一本日记，里面夹了一个纸条做的莫比乌斯环。

我尝试着把所有信息汇总，再理顺一遍，得到的结果是这样的。

在 10 年前的三月，老向陷入了一场苦苦挣扎的感情里。疑似是班花莫宁的“她”，没有答应老向的追求，造成了他深刻的苦恼。这期间，老向了解到“她”真正喜欢的人，却是莫名其妙躺枪的我。

到了 3 月 28 号，“她”突然答应了跟老向约会；第二天，老向穿戴整齐地去赴约，但是却发生了某种意外。这个意外造成的后果是，在大部分同学的时间线上，向亮这个人就在湖里淹死了。但在包括我在内的少数派的记忆里，这件事情却并没有发生，老向没有出意外，只是在毕业之后，远离了我们的视线。

进一步分析，现在对于老向的生死，实际上分化成三种阵营。

第一阵营，多数同学，包括他弟弟向明认为的，老向在 10 年前就淹死了。

第二阵营，一小部分同学认为，老向并没有死；但是，由于老向这个秘密被曝光了，开始接受观测，慢慢地，这一小部分同学会全部转化成为第一阵营，老向的生死就会坍缩成为一个固定的结果，他会死得踏踏实实的。

第三阵营，是真正的少数派——目前看来，只有我一个，而就连我本身，在几天前也是属于第二阵营的。只有在第三阵营的人，才能意识到，老向现在是处于生跟死的叠加态里。

我食不知味地嚼了几口鹅肝，再咕噜一声吞了下去——在我们生活的三维空间里，事物只有一个确定的结果，比如说，我吃了这块鹅肝，或者说我没有吃这块鹅肝，不存在其他未知状态。

老向的生和死，之所以会呈现出类似“薛定谔的猫”的叠加态，是因为他掉进了一个类似于莫比乌斯环的什么东西里，变成了一个左右颠倒的镜像的人。

不，确切来说，是一个迷失在时空里、左右颠倒的镜像幽灵。

看在梁警官帮我解疑的份儿上，这一顿铁板烧，我决定还是我来请。

当我说出这个决定时，梁警官大大地松了一口气。

看着他如释重负的样子，真不知道是国际刑警待遇差，还是他真就那么抠门；到了后来，我才知道他的待遇一点也不差，平时省下的钱，是有一个奇葩的用途。

总之，晚上吃完饭之后，梁警官就自行消失了，就像他下午突然出现一样。

我怀揣向明给我的三件物证，还有梁警官启发的镜像幽灵的思路，开车回家的路上，都一直在想着这些事情。

如果我目前的猜测是正确的，那为什么所有人不是在第一阵营，就是在第二阵营，只有我处于最接近真相的第三阵营？这个结果是随机分配的，还是说我被特意选中了？如果我被特意选中，那又是为了什么？

另外一个问题是，老向处于这种迷失的镜像幽灵状态里，已经过去了 10 年；是什么原因让他再次出现？他主动来接触我，又是出于什么动机？

总不会像他 10 年前写在日记本里的，要把我“弄死”吧？

还有，那个害我无辜躺枪的莉莉安，到底又是何方神圣？

脑子里被这些问题堵塞的同时，车轮下的滨河大道也开始堵塞起来。

这时候早就过了晚高峰，不应该啊。

我焦躁地看着缓慢移动的车龙，猜想一定是前面出了什么事故。

果然，在 10 分钟走了 200 米之后，我看见了中间道上的事故点，两辆小车追尾，看上去并不严重。身为老司机，我挺讨厌这些没有公德心的人，拍个照、挪到一边等交警来快速处理不就好了吗，偏偏要塞在路中间。

从事故点路过的时候，我特意按下车窗，看看双方车主到底是怎样的傻瓜。

没想到的是，我却看到了一个熟人，一个不应该出现在此时此刻的人。

这人正不顾左右的滚滚车流，站在两辆事故车的前头，跟另一个车主抽烟说笑。

我皱着眉头，大声喊出他的名字：“Gary！”

半个多小时后，本来一心赶着回家的我，却走在了送 Gary 去深圳湾口岸的路上。

Gary 刚才告诉我，他是早上来深圳分公司的，赶着回香港，没想到一心急反而出了交通意外。是他追尾了，对方没什么事，他那早就该送去大修的车，却索性趴窝了。

刚才交警、保险公司、拖车都来了，处理完事故之后，我干脆提议送他去深圳湾口岸，顺便问问他为什么要骗我。

一路听他说着事业家庭什么的，感叹说深圳房价飞涨，都要比香港还贵了，我都是嗯嗯啊啊地应着，下了滨海大道，在一个红灯面前，我终于嘿嘿笑道:“去了趟洛杉矶，那么快就回来啦？”

Gary 一愣:“L.A.？你怎么知道我要去 L.A.？噢，是我刚才告诉你的吧？”

我喊了一声:“别装傻啦，我们昨天在香港机场还碰见了，你跟我说要去洛杉矶的啊！”

Gary 的反应大大出乎我的意料，他语气夸张地重复:“昨天？香港机场？老蔡，你认错人了吧！”

认错人？

我听他这么一说，不由得扭头看他的表情: Gary 一脸蒙，显得非常无辜，要不是他那染成亚麻色，又向后梳得服服帖帖的发型，我还真就信了。

后车的大灯闪了几下，我一看原来是绿灯，前车已经走了十几米。我一边赶紧踩下油门，一边喊了一声说:“别闹了，Gary，老实交代干吗要骗我？”

Gary 有点不开心了:“老蔡，你才别闹啊，你真的认错人了，我昨天没去机场！”

我皱着眉头说:“别开玩笑了，我昨天明明就在机场碰见你，还聊了一会儿天呢，你怎么可能会没去。除非……”

说到这里，我想到了一个可能性，不由得倒吸了一口冷气。

除非，有人篡改了现实。

在又一个红灯前，我转头看着 Gary，最后一次确认:“你看着我的眼睛，告诉我，昨天真的没去机场？”

Gary 认真地说:“Absolutely（当然了），老蔡，别说昨天了，我快五六年没见你了吧，Long time no see 啊真的。”

我深深吸了一口气，Long time no see，在我的时间线里，昨天在机场见面时，Gary 也是这么说的。

但是，在 Gary 的时间线里，他昨天却根本没去机场，更没有见到我。

在送他到深圳湾口岸之前，我尽了最大可能，搜集了 Gary 对于出差洛杉矶、去机场，还有莫宁的一些信息。

首先，他真的有计划要去 L.A. 出差，而且原来定的时间就是昨天；所以，他也很惊讶我会知道得这么详细。

但是，就在星期二那天——我注意到，这也是老向出现在我视野里的同一天——洛杉矶的客户打电话给他，改了时间，让他下周再过去。

也就是说，按照原定计划，他应该是昨天出现在香港机场，遇见我，然后跟我有那番谈话的。

可是，因为客户的一通电话，他的“未来”——现在是“过去”了——被修改了，没有去机场，而是在之后的第二天来了深圳分公司，并且出了交通意外，又碰巧遇上了我。

对于 Gary 来说，在偶遇我这件事上，时间、地点都被修改了，但是，依然跟我很巧合地遇见了。

我暗自想道，看来，就算那个背后的神秘力量，能够篡改一部分现实，但该发生的事，或早或晚，依然会发生。

说起莫宁，我一开始还在担心，他会说没有在群里发过莫宁跟老向的合照。就好像 Upson 一样，完全否认他从毕业照上找到了老向；更糟糕的是，后来在微信群里，也找不到任何证据来证明这点。

幸好，Gary 一口承认曾经发过也撤回过那些照片。

我不由得松了一口气，却神经紧张地再次确认道：“你说的照片，是莫宁跟老向，就是向亮，他们两个的合照，对吧？”

Gary 给了我一个暧昧的笑容：“没错，老蔡你还挺厉害的嘛，一下子就猜到我 Recall（撤回）的照片是他们。”

对于 Gary 的夸奖，我一点都不感到骄傲，因为对于我来说，我昨天就遇到了他，聊了天，也就多了一天的时间来猜。

我又想起之前的推断，跟 Gary 确认道：“你说莫宁嫌照片拍丑了，所以才让你撤回的，对吧？也就是说，合照是她怀孕的时候拍的？”

Gary 开心地笑了：“Bingo（猜中了）！老蔡，我发现你很有 insight（洞察力）耶！”

我还想接着说下去，但这个时候，车子已经开到了深圳湾口岸。

Gary 跟我告辞道：“Sorry 啊老蔡，我赶着要回去，下次再跟你聊了。”

他从后备厢里拿了行李，跟我挥手道别：“谢谢你送我过来。”

我耸了耸肩膀：“不客气。”

在将要走进口岸大厅的前一刻，Gary 突然回过头来，贱贱地对我说：“嘿嘿，刚才忘了告诉你，洛杉矶那个客户，你也认识的。”

他朝我挤眉弄眼，说明根本不是忘了，而是故意留到现在才说：“不光认识哦。”

我皱着眉头，心里毫无头绪，但一个既陌生又熟悉的名字，却不由自主地，从我嘴里跳了出来：“莉莉安？”

从深圳湾回家的路上，我整个脑袋是蒙的。

莉莉安，这个理应和我同班了四年的女同学，在向亮事件中，还扮演着极为重要的角色；她不仅害我无辜躺枪，并且在关键时刻打电话给 Gary，更改了我们两人会面的时间和地点。更为诡异的是，Gary 刚才挤眉弄眼地暗示，我跟这个莉莉安，还不只是同学关系那么简单。

是暧昧关系？还是男女朋友？

令人细思极恐的是，这个女同学在我的记忆里，荡然无存，没有一丝痕迹。

那么，是有人篡改了我的过去，还是说直接修改了我脑子里的记忆？

甚至，其实我跟老向一样，在不知不觉中，走上了三维空间里的莫比乌斯环，已经迷失在另一个空间里……

这一个想法，让我不寒而栗。

我看着自己方向盘上的双手，安慰自己，起码到目前为止，我还没有成为左右颠倒的镜像幽灵，手表也还戴在我左腕上。

经历了那么多波折，好不容易回到家，我第一时间冲到楼上卧室，打开抽屉。

那一只左右颠倒的卡西欧电子表，稳稳地躺在里面。

我不由得松了一口气，幸好，在经历了一整天的离奇事件之后，我早就筋疲力尽了；同时，脑子里又被大量的信息塞满，得花一些时间，才能完全消化掉。

如果一回到家，发现抽屉里的电子表消失了，或者发生了什么变化，估计我整个大脑就会因为信息过载彻底崩溃掉。

我把电子表重新放进抽屉里，又把随身带的包扔到床上，准备先泡个热水澡，放松一下。

当身体进入放满热水的浴缸时，紧绷的肌肉确实放松了下来，但是大脑却没有办法同样放空。今天发生的一切，连同前几天发生的事情，像放电影一样，在我脑海里不断重播。

等洗完澡之后，我要想办法联系上莫宁，如果她还没在微信上回复我，就找人问到她的电话，然后打过去。反正现在洛杉矶是白天吧，不会打扰到她。

我还要找曹老板再打探下消息，嗯，就以同学会为由头；也可以跟李世海聊聊，他对老向这件事的反应同样激烈。还有，要上网深度查一下莫比乌斯环让人左右颠倒的理论。不过在此之前，我要先再读一遍老向的日记……

对了！还要比对下两块卡西欧手表，是不是真的来源于同一块表，又到底有什么异同。

估计是这一整天脑力严重透支的原因，在洗头的时候，我竟然产生了幻听。不是耳鸣的那种嗡嗡响，而像是有人拖动桌椅在地板上划过的声响。

第八章

正反物质的重构

洗掉满头泡沫，我关掉莲蓬头，却突然一愣。

那个声音还在，而且，竟然能分辨出方位。不是楼上，也不是楼下——就在浴室外的卧室里。

这不是幻听。

此刻，确实有人正在拖动桌椅。

我倒吸了一口冷气，这怎么可能？刚才我进家门的时候，确定有把楼下的门关好；公寓的物业管理很严格，保安24小时巡视，更不可能有人爬到十几层高的楼上，从阳台进入。

但是，外面就是有人。

那这个人，只能是老向了。毕竟，他成为镜像幽灵的同时，似乎也拥有了瞬间移动的能力。

哪怕是昨天，我也会毫不犹豫地跑出去，抓住老向，问清楚事情的来龙去脉。

但就在今天下午，我看到了他要“弄死”我的一篇日记……

我犹豫了半分钟，还是毅然从浴缸里站了起来，随便用浴巾包了一下，打开了浴室的门。

虽然早有准备，但是眼前的景象，还是让我吃了一惊。

我以为是老向在外面搬桌子，甚至设想到了他是以喝酒那天的形象出现，或是以下午穿衬衫西裤的形象出现。

但现在的情况是……他确实在搬桌子，因为那桌子正在缓慢地移动着。然而，我却看不见老向。

他隐形了。

我迟疑了两秒，还是大声喊了起来："老向！是你吗！"

没有回应。

书桌仍然在挪动着，跟木地板摩擦，发出让人牙齿发酸的难听声音。书桌上放的书架、音箱、功放机，眼看着就要掉到地上。

这是一张一米五长的实木书桌，当时两个搬运工人很费力才抬到楼上，连同桌上的东西，少说也有两百多斤。向亮一个人却能拉得动，看起来，虽然变成镜像幽灵，并且隐形了，但是力量竟然还是很大。

我又大喊了一声："向亮！"

他却依然没有回答。

我突然无名火起，老向你这王八蛋，突然出现在我家里也就算了，一直拉我书桌算怎么回事，叫了也不应，难道要把我书桌拉楼下客厅去？

既然他有那么大力气能拉动书桌，虽然看不见，但应该是有实体的。我转身从浴室的裤子上抽下皮带，然后狠狠地朝着书桌挪动的方向抽去！

啪！

皮带却抽到了空气里。

我皱着眉头——没人？

书桌仍然慢慢挪动着。

既然老向不是在拉着书桌，那应该是推着书桌。

我咬了咬牙，再次抡起"皮鞭"，朝书桌后面抽去。

但是，仍然落了个空。

我倒吸了一口冷气——向亮不在这里。

他没有在搬动书桌，那么，书桌为什么在动？

为什么还在动?

真是见鬼了……

突然，我注意到，书桌的两个抽屉，有一个打开了，另一个却没有。

那个打开的抽屉，正是我放卡西欧电子表的地方。

难道是……

而在书桌对面，一床之隔，是我的衣柜。刚才我一回家，就把包扔进了衣柜里。

在我的包里，有向明交给我的另一块卡西欧电子表。

仔细一看的话，衣柜的推拉门，似乎比正常状况下要鼓出来一些，底下的轮子也发出细微的声响，像是要冲出滑轨。

两块互为镜像的电子表。

我的脑海里突然出现一个物理名词——反物质。

我深深吸了一口气，走到书桌面前，低头看去。果然，那一块左右颠倒的电子表，正顶在抽屉外层的木板上，抽屉又拉着整张书桌，慢慢朝衣柜的方向移动。看起来，是因为这书桌太结实了，要不然估计抽屉就飞出来了。

所以，在衣柜里面，另一块正常的电子表，也在顶着衣柜门。

两块电子表，想要合二为一。

不能让它们合在一起，说不好，会发生大爆炸的。

这么想着，我赶紧一手抓住抽屉里的手表，想要把它强行带离。没想到，把手表往高一拉之后，它脱离了抽屉的限制，突然一股巨力！我的右手根本无法承受，差点脱臼，那手表便脱手而出，笔直地飞向衣柜。

我伸手要去抓，哪里还来得及！

空气中发出刺啦刺啦的声响，我仿佛看见衣柜门的纹理发生扭曲，空间正在塌陷、聚集能量，一场爆炸眼看就要发生。

我能做的，只有抱头蹲下。

嗡。

我抬头看去，只见衣柜门外形成了一个类似球形的扭曲力场，两块红色的卡西欧电子表，正悬浮在半空中，飞速地彼此环绕、转圈、靠近，越来越快，越来越快，最后，在互相接触的一刹那——嗖的一声。

消失了。

三维空间受到了震动，我的眼睛只能看到空气的振动，像水波一样的纹理，正快速地扩散——要死！爆炸了！

我双手用力抱头，紧闭双眼，心里想的是——唐双，对不起，没办法跟你生小朋友……

咦?

再次睁开眼睛时，我发现，自己并没有死。

不对……

此刻的我，以一个上帝视角，俯瞰着另一个我。

这个我正蹲在卧室的地板上，在相隔两三米的地方，一个巨大的冲击波正在缓慢地扩散。

看来，我果然还是死了啊。人死之后，灵魂会飘到高处，看着自己的尸体，原来这都是真的……

枉费我还信了那么多年的唯物主义。

我叹了一口气，听见自己叹气的声音。

不对……

我看见，在下面蹲着的那个自己，突然抬起头来，睁开眼睛，看着现在的我。

另一个我的右眼瞳孔，变成了一个旋转的黑色旋涡。

我倒吸了一口冷气，马上意识到那是我脑子里的黑洞。

与变慢了的冲击波不同，另一个我眼中的黑洞，正在快速扩大，占据了我的半张脸、整个头部、半个身体，最后，变成了一个直径两米的球状体。这个球状的黑洞悬浮在空间中，黑漆漆的，透不出半点的光，看上去坚硬得宛如实体。

与此同时，我看见从两块手表消失处发出的那道冲击波，粉碎了被波及的所有物体。衣柜、书桌、地板，甚至整栋大楼，都转化为极小极小的、肉眼不可见的颗粒。只有包裹着另一个我的黑色球状体，纹丝不动，像蚕茧一样保护着里面的“幼虫”。

更让我惊讶的是，在最初的冲击波过后，那些消散了的颗粒，却又纷纷聚集，重新构成了原来的物体，整栋大楼、地板、书桌、衣柜，全都变回原状，似乎什么都没有发生。

冲击波突然恢复了速度，向半空中俯瞰的现在的我，笼罩而来。

我下意识地伸手阻挡。

嗖。

我再次睁开眼睛，却发现眼前是掉落到地板上的一条浴巾。

我还蹲在卧室的地板上。

四处静悄悄的，除了自己猛烈的心跳，什么声音都听不到。

我小心翼翼地站起身来，环顾四周。卧室还是原来的卧室，压根没有爆炸过的痕迹。不仅如此，书桌回到了原处，衣柜门也没有被破坏，刚才发生的一切像是场梦，对现实完全没有产生任何影响。

除了那两块手表。

我猛地跳了起来，不管身上是否一丝不挂，冲向书桌，拉开抽屉——果然！那块左右颠倒的镜像手表，已经消失不见了。

我没有一点迟疑，又跑到衣柜前，拉开门从里面把包拿了出来，然后把所有东西一股脑倒在了床上。

没有，红色的卡西欧手表，没有。

不见了。

连这块向明下午交给我的他哥哥的遗物，正常的卡西欧电子表，也消失掉了。

正物质跟反物质相互吸引——像是冥冥中的宿命——等它们聚到一起，就会彼此碰撞，然后消失。

除此之外……我突然想到了什么，从床上拿起刚才掉出来的老向的日记本，又从衣柜里拿出条裤子胡乱穿上，然后坐回了书桌前。

我焦急地把日记本从后往前翻，找到最后一篇，用圆珠笔写成的日记。

2016年3月31日，星期四，向明在又山湖旁边遇见了蔡必贵，把这本笔记本交给他。

没错，就是这样简单的一句话，少了四个字——“还有手表”。

在我的记忆中，下午S大的又山湖边，明明是看到了这四个字的；所以，向明也才会把卡西欧电子表带给我。

我皱着眉头，继续往前翻。

2006年3月18日，星期六，运气太差了，特地跑了一趟香港，资本主义纸醉金迷的地方，没买到她要的手表。唉，偏偏要什么限量版的，不就是一块电子表嘛。

下午看的时候，这一篇日记描写的内容，是说他运气不错，买到了这块限量版的手表。

我倒吸了一口冷气。

正物质跟反物质彼此碰撞、湮灭之后，一部分的现实就被篡改掉了。

凌晨1：00。

我坐在楼下的客厅里，手里捏着一个水晶威士忌酒杯。茶几上放的，则是半个小时前刚开瓶，现在只剩一半的麦卡伦25年。

虽然答应了唐双要戒酒，也知道喝太好的酒，脑子里的黑洞就会变大，但是管它呢……

半瓶威士忌反而让我的大脑放松了，所以，新鲜的灵感蹦了出来。

谁说我脑子里的黑洞，就只有坏处，没有好处？

我抿了一口威士忌，仔细回忆两块手表相撞、爆炸发生的那一刻，我从“天上”俯瞰到的场景。

我想，当时我俯瞰的位置，并不是灵魂出窍之后的天堂，而是一个高于三维空间的空间；也就是说，一个 3.5 维，甚至是四维的高维空间。

而从停留在三维空间的另一个我的瞳孔里出来、最终变成了黑色球状体、保护了我的本体的那个东西，毫无疑问，就是我脑子里的黑洞。

之前我一直不明白，为什么所有人都处于第一、第二阵营，只有我处于能看清真相的第三阵营；为什么所有人的记忆，会随着被篡改的现实而一起改变，只有在我身上，即使现实被篡改了，我仍然记得另一条时间线上发生的事情。

答案很清楚，就是我脑子里的黑洞，在“保护”我。

当两块手表相撞后发出的冲击波，摧毁了原来的世界——就是我从高维空间看到的，所有物体、整个世界都灰飞烟灭；然后，再重构整个世界，也就是看不见的微小粒子，又重新组合，变回原来的世界。

但是，这个世界，虽然看起来没有什么不同，却已经不再是原来的世界了。

原来违背物理原则、互相冲突的现实，在这样的冲击波摧毁重构之下，就被修改得符合物理原则，变成正常的世界了。所有受到影响的人，记忆也同样被摧毁重构，因为谈论到的人类的记忆，其本质不过是储存在大脑里的信息，而人类的大脑本身，也是由物质所构成的。

唯一没有受波及的，只有我，那个脑子里的黑洞突然变大，像蚕蛹一样保护住了自己的我。

所以，我才记得所有人都忘了的事情。

所以，变成了镜像幽灵的向亮，谁都不找，却跑来找我。

所以，他才要把一切的信息、一切的证据，统统交给我。因为他明白，就算物质世界会被重构、现实会被篡改，连同所有人的记忆都面目全非，但是，储存在我脑子里的记忆是安全的。

我苦笑了一下，老向是把我当成了备份资料的 U 盘啊。

不过，还有哪里说不通。

莉莉安，又是怎么一回事？

如果按照之前的设想，除了我自己的记忆外，其他的都靠不住，那为什么别人都记得的莉莉安，我却完全没有印象？难道说，我脑子里的黑洞也不能百分之百地保护着我，还是有一部分记忆被删除了？

我皱着眉头，又喝了一口威士忌。

不，不是这样的。

无论如何，我首先要坚定信念，自己的记忆是百分百正确，反映了单一时间线上的所有事实，没有经过任何的修改跟污染。不然的话，如果我的记忆都能修改，这件事我再怎么努力下去，也不可能找到真相了。

至于为什么别人都记得莉莉安，只有我不记得，可以换个角度来想——莉莉安这个人，本来就不存在，只是其他人的记忆被修改了，添加了一个莉莉安。

我深深吸了一口气，勉强忍住内心深处的恐惧——只能是这样了。

如果我的设想成立，那么跟莉莉安最亲密的人，也就是记忆被修改了最多的人。从老向的日记来看，排名第一的人选就是她的闺密，班花莫宁了。

可惜，莫宁一直没回复我。

我叹了口气，随手打开了微信，却看见——莫宁回复我了！

我之前给她发的信息是："听曹老板说，10 周年聚会你要回来？"

她的回复是："嘻嘻，刚看见你留言呢，人在洛村，比较少用微信。是呢，肯定要回去的呀。"

莫宁说的洛村指的就是洛杉矶，意思是洛杉矶大农村。这群移民国外的人，过得越好的，就越喜欢自黑；只有那种辛辛苦苦出了国，结果还混得很惨淡的，才会处处表达优越感，什么你国这里不行、那里不行的。

而且像 Gary 这样的还喜欢中英混杂，莫宁是真正在国外的人，英语也特别好，跟我们聊天倒全是用中文。

我看了下时间，凌晨1：30，洛杉矶是前一天的早上10：30。作为身居国外养尊处优的贵妇人，应该是刚吃完早午餐，孩子交给保姆后，打开微信来看看我们国内的人在聊啥，消遣一下。

我虽然心里想的都是老向、莉莉安，但总不能一上来就直接问这些，只好顺着刚才的话往下说："什么时候回来呀？"

莫宁回复了一个害羞的表情，然后说："哎哟，你很想人家回去呢？"

我心里咯噔了一下，老向的日记里说，莫宁喜欢的是我。该不会是真的吧？

我还没想好怎么回复，结果她又发了个阴险的表情，说："好啦，不逗你了。你要失望啦，她不回去。"

我皱起了眉头，Gary跟我说过，莉莉安也在洛杉矶，所以莫宁的这个"她"，指的应该就是莉莉安了。可是，到底是不是呢？我又不能直接问。

我想了一下，试探道："莉莉安不回来？为什么？"

莫宁这次发的表情是叹气："为什么？问你自己呀。"

我先是松了一口气，果然，莫宁说的确实就是莉莉安；接着，我又不禁有些挠头，这个莉莉安不回来，怎么跟我有关系？难不成我还得躺枪一次？

接下来莫宁懒得打字了，直接发了个语音，她的声音还跟10年前一样，甜而不腻。

我仔细一听，果然又躺枪了，莫宁说的是："老蔡，说出来你别伤心啊，前两天我跟莉莉安说了同学会的事，她第一个问题就是蔡必贵去不去。"

我一时没反应过来："我去啊。"

莫宁扑哧一笑："我当然知道啊，就是因为你要去，所以莉莉安才不回去呢。"

我这才明白过来，结合Gary跟莫宁说的话，我猜在他们的记忆里，我跟莉莉安是大学情侣什么的，我做了什么缺德的事，导致莉莉安隔了那么多年，还一直讨厌我。

话说，就我这种宅心仁厚的耿直 Boy，为什么不能安排点好的戏份，非要我当坏人呢？

莫宁又接着说："你是不是没她微信？"

我眼睛一亮："是的，要不你告诉我，我跟她道个歉，让她跟你一起回来？"

莫宁嘻嘻一笑："告诉你也没用，加不上的，老蔡，你还在她黑名单里呢！"

我不由得挠起了头，看来这个莉莉安，不是一般地讨厌我。

莫宁安慰道："这样吧，下次我再见到她，劝她把你从黑名单里放出来，你再加了她好好聊。也是啊，都过去这么多年了，还有什么放不下呢。又不能全怪你。"

我不由得好奇心大增，不能全怪我？那会是什么事呢？

刚想继续追问下去，莫宁却说："好啦，你那边都快两点了吧，赶紧睡吧，等我的好消息。"

她都这么说了，我也不好死缠烂打，只能先谢了她，然后喝了几杯威士忌，上床睡觉。

夜里，我梦到了一些奇怪的场景。不过，梦里的我一点都不惊慌，似乎早有准备。

虽然睡前喝了一整瓶威士忌，虽然我正昏昏沉沉躺在黑漆漆的房间里，睡梦中的我心底却如明镜高悬。我很清楚，我所梦见的，并不是我自己，而是……

我梦见一扇锈迹斑斑的铁门，正在缓缓关闭。

在紧闭的铁门上，有一个黄黑相间的标志，像一个三叶风扇。

梦里的我朝着铁门，伸出手来，声音嘶哑地说："救我。"

就好像在那黑漆漆的门洞里，隐藏着一个人。

但是，铁门仍然缓慢而坚定地完全关上了。

砰。

梦里的我发出一声叹息，认命似的慢慢闭上眼睛。

突然间，铁门摩擦地面的声音再次响起，从两根手指那么窄的门缝里，倾泻而出难以置信的、天堂般的光亮；一个女人在铁门背后低语，声音有不可抗拒的魔力。

她说的是:“进来。”

随着门缝越来越宽，刺眼的光线越来越强，梦里的我伸出手来，挡住了自己的眼睛。

当光芒退却时，震耳欲聋的欢呼声，却如潮水般涌起。

我睁开眼来，发现自己正身处一个小型体育场里，身边都是疯狂呼喊的年轻男人，黑暗中，他们的眼睛跟脸上的汗水，正在闪闪发亮。

所有人都面朝同一个方向，那就是舞台的方向。

一段让人热血沸腾的舞曲，突然像巨浪一样涌来，甚至盖过了人群的呼喊。我皱眉倾听，旋律勾起了我心底埋藏已久的回忆……

不光是梦里的我，还有现实的我。

没错！朴志胤《成人礼》！

我瞬间就明白了，这个场景，是我们的大一元旦晚会！

我朝舞台上看去，上面穿着一身黑裙，正在跳着热辣独舞的女人，就是莫……

不对！

我倒吸了一口冷气，在烟雾和射灯组成的迷幻舞台效果中，正在劲歌热舞的身影，有两个。

这一刻，正跳到舞曲的高潮部分，两个舞者前后重叠，前面这个低垂长发，扮出提线木偶的动作；她身后的操纵者，正在摆弄看不见的木偶线。

操纵者的脸隐藏在黑暗中，只有白森森的牙齿，闪烁出一抹诡异的笑容。

虽然看不见她的脸，但我心里清楚得很，这个操纵着提线木偶的女人，就是那个莉莉安。

我拼命想要看清那女人的脸，但是梦里的我离舞台太远了。

我深深吸了一口气，双手拨开拥挤的人潮，拼命往前走。

可是，前面伸出来一只手，蛮横地揪住我的衣领。

那个人一脸戏谑："去哪儿呢？"

梦里的我先是一愣，然后是心慌意乱，没出息地低声道："放、放开我。"

那人哈哈笑道："你说什么，听不见！"

我感到口干舌燥，胸腔里的愤怒转瞬而逝，说出口的仍然是恳求的语气："放开我……李世海。"

李世海棱角分明、年轻气盛的脸，从人潮中浮现，并且慢慢清晰起来。

我低声下气的恳求，李世海像是根本没听见，揪着我衣领的手反而越抓越紧；他笑嘻嘻地拧过头去，对着身边一个高个儿同伙说："你怎么看……"

曹老板？

同样年轻的曹敏钦，在黑暗中摇了摇头："放了他吧，别说我们欺负人。"

李世海犹豫着说："可是，莫宁让我们……"

曹老板笑了一下："你还怕他爬上舞台去啊？"

李世海松开手，曹老板拍了一下他肩膀，两人一起转过身去，看着舞台。

李世海喊了一下："去他的死变态。"

曹老板的声音更为不屑，但却假装宽厚地说："别这样，都是同学啊。"

梦里的我，被他们的背影挡得严严实实，看不见舞台上的一点动静。

节目似乎已经到了尾声，音乐声渐渐淡了下去。

在黑暗中，我听见咯吱、咯吱，咬牙切齿的声音——经过骨头，直接传入耳蜗。

"鬼，醒醒。"

一个清透的女声，刺穿并击碎了我的梦境，晚会的场景像黑色玻璃一样破碎，我睁开眼睛，在刺眼的光芒中快速清醒过来。

唐双摸着我汗津津的额头，半是惊讶、半是嘲讽地问："你在做噩梦？"

我从床上坐起身来，不好意思地笑笑："你怎么知道是噩梦，春梦不行吗？"

唐双作势要来扯我耳朵："春梦？梦见谁了？"

我嬉笑着说："梦见你，当然梦见你啦，还能有谁？"

她这才作罢，却仍然是霸道女总裁的口吻："那也不行，没有我批准，不准随便梦见我。"

我苦着脸说："连做梦都管，这也太法西……"

唐双假装生气道："太什么？"

我赶紧改口问："一大早就过来，想我啦？"

她拉长了声音说："早？你知道现在几点吗？"

唐双拉开窗帘，耀眼的阳光顿时充斥了整个房间。

我摸过手机一看，已经快 12：00 了。

虽然喝了威士忌晚上会好睡一点，但我的生物钟是不管几点睡，早上都会按时醒来。一觉睡到大中午，对我来说是一件很奇怪的事情。

我挠着乱糟糟的头发，心想，难道是因为昨晚的梦？

洗漱完之后，我跟唐双一起吃了顿饭。她告诉我今天一早就来深圳开会，打我手机没接，就直接杀上门来，检查我是不是带了妹子回家。

昨天梁警官告诉我的关于唐森公司可能隐藏的阴谋，我一五一十全都告诉了唐双。听我说话时，唐双咬着嘴唇，皱起了眉头，这样的表情，在霸气的女总裁脸上，很少能见到。

当时我们都嗅到了一丝危险的气息，估计事态有点严重；几个月后我们才知道，原来有那么严重。

吃完饭，唐双就要回香港了，继续投身现代企业版的宫心计。我一边内疚帮不上忙，一边心里却有点小庆幸，最近唐双事务缠身，就不会来管我在干吗了。

要不然的话，像老向这种死而复生的幽灵啦、记忆中不存在的女同学——现在很可能是前女友——突然出现啦，听上去就很危险的事情，唐双一定不准我插手。

临走的时候，唐双问我："下午怎么安排？"

我用食指挠了挠右边颧骨，慢吞吞地说："嗯，去找个大学哥们儿喝茶。"

第九章
忆往昔

我打了个电话给李世海，刚想约他下午见面，他却迫不及待地说：“老蔡，我正想找你呢！你在哪儿？下午找个地方坐坐？”

我嘿嘿一笑：“好啊，就去你公司楼下吧。”

李世海毕业后就进了一家门户网站，混得不错，现在已经是整个公司的广告销售副总。公司地址就在南山科技园，我开车过去用不了15分钟。

14:30，我跟李世海两人相对而坐，在科技园一家安静的咖啡厅里。店里除了我们两个客人，就只剩下柜台后的店员妹子。

我端起一杯咖啡，偷偷观察李世海的表情。

咖啡厅里空调很足，但他却满头大汗，用餐巾纸一遍遍地擦着额头。

我喝了一口咖啡，脑海中是梦里那张10年前李世海的脸，棱角分明、年轻气盛，居高临下的戏谑；如今的他不光脸大了一圈，表情更是惊慌失措，像是刚刚被人捉奸在床。

我还想跟他寒暄几句，但李世海却开门见山：“老蔡，向亮还活着？”

我一时弄不清他的用意，只好含糊地说：“嗯，有可能吧，我也还没搞清。”

李世海却抓住不放：“怎么搞不清？你说在北京跟向亮喝了酒，到底有还是没有？”

我见抵赖不过，只好嘿嘿一笑：“是喝了酒，不过曹老板说了，那是他的弟弟向明假装的。”

李世海胖手在空中一挥：“拉倒吧！还向明，向明现在比我还胖，不可能假装他哥！”

我眉毛一挑，没想到他那么关注，竟然知道向明的近况；看起来，跟曹老板一样，对老向“复活”反应激烈的李世海，在这件事里，同样也脱不了干系。

所以，昨晚我才会以向亮的角度，同时梦见他们两个。

李世海看着我问：“老蔡，跟你喝酒的向亮，是胖的还是瘦的？”

我老实交代：“很瘦，跟他大学时一样，甚至更瘦。”

他打了个寒战，又摇了摇头，接着身体前倾压在咖啡桌上，盯着我，急切地问：“老蔡，你老老实实告诉我，全都是你编的，你编来吓唬我们的，对吧？”

李世海的声音里，竟然带着一点哭腔：“你是想给向亮出气，吓唬我们，一定是这样的吧？”

我想了一会儿，缓慢而坚定地摇头：“不，我真的见到了老向。”

李世海张大了嘴巴，身体往后一靠，整个人像泄了气的皮球，瘫倒在沙发里。

我皱着眉头问：“海总，你没事吧？”

他仿佛没听见我的话，只是喃喃自语道：“回来了，回来了，真的回来了。”

我看着李世海面如死灰的样子，有些同情，又有些好奇。

就在前几天，他还一口咬定向亮早就死了，我不过是在恶作剧，吓唬他们而已。到了现在，我手上也没有任何向亮活着的证据，只不过口头再次承认跟向亮喝过酒，怎么这次李世海就坚信不疑了？

莫非……

我试探着问道:“海总，你也见到向亮了？”

瘫坐在沙发上的李世海，像被针扎了一样弹了起来，左右张望:“向亮？哪儿？在哪儿？”

柜台里的店员都被他的动作吸引，朝我们看了过来。

我赶紧抚慰道:“没在这儿，没有，我是问你前几天见过他吗？”

李世海双眼茫然地看着我，像是在努力思考我所说的话，过了一会儿，才怕冷似的抱着双臂，摇头否认:“没有，我没看见向亮……”

他又打了个寒战:“我是说，没看见活人，看见了照片。”

我皱眉问:“照片？什么照片？”

李世海重复了几声“照片”，然后如梦初醒般，在沙发旁地下的双肩包里，拼命翻了起来。

接着，他把一张我熟悉的照片，啪的一声放到了咖啡桌上。

我前几天晚上仔细研究过的、毕业典礼上的合照。

但是这个并没有什么用啊，现实被修改过后，合照上的老向，在我眼皮底下消失了。不仅如此，现在回去再看手机微信里的照片，也全然不见了老向的影子。

我向桌上的合照瞟去，所以这里面……

不对!

我赫然发现，老向还在合照里!

我赶紧弯下腰去，把毕业照朝着自己，仔细盯着看。没错！倒数第二排最右边那个人，就是老向，向亮!

我深吸了一口气，抬起头来，迎上了李世海的目光。

他探询地问:“看见了，你也看见了，对吧？”

我点了点头:“看见了。”

下一秒，我们异口同声地说:“怎么搞的？”

接下来，李世海跟我说的话，让我明白了他下午为什么想见我，又为什么怀疑向亮还没死。不，实际上，他从10年前就怀疑向亮没死了。

一开始由于惊慌失措，李世海讲得磕磕绊绊的，我安慰他不用着急，过了一会儿，他才讲得流利起来。毕竟他是商务谈判的老手，所以一旦镇定下来，把事情的来龙去脉，倒是讲得井井有条、细节丰富。

李世海先从前几天说起，我在群里发了张毕业照，还莫名其妙在上面画了个红圈；更莫名其妙的是，竟然有一男一女两个同学，说在红圈里看见了向亮。

听到这里的时候，我不由得皱起了眉头。在我没有被重构的记忆里，是包括 Upson 在内的三个同学，都在照片上看见了向亮。不过，Upson 的记忆跟当时的聊天记录都被篡改了，关于另外两个同学的记忆，估计也维持不了太久。

等所有证据都消散掉，微信聊天记录里留存的，就只剩我一个人神经病似的自言自语。

总之，李世海感到大惑不解。如果说我这种不靠谱的人是在搞整蛊，可是另外两个同学，都是老实人啊。

发在微信上的合照不够清楚，所以他就开始找自己的那张。

一看之下，李世海松了一口气。

什么嘛，根本没有向亮。在我们说的倒数第二排最右边，是一个叫阿橙的男同学。

李世海当时想，蔡必贵这个家伙，真扯淡。

他随手就把照片扔在书桌上，然后就去忙别的了。

结果，诡异的事情发生了。

等第二天晚上下班回家，他刚想把照片收起来，却发现，倒数第二排多了一个人。

是 10 年前就淹死了的向亮。

李世海当时就吓得不行——他的说法是“尿都快出来了”——但是，最恐怖的还不是这个。

他不知怎么想的，把照片拿给老婆看，用手指着向亮——就这样，老婆竟然说："没有呀。"

同一张老照片上，指甲盖那么大的一张脸，李世海看见了，但是他老婆却睁大了眼睛，无论如何都看不见。最后，老婆生气地走了，认为李世海是在戏弄她。

当时李世海的反应，跟现在是一样的——他一边摇头，一边不停地重复："见鬼了，真是见鬼了。"

说是见鬼了也没错，因为按照我目前的了解，向亮就是这样一个处于生跟死叠加态、迷失在时空里的镜像幽灵。

换一个通俗的说法，就是我们经常讲的"鬼"了。

如果说向亮是鬼，那么按照民间的说法，不做亏心事，不怕鬼敲门。

我看着咖啡桌对面、一脸惊慌失措的李世海——他那么害怕向亮，到底是做了什么亏心事呢？

这时候，李世海用手指敲击着照片："老蔡，你看见了向亮，你能看见对吧？"

我再次点了点头："没错，能看见。"

他像是抓住了救命稻草似的，身体前倾，急切地问："为什么我们能看见，我老婆就看不见啊？为什么？"

我皱起眉头，这要怎么跟他解释呢？按照我的理解，因为老向的死是一个不确定的叠加态，所以跟他相关的一切，都变成了无法确定的状态。我跟李世海之所以能看见老向，是因为我们都牵涉其中，受到这种不确定的叠加态影响；而李世海的老婆根本不知道向亮这个人的存在，也没有跟他发生过任何关系，所以对她来说，老向就落实成为一个已经死了的确定状态。

至于从一张照片上，有人能看见老向，有人看不见，则是因为构成照片的粒子，对于不同的人，折射出了不同的光线。

我叹了一口气，看着眼前那张满是油汗的脸，无奈道："这个，说起来有点复杂。"

李世海焦急地问:“怎么复杂?你倒是说啊!”

我挠了挠头说:“好,我可以告诉你,不过你要先回答我一个问题。”

他想都不想就答应道:“好,你问。”

我看着他的眼睛说:“海总,你老实告诉我,上大学的时候,你对向亮做了什么过分的事?”

李世海又像被针扎了一样,差点要跳起来,好在我早有防备,一把摁住了他,劝道:“别激动,别激动。”

李世海好不容易坐回到沙发上,情绪却无法不激动,声音颤抖地说:“你怎么知道的?向亮告诉你的?”

我想起昨天晚上元旦晚会的梦,笑了一下说:“算是吧。”

李世海却一把抓住我的手:“老蔡,你告诉向亮,告诉他,不是我想欺负他,真的,跟我没关系,都是曹老板的主意!”

我认真地点点头:“好,我会跟老向说的。海总,你先告诉我,当年到底是怎么回事?”

接下来,李世海开始回忆10多年前,浑身散发着荷尔蒙的那个年轻的他,都做过什么样的蠢事。

如果用现在流行的词汇来讲,这是一起霸凌事件。只不过,施暴的一方觉得自己是正义的化身,而受害者……确实也并非全然无辜。

按照李世海的话讲,事情是这样的。

老向比我们大一岁,是从别的专业转过来的,所以当我们还是大一新生的时候,他已经在学校里待了一年了。大一的第一学期,作为半个师兄,莫宁问过他一些关于学校的事情,但是老向却自作多情地以为莫宁对他有意思。

听到这里,我耸了耸肩膀。这倒也不能完全怪老向,莫宁长得那么漂亮,对同学无论男女都很亲切,尤其像老向这么不谙男女之情的,很容易就误会了。

总之,很快老向展开了强烈的追求,这让莫宁感到非常困扰。

她正儿八经地拒绝了老向很多次，告诉对方两个人不可能在一起，她喜欢的男生类型，不是老向这样的。但是，老向却把这个看作对他的考验，反而越挫越勇，到了让莫宁害怕的地步。

比如说，他会每天写一封信给莫宁，会自己不吃早餐，省下钱来买早餐给莫宁，每天早上站在女生宿舍楼下等。

这种沉重的爱，让莫宁这样的小女生，根本无力承受。

这个时候，曹老板跟李世海挺身而出了。

当时，他们俩都是莫宁潜在的追求者，从莫宁的室友那里，打探到了女神的烦恼。

听到这里，我不由得感叹道：“可以啊你们，大一我还在玩大菠萝呢，你们俩就会曲线泡妞这一套了。”

李世海没兴趣跟我说笑，让我别打岔，然后继续往下说。

总之，在知道了这个情况后，曹老板跟李世海自告奋勇，要当莫宁的护花使者。

虽然刚答应了不说笑，这时我还是忍不住说：“可以啊，这个题材叫校花的贴身高手，这两年可是很火呢。要是当时你们就写下来……”

李世海有点生气了：“你还听不听？”

我赶紧闭嘴，用手指在嘴巴上比了个拉链的动作：“不说了，不说了。”

在得知莫宁的困扰后，曹老板跟李世海开始出面，警告向亮，让他不要再骚扰女神。

毕竟大家是同班同学，向亮还是半个师兄，所以一开始，两位护花使者还是很客气的。

李世海回忆道，第一次，他们只是在向亮又来送早餐的时候，截住了他，把他拉到路边的树下，“好言相劝”——这个词是李世海自己用的。

但是，向亮倔强的态度，却激怒了两个人，最后差点动起手来。

他们都无法理解向亮的心理，对方都说得这么明白，甚至找同学来帮忙了，为什么他还能完全不顾面子，死缠烂打？直到几天之后，莫宁把向亮的又一封情书，拿给了他们两个。

这封洋洋洒洒几千字的信，着重描述了一点——向亮认为，包括曹老板跟李世海在内，莫宁目前所有拒绝的举动，都只是对他真爱的考验。向亮在信里说，唐僧经过九九八十一难才取得真经，他也会迎难而上，直到打动莫宁为止。

相信李世海当时的心情，跟我现在是一样的——这是神经病啊！

总而言之，光是口头警告没用，行动自然就升级了。我现在一把年纪了，路上遇见加塞儿的还想打他一顿；要知道，那时候大家都是二十出头，像干燥的爆竹，一点就着，没有什么奇怪的。

总之，李世海说，在大一的上学期，他们俩就动手揍了向亮几次。

向亮一直很消瘦，弱不禁风的样子，李世海大学时候是棒球队的投手，右手力气奇大，像向亮这样的，他一次能打五个。

一直到现在，李世海还有点愤愤不平："曹敏钦那家伙最精了，每次都是我动手，他在旁边看，最多上来踹两脚。"

虽然老向这种骚扰女同学的行径非常可耻，我也没法为他洗地；但是无论如何，被打还是挺可怜的。

我皱着眉头问："打得重吗？"

李世海摇了摇头："我又不傻，把人打坏了可是犯法的。"

我又接着问："那他还手了吗？"

李世海毫不犹豫地说："没有，一次都没有，这也是我最看不起他的地方。像什么男人！"

他想起了什么，忽然打了个寒战："但是我忘不了他的眼神，每次挨打的时候，他不求饶，也不还手，只是一直盯着我们。打完他，我们走出十几米了，回头一看，他还在盯着我们。现在想起来，他那个眼神我还是忘不了，尤其这几天……"

李世海神经过敏似的，突然转头朝背后看去："这几天，我总觉得他在背后盯着我。"

他勉强一笑："当然啦，都是幻觉。"

我心里的想法是，海总啊，说不好不是幻觉呢。当他觉得老向在后面盯着他的时候，有可能，老向确实在后面盯着他；毕竟，现在的老向，是个可以瞬间移动的镜像幽灵。

不过，看着李世海紧张兮兮的样子，我还是不要告诉他真相吧，不然他就精神崩溃了。

聊到这里，我打断了他，问道："海总，你还记得大一的元旦联欢晚会吗？"

李世海眼睛一亮，兴奋道："记得，当然记得，莫宁跳的那个舞，叫什么来着？"

我提示道："《成人礼》。"

他头点得跟鸡啄米似的："没错没错，《成人礼》，跟你的……"

李世海促狭地笑："跟你的莉莉安一起跳的。"

我心里一怔，果然，在李世海的时间线里，也是存在莉莉安这个女同学的。不过，现在我想先确认的是……

我对李世海正色道："那天晚上，你们是不是也打了向亮？"

李世海吃惊道："他连这个都告诉你了？没错，打了，而且是打得最狠的一次，我都把他打坏了，你知道他太瘦了……"

我打断道："所以大学四年，你们就打了他四年？"

李世海先是一愣，然后笑了起来："怎么可能？四年都拿来打他，我还要不要干点别的了？我没别的意思啊，可是对付向亮这样的人，就是要够狠。元旦晚会那天，曹老板也下手了，他比我狠多了，把向亮打得趴在花坛里都起不来。从那以后，果然，向亮就消停了。"

我皱着眉头问："消停了？你是说他放弃追求，不，放弃骚扰莫宁了？"

李世海点点头："没错，就是这个意思。"

我挠了挠头："你觉得老向是被打怕了？"

李世海犹豫了一下，说道：“我觉得是吧……”

我内心是不认同这个说法的，老向这么倔的人，被打得越狠，会越坚持内心的想法，绝不会因此而放弃。不过，李世海的说法，应该是符合事实的。在大一下学期，我开始跟老向熟悉起来后，确实从来没发现他纠缠过莫宁。

说起来，我根本不知道他曾经这么疯狂地追求过莫宁，所以，起码在大一下学期之后，老向就已经完全放弃了。

可是，这样不对啊。

在向明给我的那本日记里，明明记载了老向对莫宁那疯狂的单恋。

那个时候，已经到了大四，临近毕业。

李世海试探道：“好了老蔡，我知道的都告诉你了，现在你可以告诉我了吗？”

我摇了摇头：“还不行，海总，你说向亮大一就没再追莫宁了，可是到了大四时，他还是很爱莫宁啊。”

李世海瞪大了眼睛看着我，过了一会儿，叹了口气说：“果然你都知道了啊，算了，我老实跟你说吧。”

按照李世海的说法，自从大一的元旦晚会后，不管向亮是不是还疯狂地爱着莫宁，起码他再也没有骚扰对方了。为了这个，莫宁还特意请曹老板跟李世海，在华兴吃了顿饭，还点了啤酒。

莫宁问起他俩是怎么劝服向亮的，李世海差点说漏嘴，幸好曹老板机智，掩盖了过去。

从此以后，整个大一的下学期，四个人相安无事。

到了大二，没有人再记得李世海跟曹老板曾经狠狠地揍过向亮；甚至于，向亮疯狂追求莫宁这件事本身，都被当事者们忘得一干二净。

接下来的两年里，在众多目光的注视下，莫宁一共谈了两次恋爱，当然了，对象不是曹老板，更不是李世海。他们两个倒也没闲着，各自都找到了女朋友，大学生活就这么几年，除了老向这样的偏执狂，没人会把时间浪费在一个不可能追到的女生身上。

这种平静的生活，一直维持到了大四下学期。

这个时候，莫宁结束了第二次恋爱，恢复单身有两个月了。

向亮呢，在大学四年里，没谈过一次恋爱——当然了，我的意思是，如果两次单恋同一个人，都不算是恋爱的话。

没错，向亮又一次爱上了莫宁。

一般来说，经过了三年的大学生活，人应该会变得更成熟些，懂得追不到的人就是追不到、再努力也没有用这个道理。可是，向亮偏偏不是这样的。他反其道而行，相比三年前，变得更加偏执、更加不可理喻。

从莫宁的角度看，就是更加疯狂了。

作为女神级的人物，莫宁见过的狂蜂浪蝶不算少，收到的求爱和受到的骚扰，频率更是出乎普通姑娘的想象；所谓久病成医，她本来情商又高，所以一般情况下，都能轻松应付。但是像向亮这样顽固的，已经是疾病里的恶性肿瘤了，莫宁实在没办法，只好求助于外力了。

她首先想到的，还是曹老板跟李世海，毕竟，他们三年前就帮忙解决过这个问题。旧病复发，求助于原来的医生，也是合理的应对思路。

虽然时过境迁，三年前都是单身的曹老板、李世海，这个时候都有女朋友；但是看着女神楚楚可怜的样子，这两人还是拍着胸口，答应了下来。

我皱着眉头问："所以呢？你们就又打了向亮一顿？"

李世海摇了摇头："哪能呢？老蔡你想啊，一起同班了四年，虽然算不上朋友，但总是同班同学啊，在饭堂碰上也会点个头的，曹老板还找他借过两本书呢。又不是演戏，不可能说翻脸就翻脸。"

我想想也是，总不能把老向拉到一边，说"你好，我要开始打你了哦"，然后就动手。

李世海又补充道："再说了，大一时我们都单身啊，我那时女朋友就是个醋坛子，要让她知道我为了莫宁争风吃醋去打架，不挠我才有鬼呢。"

我点了点头："你说得对，好了，那你们是怎么跟老向说的？"

李世海啧了一下："这个嘛……"

我看他犹豫的样子，直接抛出了一个深刻的问题："老向的死，跟你们有关系吗？"

这个问题仿佛触及了李世海的灵魂，他表情一下就紧张起来，身体后倾，似乎想要避开这个有毒的话题："你说什么，关系，跟我有什么关系，当然没关系了，老蔡你不要乱说啊！"

看他慌乱的样子，我反而坚定了心里的想法——老向变成今天这样人不人鬼不鬼的样子，跟李世海、曹老板脱不了干系。

咖啡厅里又来了几个客人，开始在高谈阔论投资啊、创业啊、App啊什么的；在这种情况下，想要让李世海坦白从宽，告诉我大四那年究竟发生了什么——显然是不切实际的。

反而是李世海，在交代了一堆大学往事后，要求我兑现承诺，告诉他为什么在同一张照片里，有人能看见向亮，有人看不见。

我深深吸了一口气，又清了清嗓："海总，你知道'薛定谔的猫'吗？"

不出我的意料，在接下来的二十分钟里，我详尽地把目前了解到的一切和盘托出时，李世海脸上的表情，完美解释了什么叫"蒙.JPG"。

我把杯子里快要凉了的咖啡一饮而尽，总结道："所以，就是这样了。"

李世海还没回过神来，下意识重复道："就是这样了。"

我因为经历过重力翻转、时间囚徒、脑内黑洞等怪事，所以对这些玄而又玄的东西，才有了一些自己的理解；至于李世海这样的正常人，突然接触到量子叠加态、莫比乌斯环、高维空间这些拗口的名词，一时半会儿无法理解，也早在我的预料之内。

我嘿嘿一笑："海总，都弄明白了吧？"

李世海抬起头来看着我，愣了两秒之后，猛地点头："明白了，明白了！"

我虽然不太相信他真的明白了，但也不想给自己找麻烦，于是笑道：

“海总果然厉害，一下就弄明白了。”

李世海不好意思地挠了挠头，干笑了几声，突然提出了一个问题：“老蔡，‘薛定谔的猫’，很厉害啊，嗯，我懂了。不过，那你说啊，如果向亮现在走到我们，不，走到我跟我老婆面前，我能看见吗，我老婆又能看见吗？”

我嘁了一声，不屑道：“那当然……”

突然之间，我就语塞了。

按照我之前的分类，在李世海跟他老婆之间，能看见照片上向亮的李世海，属于少数派的第二阵营；看不见向亮的李世海老婆，则属于多数派的第一阵营。

如果第一阵营跟第二阵营的两个人——分别叫小红跟小明吧——都在一个房间里，而处于生跟死叠加态的向亮，突然出现在这个房间……那么，这分属第一、第二阵营的小红、小明，能看见向亮吗？

对于小红来说，向亮早在 10 年之前就应死掉了，那些曾经组合成一个人类的物质，大部分在火化时变成烟雾，消失在大气里；剩下一些粉末状的骨灰，被装在盒子里，埋在某处。

这样的向亮，是不可能呈现为一个人的形态，出现在小红眼前的。

但是对于小明来说，10 年前的那次意外根本没有发生，向亮一直活到现在，仍然是一个有机分子组合而成的，能跑能跳，就这么活生生站在他面前的人。

乍一听感觉没什么稀奇的，跟照片上向亮的影像一样，就是小红看不见，小明能看见呗。

但是稍微仔细一想，这是完全不同的两回事。

一张毕业照上的影片，输出的信息是单向的、主观的，小红看不见就是看不见，小明能看见就是能看见，造成的影响只局限于个体，没有一个衡量的标准，谁也没法说服对方。

但是，作为活体的向亮出现，有了本质上的区别。

比如说，那天晚上我跟向亮喝酒，他不光被我看见了，而且被酒吧老板、侍应，全都看见了。

而且，他挪动了椅子，那么椅子就动了；他在我面前举起了酒杯，喝下了杯子里的威士忌，那么杯子也动了，威士忌也被喝掉了。

这些都是可以被观测到的作为客观现象的改变。

好了，假设现在的情况是——在一个房间里，向亮走了进来，拿起纸杯，喝掉了一杯水。

在小明看来，这个情况再正常不过了，就是一个具有实体的人，做了一件日常的举动。

然而，对于小红来说，她会看见什么？听见什么呢？

如果跟照片一样，小红看不见向亮，那么她看见纸杯自己悬浮到半空？被向亮喝下去的水，也悬浮在食道跟胃部的位置？

这样一来，小红肯定会吓坏的，然后认为自己看见了隐形人。

可是，这一个结果是不合理的，不会出现在三维空间中。

因为对于小红来说，在她的时间线里，向亮并不是什么漫画里的隐形人，就应该是大气里的分子和一堆轻飘飘的骨灰。

对于小红来说，向亮根本就不可能走进房间、拿起纸杯、喝下杯子里的水，不然的话，我们所处的三维世界，就会因为无法统一的因果律和无法调解的时空矛盾，而开始撕裂、开始分崩离析。

“老蔡？”

咖啡桌对面，李世海的一声呼喊，让我回到了现实世界。

他神情里颇有些不悦：“老蔡，你怎么不说话了？”

我不好意思地解释道：“不是，我在想你刚才问的那个问题。”

李世海明显不相信：“你在想？你是说你也不知道？不对吧，你是不是不想告诉我？”

我皱着眉头：“真不是，我也没想明白……”

李世海看了一眼手机，然后胖手一挥：“算了算了，不肯说就算了吧。这样，两点多了，我下午还有个会，要赶回公司了。”

我虽然对他的怀疑感到不爽，但一时半会儿地，也没法跟他说明白，只好说：“行，那就先这样吧。”

李世海拿起双肩包，站起身来，径直就朝外走。

我对着他的背影喊：“海总，等我想明白了再告诉你啊。”

他似乎没听到我说的话，推开玻璃门，向右转走掉了。

我苦笑了一下，招呼店员过来埋单。

这时候我才发现，他的那张毕业照没有拿走，我想了一想，就先帮他收起来，下次再还给他。

如果他还想要的话。

就这样，走到地下车库，发动车子的时候，我才想起了一个重要的问题。

那天晚上，我在自己家里翻出毕业照时，数了一遍人数，是 84 个。

而当向亮消失之后，人数不是变成 83，而是一下少了两个，只剩 82。

也就是说，当向亮还在照片上时，那一个神秘的女生——莉莉安也在；而当向亮消失后，莉莉安也会一起消失。

我双眼茫然地看着挡风玻璃——也就是说，“向亮跟莉莉安出现在毕业照上”这件事本身，是一个固定的、统一的结果。

向亮活着，莉莉安就在。

向亮死了，莉莉安就不在。

我深深吸了一口气，那么，是否可以这么推断，在 10 年前发生的某一件事，导致向亮死了，莉莉安没来合照；如果这件事没发生，向亮就不会死，莉莉安也会回来合照。

再跳跃思维一下，如果通过莉莉安，搞清楚这件决定性的“某一件事”到底是什么事，也就能搞清楚向亮当时到底怎么了，搞清楚整件事情的真相。

不过……

此时此刻，对我来说更具有实际意义的，是另一件事。

我的公文包里有一张照片，这个诡秘的莉莉安，到底在不在照片上？

我顾不得地库里光线昏暗，打开了车子里的化妆灯，翻出李世海留下的毕业照，仔细看了起来。

我的印象很深刻，那天晚上跟老向一起消失的女同学，是在第一排。

我把毕业合照放在仪表台上，在橙黄的灯光下，用手指按着第一排女同学，一个个数了起来。

这个忘了名字，是谁谁的女朋友；这个是晓敏；这个也认识的，名字叫，呃，一时想不起来，但总归是认识的。

这个也很脸熟，我以前就认识的，她是……

我心里咯噔了一下。

第一排左数第 6 个，没错，这张脸我是早就认识的，而且留下了深刻的印象。

却不是在 10 年前的大学时代认识的。

具体来说，我曾经遇见过她两次，一次她装作高维生物的女奴，另一次，她是作为网络游戏里的最终 BOSS（游戏中首领级别的守关怪物）出现。

她，不应该出现在我的大学毕业合照里。

因为她就是——高维生物在地球的邪恶代言人，那个声称不会让我好过的女人——时间囚徒 Marilyn。

突然之间，我的上下牙开始咯咯打起架来。

我右手作拳，用力捶了下自己脑袋——我怎么会这么蠢！

所有人都告诉我，这个在大学时期跟我有暧昧关系的女同学，叫作“莉莉安”。如果用拼音拼起来的话，就是 li-li-an，稍微读快一点，会变成 li-lian，莉莲。

Marilyn 是一个英文名，翻译成中文的话，也可以叫作“玛丽莲”。

也就是说，莉莉安——莉莲——Marilyn，根本就是同一个人！

我倒吸了一口冷气，只觉得头皮发麻。

半年前，Marilyn 化身为一个大型网络游戏里的最终 BOSS——墨鳞星君，在玩家里制造了几次连环谋杀案，并且威胁到两千万玩家的生命。为了制止 Marilyn，我跟唐双、梁警官，还有游戏制作人坦爷以及他的女朋友——进入游戏里，浴血奋战，在游戏里手刃了 Marilyn——也就是“墨鳞星君”。

没想到，我们所做的一切，其实是把 Marilyn 从网络里释放了出来，从此成为一个实体，在我们生活的三维空间里，制造混乱。

在被释放的一瞬间，Marilyn 是这样说的……

“不用等太久，我会回来找你的。我会是你一辈子的噩梦，在这个梦里，你在乎的人、不在乎的人，会一个个死去。”

我按住狂跳的心脏，试图让自己冷静下来——Marilyn 是个讲究诚信的女人，说到做到，这不，她现在回来找我了。

我把合照扔在副驾驶座位上，拿出手机，拨了唐双的电话。

在半年前，时间囚徒 Marilyn 化身为网游里的 BOSS——墨鳞星君——制造了几起连环杀人案；我在梁警官的示意下，潜伏到游戏公司里，当一个国际刑警的编外卧底。当时唐双就跟我闹别扭了，认为我这么做是个人英雄主义，置自身安全于不顾，同时也是对女朋友的不负责任。

所以，之后我就答应了她，如果再遇上危险的事情——尤其是 Marilyn 再次出现的话——第一时间，就要向她汇报，然后两人共同面对。

电话响了好久，我刚想挂断的时候，才终于被接了起来。

我迫不及待地说：“双，我又遇见了那个……”

唐双压低音量，打断道：“鬼，我在开会，你着急吗？”

我犹豫了两秒："不急，你开完会再打给我吧。"

唐双也没跟我客气，说了声"你等我"，然后就挂了电话。

放下手机，想了一会儿，我慢慢就改变了主意。

我决定，Marilyn 再度出现这件事，暂时不告诉唐双。

她正在开的会，无疑是跟他哥哥唐单要夺权有关的；新出现的状况说明，这件事背后非常复杂，远没有我们想象的乐观。

唐双深陷在公司的困境里，我作为男朋友，帮不上忙，已经觉得内疚了。要是因为我自己的事情，再增添她的烦恼，就更加于心不忍了。

更别说，Marilyn 跟我的关系，本来就有些暧昧，用相爱相杀这个词来描绘，也不算错得太离谱。毕竟她是一个兼具 18 岁完美身体，以及 80 岁超群智慧的魔女，对于不明真相的吃瓜群众来说，简直是凌驾于现实世界的最高女神。

所以，即使是唐双这样的霸道女总裁，对于 Marilyn 也有些顾忌；更别提，从目前的情况看，Marilyn 所化身的莉莉安，竟然莫名其妙地成了我大学时的女朋友。

我之前跟唐双交代过，大学时只谈过一次恋爱，对方是一个英文系的女生，现在早就结婚生子了。要是突然冒出一个莉莉安，要怎么交代清楚这个问题，估计得大费周章。

更何况，现在连我自己，也没能搞清楚这里面的复杂情况。

我深吸了一口气，松开手刹，踩下油门——就这样吧，等我先弄个水落石出、真相大白，再跟唐双彻底坦白。

第十章
动机分析

一开始我以为，凭着我手上的线索，以及出类拔萃的推理能力，可以很快理清思路，找出事情真相。

在经过几天的尝试后，我终于知道，自己还是太单纯了。

无论我怎么努力，目前的情况，仍然是一团乱麻。

首先，我试图从大学同学身上得到更多的消息。可是渐渐我发现，原来属于第二阵营——认为老向没有死——的同学，在事情曝光，尤其是跟我发生接触后，无一例外，全部都变成了第一阵营。

比如说 Gary、Upson，还有那天晚上在合照上画圈的两个同学，不光记忆，连身边的现实都被篡改了。现在的情况是，对于这些人来说，向亮是在 10 年前就意外身亡了，这是一个毋庸置疑的事实。而在前一段时间，当我提起向亮还没有死的时候，他们也完全站到了我的对立面，驳斥我的无稽之谈。

这几个曾经属于第二阵营的人，曾经有过的支持我的举动，无论是在主观记忆里也好，在客观现实里也好，全都灰飞烟灭了，像是完全没有发生过。

因为，组成所谓“现实”的粒子，都被重构了。

我亲眼所见，两块互为镜像的卡西欧电子表，在互相碰撞后，产生了巨大的“爆炸”，波及范围内的所有物质，先是灰飞烟灭，然后重新组合成了原来的样子。不，应该说是跟原来有 99.99% 的相似度，只有 0.01% 的现实被修改了。

而当我不在场的时候，想必是发生了很多次类似的“爆炸”，也就不断地修改了有关向亮的记忆和现实。

这相当于一个因果律武器，不太可控，而且产生的后果，对我来说是负面的。

但是，我知道“篡改现实”的存在以及原理，却完全无法阻止，也无法预防。同样地，我也无法去说服那些已经被篡改过的人，让他们相信我，相反地，他们肯定会把我当成神经病。

所以我得出了结论，Gary、Upson 这些外围的相关人，已经远离了向亮事件，对我找出真相没有帮助；这样一来，我也就把他们放到一边，不再理会。

接下来，我又打起了跟老向关系密切的人的主意。在这张名单里，包括李世海、曹老板、莫宁、向明，以及莉莉安。

可是，前面这三个人，似乎达成了某一项协议，无论我怎么试探，他们都三缄其口。

至于向亮的弟弟向明，那天分手之后，也没有回复过我的微信。

莉莉安更不用提了，按照莫宁的说法，我根本还在她的黑名单里。

也就是说，所有表面上的线索，到这里全部都断掉了。

既然没法从表面的线索去分析，那么，我又换了个方式，尝试去洞察在复杂的表象下，每个人的真正动机。

按照目前已知的信息，加上我脑补上的一些空白，故事大概是这样的：

事隔 3 年之后，再一次被老向疯狂追求的莫宁，无奈之下，只好又找曹老板跟李世海帮忙。在几次沟通无果之后，这两人估计也被惹恼了，所以故技重施，把向亮又打了一顿，或者是几顿。

可是这一次，向亮并没有像 3 年前那样，就此退却。两人总不可能真的把向亮打残，所以跟莫宁——可能还有莉莉安——商量之后，想出了一些损招。比如说，由莉莉安告诉向亮，莫宁喜欢的人是我；在以上所有努力终告失败后，他们决定策划一场大戏。

这场大戏，也就是向亮在日记里写的，莫宁同意跟他约会的那次。

现在的我，无从得知这一场大戏的具体经过，只知道开头——向亮打扮得很正式，赴约了；以及结尾——这一出戏失控了，向亮出意外死了，或者是变成了不死不活的镜像幽灵。

好了，如果故事是这样写的，我来尝试分析一下，所有演员的内心想法。

首先，曹老板跟李世海，这两个左右护法，当然是想要掩饰他们在向亮之死里，犯下的所有错误，要撇清所有的关系。正因为如此，当向亮再次出现时，他们才会感到万分惊恐。因为如果向亮当年死了，那么现在出现的就是鬼，回来找他们报仇了；如果当年向亮没死，他们行凶的事情也会暴露，一旦公之于众，毕业多年以来打拼得到的一切，都有可能被动摇。

其次，是当年被骚扰的女神莫宁。无法得知在老向的死里面，她的介入有多深；作为被老向骚扰的受害者，又可能是杀死老向的共犯，想必她的心情，会非常复杂。不过，跟曹老板和李世海比起来，莫宁现在拥有的生活更加优越，所以，她也一定会尽自己所能，让生活不受 10 年前那件破事的影响。

好了，接下来要说到莉莉安，这个在我记忆里根本不存在的女人。她是莫宁的闺密，也是莫宁大一元旦联欢晚会上的舞伴；同时，她又是我的疑似女朋友，因为某种原因跟我分手之后，恨我恨到现在。

不过，虽然这个突然出现的莉莉安，背景神秘，所能了解到的信息最少，但是，她的动机反而是最能确定的。总之，就是要害我。

确切地说，是要把我往死里整。

在分析完上面这一圈人后，最终，来分析一下事件最核心的主角——老向，向亮。

他的动机，又是什么呢？

一个最简单的假设是，老向是回来报仇的，他要杀死曹老板跟李世海，说不定，还包括莫宁。

但是，这个假设也是最容易被推翻的。因为我亲眼见识过了，老向作为一个镜像幽灵，拥有把自己分解掉的能力，光这个能力，就能把人吓破胆。如果老向可以随心所欲地分解，之后在另一个地方重组，等于说，他就拥有了瞬间移动的能力。

这样一来，他要杀死什么人，简直易如反掌，没必要大费周章。

好了，那么来一个稍微深入的假设——老向是回来报仇的，但光杀了他们两个，不足以解他心头之恨。所以，老向的目标是要揭示真相，让所有人都知道曹老板跟李世海做过的坏事，让他们身败名裂、妻离子散、走投无路，这时候，老向再来取他们的狗命。

这个假设比较合情合理，可是到目前为止，我没有看到老向在这方面做过任何努力。不要说揭示真相了，就连原来存在的真相，都因为被篡改而消失掉了。从我自己的毕业照，到李世海留给我的毕业照，还有微信上的聊天记录，向亮存在过的痕迹，现在都已经完全消失了。

到最后，老向这10年里存在的痕迹，会全部化为乌有，甚至他这个镜像幽灵本身，也可能会不复存在了。

所以……老向到底是想干吗呢？

想弄死害他的人？

不会到头来真的想杀我吧？

想让莫宁接受他的爱，来一场人鬼情未了？

或者说，在当了10年的镜像幽灵之后，他再次出现的目的，就是要抹杀自己存在的痕迹，结束这种人不人鬼不鬼的痛苦状态，给自己一个宁静的、永恒的、真正的死亡？

如此丰富的可能性，每一个都很有可能，每一个又都不太可能。

我挠着自己鸟巢一般的头发，向后躺倒在床上，自暴自弃道："我不管了啊。"

确实，如果要说起来，这件事，跟我有什么关系呢？

要说老向跟我是好朋友吧，也没好到我要帮他找出真凶、沉冤得雪的地步。更何况，就算我把人家当兄弟，人家可能根本没这么想。在老向的日记本上，还说过要把我弄死这样的狠话。

更何况，认真说起来，我跟曹老板的关系，比跟老向的关系要更好呢。

让我这么着迷于其中，废寝忘食地去寻找真相的，归纳起来，不是什么正义感，也不是什么友谊，其实就是好奇心吧。

说到底，我只是想弄明白，这究竟是怎么一回事。

所谓不作死就不会死，我的这种好奇心，在之前的经历里，就曾经把我带到了非常危险的境地。如果不是有水哥、梁警官、唐双这些天使们的鼎力相助，我其实应该早就挂了。

所以，这一次，我是不是知难而退会更好？

其实按照目前的情况，放弃是很容易的，对于我来说是一个最合理的选择。

本来向亮的痕迹，都在慢慢消退，生跟死叠加的状态正在坍塌为"死"的固定状态，第二阵营的人纷纷转入第一阵营，要不了多长时间，对于这个时空的所有人来说，向亮就是一个死在 2006 年春天的年轻大学生。

而且自从在北京酒店里，给我拉了窗帘之后，向亮本人也再没有出现过。

说不好，那一次两只手表互相碰撞而改变的现实里面，就已经把作为镜像幽灵的向亮的存在，完全抹去了呢。

这样一来，事主都消失了，我一个旁人在这里万分纠结，想得头发都快要掉了，其实是完全没有意义的。

只要我不多事，事情就会慢慢过去了吧，像一个无足轻重的小插曲。

我的时间跟精力，应该放在更重要的事情上。比如说，我在网上还写了个小说，一直被粉丝催着更新；比如说，我的工厂好久没去打理了，怎么都得去巡视下；再比如说，唐双那边的情况，我也应该多加关注，万一她撑不住了，我要随时准备入场，跟她并肩战斗。

只要我放手，老向就会慢慢褪色，慢慢消失，如同毕业照上的影像。

两个月后，当我们的10周年同学会如期举行时，没有人会再提起向亮——除非有人提议，要为这个10年前意外身亡的沉默寡言、毫无存在感的男同学，哀悼10秒，再喝上一杯。

这个时候，我心里可能会咯噔一下，但只要不往深处想，马上也就过去了。

说到这里，我甚至有点痛恨自己脑子里的黑洞。如果不是它保护了我的记忆，而是让我跟其他所有人一样，都接受篡改，这样我就能跟世界同步，而不用做一个不同于别人的异类。

我用力拍了下额头，心想，谁要我的记忆，就赶紧取走吧。

窗户外面，夕阳慢慢沉下窗台，我想了一下午乱糟糟的事情，脑力透支，现在只想要睡觉。

那么就睡一觉吧，睡醒之后，就正式做出决定，不要再管老向这摊子事了。

还有很多正事等着我处理呢。

垂下沉重的眼皮，在太阳下沉和空调压缩器轻微的声响里，我的意识渐渐模糊，就这样睡了过去。

我平躺着的身体，突然向左倾斜了一点点。

因为有一个人，轻轻坐在了左侧床沿。

我没有睁开眼睛，却能感觉到窗外金乌西沉，只剩最后一抹光亮，天好像随时就会黑透了。

坐在床沿那人，背对着我说：“你睡你的，别管我，老蔡。”

我在半梦半醒之间，点了点头。

那人弯下腰去，脸捧在双手里，身体颤抖，喉咙里发出奇怪的声响。

像是在哭，又像是在笑。

在这么诡异的场景里，我竟然不觉得害怕，也不觉得奇怪，只是有点不耐烦。

就好像坐在我床沿的这个人，是一个非常熟悉、认识了许多年的老朋友。

过了不知道多久，那人终于笑完，或者是哭完了，长长地舒了一口气，整个人松懈下来。他仍然背对着我，语气轻松地说："那我就拿走了。"

我满不在乎地"嗯"了一声。

此情此景，就像是两个经常来往的好"基友"，一个把几本书借给了另一个，现在，这一个要跟另一个取回去。

就是这么轻松随意。

那人站了起来，却不是走向书桌，而是慢慢转过身来，面对着我。

在昏暗得几乎不存在的光线里，我还是辨认出了那人的脸。没错，就是我认识了十几年的好"基友"，向亮，老向。

老向站在床边，朝我笑了一下，昏暗中，他的左边嘴角高高翘起。

他朝我弯下腰，然后伸出左手——不，对他来说，应该是右手。

老向的手慢慢伸向我，突然却在半空之中，消失不见。

我一直闭着眼睛，却看见老向的左手手掌消失了。但是他却并没有任何痛苦的反应，脸上表情还是笑着，剩下的手臂也在微微运动。

我再仔细去"看"他的腕部，消失的横截面那里，也并没有看见骨肉、血管的横截面，而是一团扭曲的、不断消散的黑雾。

突然！我的大脑一阵剧痛！

一瞬间，巨大的黑色球状物体，完整地覆盖了我。

在球状物外，我听见砰的一声响动，是人体撞到衣柜上的声音。

两秒钟后，传来老向凄厉的怒吼："给我！"

我像是从梦里醒了过来，但是睁开眼睛，看到的却只有黑暗。

原来包围住我的黑色球状物体，并不只是一个壳子，而是一个实心的球体。在球体里面，充盈着仿佛液体一般的黑暗，这黑暗没有温差、没有重量、没有气味，却完完全全地包裹着我，给我回到母体一般的安全感。

我知道，黑色球状物外面，就算发生了核爆炸，待在里面的我，也会一样安全无虞。

同时，虽然被黑暗笼罩着，虽然视觉、听觉、嗅觉，甚至触觉都被剥夺，但是，一种全新的感官却同时被打开了。

像上次一样，我获得了一个从高维俯视的视角，怎么说呢，有点像是高级版的灵魂出窍。

总之，我又看到了自己的卧室，床被一个直径两米的大黑球笼罩着，就像是一个太小的绒布盒子里，放着一颗超级巨大的黑珍珠。

卧室的另一边，一个男人——没错，是瘦得只剩骨架的老向——正从衣柜旁的地上爬起来。

他声嘶力竭地大吼:“给我！不是说好了给我吗！”

老向像疯了一样，扑向包裹着我本体的大黑球，但是越靠近，动作却变得越慢；不光动作，他的叫喊也是如此，声波的传送变慢、扭曲，他所说的话，变成了磁带故意被放慢速度时的效果，古怪而瘆人。

这种情况，就好像在大黑球旁边有一个扭曲时空的力场，所有试图接近的物体，速度都会被无限地延缓，在即将接近大黑球的瞬间，速度变得无穷慢、接近凝固，所以，没有任何物体可以真正接触到大黑球，对它构成威胁。

因为从微观角度看，人体也是一个由无数细胞构成的巨型整体，所以老向扑向黑球的身体，并不是一起变慢的。他伸出来的左手，离黑球最近的指尖，在扭曲的时空里也变得最慢，应该对血液循环、肌肉等造成了影响，所以，老向的脸上露出了痛苦的表情。

老向似乎也认识到了大黑球的不简单，所以他收回了手，没有继续扑过去，反而向后退去。

此刻的他，背靠着衣柜门，朝着大黑球绝望地大吼：“给我！老蔡，给我啊！”

在声嘶力竭地吼了几分钟后，老向似乎用尽了所有力气，慢慢滑坐到地板上，抱着头，开始抽泣起来。

在高维度俯视的我，似乎成为一个没有情感的人，不懂得害怕，更不懂得怜悯，看老向哭得这么可怜，心里却没有一丝波澜，只是毫无感情地观察着。

就像穿着白大褂的科学家，在观察实验室里的小白鼠。

老向一边哭，一边低声嘟囔着什么，说的话总被哭声打断，我无论再怎么仔细听，都只听到一些支离破碎的话。

“没有了。”

“回不去了。”

“好饿。”

“会迷路的。”

“10 年。”

“没有这个，我回不去了。”

“10 年没吃饭了。”

“核堆在叫。”

“给我。”

“为什么不给我？”

“她答应过我的，莉莉安她……”

“给我！”

“把记忆给我！”

老向突然疯了一样，从地板上爬起来，扑向床上的大黑球。可是，他还没跑两步，突然就咚一声摔倒在地板上。

我还以为是像刚才一样，大黑球扭曲时空的力场，阻止了他，但仔细一看，并不是！

老向穿着破旧运动鞋的一双脚，完全消失了。不但如此，从脚踝往上，他的躯体不断消散，化为肉眼不可见的微粒。就好像上一次在这卧室里，两块卡西欧电子表相撞之后所发生的情况；不同的地方在于，上次消散的是视界范围里的所有物质，而这一次，灰飞烟灭的只有老向。

而且，在消散后，老向并没有马上重构。

他的双腿都已经完全消失了，只剩下上半身，他却还在用双手撑着，一点点向床边爬动，那样子就像一个被腰斩成两段、死不瞑目的恶鬼。

“恶鬼”一边蠕动着，一边消散，徒劳无功地大喊：“来了，核堆来了。不要，我不想死，我不想再死了……”

喊完这句话后，老向嗖的一声消失了，就跟我们喝威士忌那天一样。

他消失之前，喊的最后一句，进入了黑球体的时空扭曲力场，正在以极慢的速度传播、消散。

余音绕梁，是不是这个意思？

他最后说的是：“一切都变了。”

我猛地从床上坐了起来！

没有什么大黑球，更没有老向。

我只是在自己的卧室里，开着空调，还睡得满身大汗。

窗外，太阳已经完全消失了，再过多一秒，天就会彻底暗下来。

我抹掉满额头的汗，胡乱地擦在短裤上，回忆着梦里的情景。

不，这不是一个梦。

我看向床对面的大衣柜，一扇门脱离了滑轨，斜靠在柜子里。这是被老向撞塌的。

刚才，老向确实来过。

我深深吸了一口气，他是来找我取一样东西的，这一样东西，对他来说非常重要，生死攸关。

而且，听老向的说法，之前有人答应过他，可以从我这里取走那样东西。我从来没做过这样的承诺，再加上他刚才零碎地说出来的话，答应他的人，应该是莉莉安——也就是曾经的时间囚徒 Marilyn。

想到这里，我不由得哼了一声，好嘛，莉莉安你还挺不客气的，明明是我的东西，凭什么让你来支配？

无论如何，老向本来是认为，他可以轻松取走那样东西的；直到他伸出手来，却被从我身体里急速膨胀的大黑球弹走。

在得知无法取走那样东西之后，老向迅速陷入了绝望，情绪崩溃，像是即将被行刑的死囚。

可是不对啊，他并没有死，只是消失了而已。

按照我之前的理解，他可以自由控制消失、重组，就等于是拥有了瞬间移动的超能力……

慢着，要是我理解错了呢？

我倒吸了一口凉气——要是什么时候消失、什么时候重组，都由不得老向控制，而是由别的力量决定的呢？

更可怕的是，如果他每次消散、重组，并不是我所理解的瞬间移动，一直维持着清醒的意识；而是每次消散，他的个体就死亡一次，每次重组，等于新建了一个外表一模一样，但是不同于上一个的复制人？

也就是说，老向每消失一次，就会死一次；而这个消失，并不是由他自己控制的。

在这 10 年里，他反复消失，就等于反复死亡；每一次重生后的个体，都想要活下去，但是根本无法做到，只能被迫接受再一次死亡的命运。

这就是一个永远轮回的无间地狱啊。

这样下去，无论再强大的意志力，最后都会崩溃掉的。

所以，在消失之前，他才会哭喊着说：“我不想再死了。”

如果真是这样，那么老向当了 10 年的镜像幽灵，所经受的折磨，大大超乎了我的想象。他内心的痛苦，也是正常人无法理解的。

回想起喝威士忌的那天晚上，老向在消失之前，对我露出的微笑——

那个笑容里面，包含着深深的绝望。

是一个将死之人的苦笑。

说真的，这样活着，还不如死了……不，我心里咯噔了一下，或许他根本连真正“死亡”的权利都没有。

就在前一段时间，我还百思不得其解，老向做所有一切的动机是什么。

现在，我彻底明白了。

老向不是想要杀死谁，不是想要报仇——或者说，杀人不是他的目的，只可能是达成目的的手段。

老向的目的，是要结束这种痛苦的循环；他想要彻底地死去，或者是彻底地活下来，像正常人一样。

也就是说，把自己从生跟死的叠加态里，解脱出来。

没错，他所做的一切，都是围绕着这一个目标。

比如说，在喝酒那晚所说的“核反应堆”，以及给我留下的种种线索，比如日记本、手表，都是为了激发我的好奇心，让我一步步去探寻真相。

而当我这么做的时候，就会触发冥冥中的某一个机关，让时空的罗盘开始转动；这样一来，处于第一、第二阵营的人的记忆，以及身边的现实，都会得到修改，生跟死的叠加态，会快速坍塌成为一个确定的状态。

至于为什么他不去找别人，要来找我，是因为我是处于第三阵营的极端少数派，因为我的大脑里有个洞，洞里面保存着未经修改的、唯一的时间线的记忆……

对了！

我如同醍醐灌顶，突然想清楚了另一个问题。

老向要从我这里取走什么？

是我的记忆！

没错，当他站在床边的时候，手伸过来的方向，正是朝着我的额头。

在上一次卡西欧互相碰撞，引发黑色球状物出现时，我就曾经吐槽过，老向是把我当成了备份资料的 U 盘啊。

当时只是随便说说，万万没想到，这就是现实。

世界上只有我脑子里的记忆，可以帮老向结束他的无间地狱。

我的这份记忆，假设他可以取走，那具体又是怎么帮助他呢？

我想起了刚才他坐在地上时，一边抽泣一边喃喃自语。

“会迷路的。”

“回不去了。”

我咬着自己的手指头，开始深思起来。

在梁警官给了我启发之后，我做了一个假设——老向走过了莫比乌斯环，变成一个左右颠倒的镜像幽灵，同时，迷失在了扭曲的时空里。

所以，他才会说迷路了、回不去了，诸如此类的话。

在他支离破碎的时空中，他所能接触到的人和事，永远在变；只有一样东西，永远不变，那就是我的记忆。

迷失在时空里的老向，走在一个复杂无比的迷宫里，每一扇墙无时无刻不在移动；而唯一固定的目标物，是我的记忆。

我想起那天晚上，当我走出威士忌吧去接老向，在迷宫般的巷子里，能作为路标的也只有麦当劳的广告牌。或许，当时的迷失感并不是偶然，而是冥冥之中，谁给我安排的一种体验，让我能从中略微感受到老向的痛苦。

总之，他要以我的记忆作为路标——就好像我以麦当劳广告牌为路标——走回原来的入口，或者找到最终的出口。

没错，就是这样的。

而这个迷宫的地址……

老向坐在衣柜前的地板上，边哭边说：“核堆在叫。”

我睡在北京酒店的床上，有人弯腰在我耳边讲：“核反应堆。”

S 大学的核反应堆！

我倒吸了一口凉气，这么说来，对老向发出召唤的，正是 S 大里的那个核反应堆。他每次消失后，以躯体或者只有意识的形态，被囚禁在核反应堆的迷宫里，不得而出。

我默默地点着头，S大学里的核反应堆，老向淹死的又山湖，这两个地点之间，一定大有文章。

不过，虽然有了点头绪，老向在地上匍匐着，最后说的那句话，却让我一直耿耿于怀。

“一切都变了”，会是什么意思呢？

突然之间，一阵急促的电话铃声响起。

我拿起床头柜上的手机，正要狠狠地挂掉，却发现来电显示的号码，是——曹老板。

我没有犹豫，马上接起了电话。

曹老板完全没有了往日的镇定，他说的第一句话就是：“坏了。”

我本来脑子里一团乱麻，听他紧张兮兮的语气，反而被逗笑了：“怀了？是我的吗？”

电话那边，曹老板愣了一下，然后才骂道：“老蔡！不是开玩笑的时候，李世海不见了！”

我倒吸了一口冷气，不由得严肃起来：“不见了？你是说他失踪了？不可能啊，我前几天才见过他。”

曹老板小声嘟囔了一句：“我知道，他跟我说……”

他突然打住，换了个严厉的语气说：“你快看看海总的朋友圈，现在就去！我等下打给你！”

然后，曹老板不由分说地挂了电话。

我呆呆地看着手机，心里想的是——李世海不见了？

过了三秒，我才想起曹老板说的话，于是打开微信，找到通讯录里的李世海，再点开他的朋友圈。

奇怪了。

他最新的朋友圈，发表于三天之前，我掐着手指算了下，也就是跟我在咖啡厅里见面的第二天。

虽然离上次发表的时间有点久远，不过这并不奇怪，他本来就不太喜欢发朋友圈，估计是在现实里比较充实，不需要在朋友圈里面刷存在感。

不，我自嘲地一笑，或者是人家把我分组了呢。

至于这条朋友圈的内容，也是平平无奇，不知道曹老板为什么要大惊小怪。

文字只有简单的两个字："再见。"

配图是一张毫无技巧可言的自拍，毫无表情的脸，背景是半张红色的沙发，以及同样为红色调的一个大厅。

结合定位地址信息"深圳宝安国际机场 T3 航站楼"来看，这张照片是在机场里的某个航空公司贵宾休息厅里拍的。

至于发表朋友圈的时间，是上午 11 点多。

我反复看了几遍，把照片也放大端详了一下，没有发觉更多的信息。

这样一来，我不由得皱起了眉头。所以，这是一张再正常不过的朋友圈照片。李世海要去出差，飞机或许是延误了，一时无聊，他想要告诉大家他坐头等舱出行，又不想说得太明显，所以就发了一张自拍照，什么意思，你自己去领会。

唉，大人的朋友圈就是这样的，全都是套路，没有一丝的真诚。

至于可能引起误会的"再见"，无非是说，再见啦深圳这个城市，再见啦同事、家人、朋友，我去外地努力工作啦，过几天就回来。

为保险起见，我把李世海前面的几条朋友圈都看了一遍，开会加班，朋友聚餐，晒老婆晒娃，偶尔转发下鸡汤。典型的正常、有点乏味的中年男人的朋友圈，毫无让人意外之处。

所以，曹老板是想要我看什么呢？

我耸了耸肩膀，刚要放下手机，曹老板的电话又打过来了。

接起电话，那边仍然是他急促的声音："老蔡，怎么样？"

我多少有点莫名其妙："什么怎么样，没怎么样啊？"

曹老板有些气急败坏了："还没怎么样！我看李世海凶多吉少了！"

我皱着眉头，听见电话那边传来环境音，是一个温柔的女声："前往深圳的旅客请注意，前往深圳的旅客请注意，您乘坐的……"

我不由得奇怪道："曹老板，你在机场？不会是来深圳吧？"

他毫不犹疑地回答："是，我马上就登机！"

我越来越奇怪了："来深圳干吗啊，同学会还有一个多月呢？不会是来找李世海的吧？他失踪多久了，你们报警没啊，怎么就知道他出事了……"

电话那边，曹老板提高音量道："怎么不知道！那照片里向亮就站在他后面！"

向亮？站在后面？

突然之间，我头皮一阵发麻，手臂上起满了鸡皮疙瘩。

不可能吧？

如果照片里有向亮，我怎么会看不见？

我倒吸了一口冷气，再次确认道："你说的是哪张照片？前天发的在机场那张？"

这下子轮到曹老板莫名其妙了："还有哪张！啊，老蔡，你这么问，难道你没看见老向站在他后面？这都什么时候了，别开玩笑了啊！"

我脑子里乱成一团糨糊，支支吾吾道："嗯，啊，没开玩笑。"

曹老板最后说："我晚上 11 点到深圳机场，你来接我，见了面再说。"

报完航班号，曹老板啪一声挂了电话，只留下一脸茫然的我。

曹老板能看见向亮，我竟然看不见了？这是怎么一回事？

脑海里，回放的是趴在地板上，只剩下一半身子的老向。在灰飞烟灭之前，他说的最后一句话是……

"一切都变了。"

第十一章

寻找李世海

23:30，我在深圳机场到达厅出口，看见了满身疲惫的曹老板。

他一见我就开始抱怨："深圳好热。"

我看着他挽在手上的西装外套，哈哈笑道："在北方待太久了吧？"

送曹老板去酒店的路上，他向我详细说明了李世海失踪的情况。

按照曹老板的说法，前天李世海是要出差去上海的。出差对他来说是家常便饭，有时会跟家里报平安，有时候忙起来就忘了，所以他家里人也习惯了。

到了昨天晚上7点多，他老婆要问他一件什么事，给他发微信，结果没回，打了几个电话也没接，而且一直等到凌晨两点都没回电话，家里人这才觉得不对劲。

他老婆先是找了公司同事，李世海下面的一个副总证实，海总确实是去上海出差了，但他这次是一个人去出差，所以没同事知道他的具体动向。副总说别急，他先去问问上海的客户。

问完客户的结果是，根本没见到李世海。

李世海老婆一下子就急了，难不成，这家伙是私奔去了？

毕竟像李世海这样的中年男人，事业有成，财务自由，妻贤子孝，兄友弟恭，人生里唯一缺的，就只有一场说走就走的私奔了。

她第一时间就报了警，然后发动李世海公司的同事，还有上海的朋友，一起寻人。

结果从航空公司得到的消息是，姓名为李世海的公务舱乘客，根本没有坐上前天的飞机。

警察调取了机场的监控，发现李世海前天下午确实去了机场，也过了安检，在贵宾厅待了一个多小时，后来却上楼去了到达厅，坐一辆私家车走了。

警方又根据车牌找到了那辆车，却发现是辆专车。司机对李世海印象很深，因为据他所说，这个乘客独自上了车，坐在后排座位，一路上都在喃喃自语。

司机说："像在跟旁边的人说话一样。"

而李世海的目的地是S大学。

监控记录显示，这个专车司机没有骗人。前天下午5点多，李世海在学校的正门下了车，走进学校，然后就消失了。

听到这里，我皱着眉头问："消失？嗖一声的那种？"

曹老板鄙夷地看了我一眼："什么嗖一声啊，我是说他走出监控摄像的范围，再也没出现了。"

我想了想，也是，S大的校区面积这么大，里面又有各种荔枝林、杂树林、小山头，摄像头不可能覆盖整个学校。一个人要钻进里面去，消失在世人的眼光里，不是什么难事。

到了今天中午，曹老板接到李世海老婆的电话，一开始也没当回事，结果一看他的朋友圈，这才发觉事态严重。

车停在他入住的酒店门口，曹老板转过头来，对我满怀歉意地说："老蔡，虽然不知道怎么搞的，但是以前错怪你了，真是不好意思。"

我知道他说的是老向死而复生这件事，挠了挠头说："没事，确实太荒谬了。"

嗯，一开始只有我能看见老向，是很荒谬；现在他们能看见老向，我却看不见了，这更荒谬。

不过，我可不想把这个事告诉曹老板。

我跟他约好明天 9：00 在 S 大的日晷旁边见，然后就各自回去休息了。

还以为发生了这么多事，晚上会睡不好觉，谁知道回家后倒头就睡，醒来已经是 8：30 了。我赶紧洗漱完冲下车库，又遇上早高峰，结果比约定的时间，足足晚了半个小时。

我心急火燎地停好车，走到日晷旁边，却没发现曹老板的踪迹。再一看，原来他正站在树荫下，跟一个穿着热裤的长发学妹，谈笑风生呢。

不愧是我们班的交际花啊，虽然忙于事业，而且孩子都有了，但是撩妹技能完全没荒废。

我朝他俩走了过去，曹老板这才跟那学生妹告别，我略带嘲讽道："心情不错嘛，房号给了没？"

曹老板马上变了表情，一本正经道："瞎说什么，我在打探消息呢，问 Sally（萨莉），啊，就是刚才那个妹子，有没有看见过一个穿着西装拖着行李箱的中年人，像我们这样的。"

我打量了他一眼，笑道："我们穿得可不像中年人。"

确实，今天我跟他都是休闲打扮，牛仔裤加白 T，运动鞋，身材也跟大学时一样，所以如果不认真看脸，没准真会把我们当成大学生。

曹老板也笑着说："再来个双肩包，就能冒充大学生了。"

确实，跟 10 年前相比，我们现在只差个背包，或者是腋下夹的两本教材。

我点了点头："走快点，快上课了。"

曹老板也故作正经地回应道："这节课还要点名呢。"

两个可悲又可笑的中年男人，沉浸在伪装成年轻人的短暂愉悦里，朝着学校里面走去。不过，我们要去的地方，当然不是教学楼。

曹老板步伐坚定，我跟在他身后，虽然猜出了目的地，却明知故问：

“曹老板，我们要去哪儿？”

他头也不回地说：“又山湖。”

我皱眉道：“为什么？你担心李世海跟向亮一样，会投湖自杀？”

曹老板没有回答我的问题，反而犹豫地问道：“不会吧？”

我不假思索地说：“那个说不好啊，你跟李世海逼得向亮自杀，现在他回来找你们报仇，以其人之道还治其……”

我话还没说完，曹老板突然停了下来，我差点撞到他背上。

我刚想说什么，曹老板瓮声瓮气道：“不可能，李世海不会自杀的。”

我意识到刚才的话说得过了，耸了耸肩膀说：“哎，我不是那个意思……”

曹老板没有听我解释，突然拔腿又向前走，声音坚定地补充：“别瞎猜，不管李世海跟你说了什么，老蔡，你记住，向亮的死跟我们没有关系。”

我也不好再往下说，只好快走两步，跟他并肩而行。

没想到，曹老板却反而开了腔：“老蔡，我们去又山湖，是有原因的。”

我挑了一下眉毛：“哦？”

他继续往下说：“他老婆跟我说，警方调了监控录像，学校里那么多摄像头，好几个人找了大半天，最后一次发现李世海的身影……”

说到这里，他的声音莫名有点颤抖：“是昨天凌晨两点多，在荔枝林……”

我脑海里浮现出校园的平面图，皱眉道：“那不对啊，荔枝林在东边吧？我们为什么来西边的又山湖？”

曹老板看了我一眼，嘴角抽动了一下，答非所问地说：“老蔡，你知道 iPhone（苹果手机）的定位功能吗？”

我心里一动：“你说的是查找 iPhone？”

这是包括 iPhone 在内的 iOS（苹果公司开发的移动操作系统）设备，所自带的防盗功能；如果某个 iOS 设备失窃了，只要用账户密码登录 iOS 平台，就可以通过 GPS，定位到那台失窃的 iOS 设备的地址。

曹老板点了点头："没错。李世海家的 iPad（苹果平板电脑），用的也是同一个 iOS 账户。他老婆查找了一下，然后发了这个图片给我，你看看……"

他停了下来，掏出自己的手机，打开微信聊天记录，点开李世海老婆发来的一张手机截屏。

我一看之下，虽然太阳正猛，冷汗却唰地就下来了。

截屏的图片显示，命名为"李世海的 iPhone"的设备，定位地址是——又山湖的正中间。

此时此刻，我跟曹老板两个人，正站在波光荡漾的湖边。

跟我和向明见面的那天一样，湖边三三两两的情侣，正在搂搂抱抱。现在的大学生真是，都不用学习的吗？将来怎么好好建设国家？

曹老板皱眉道："老蔡，看见什么了吗？"

我手搭凉棚，朝着湖中心看去，除了水面碎金似的阳光，我什么都没有看见。

没有 iPhone，更没有李世海。

我摇了摇头，不解道："你说，手机怎么会定位在湖中心呢？"

曹老板假设道："他扔进去的？"

我从地上捡起一小块石片，抡圆了往湖里扔去。石片在湖面上弹跳了六七下，沉下去的地方，离湖心还有很远一段距离。

我一边拍干净双手，一边说："把手机扔到湖心？不可能吧？"

曹老板略不同意我的看法："别忘了，他大学是棒球队的投手。"

我想了一下，还是嗤之以鼻："拉倒吧，他多少年没练了，现在手劲未必有我大呢。"

曹老板算是同意了我的意见，又提出另一个假设："那你说，会不会是游过去的？"

我挠着头说："那他得多想不开啊，这湖里的锦鲤，凶得跟食人鱼一样，还不把他小鸡鸡也吃掉了。而且还有个问题啊，从刚才到现在，我一直没想通……"

他看着我问："老蔡你说，什么问题？"

我对着波光粼粼的湖面，仿佛自言自语："iPhone 不防水，无论李世海是扔过去的，还是带着游过去的，只要一进水，就会关机……"

曹老板打断道："关机也没问题，iPhone 会把最后一次定位，发送到服务器上的。"

我摇了摇头，否定道："不对，曹老板，你再仔细看看他老婆发给你的截屏，李世海那台 iPhone，还处于开机状态。而且……"

我掏出手机，拨了李世海的号码，打开扬声器；过了几秒，手机里传来电话拨通的声音，只是没有人接听。

曹老板也发觉了其中的矛盾之处："对啊，除非手机是做了防水措施，这样才不会坏掉，还得漂在湖面上，才会有信号……"

我点了点头，补充道："从昨天凌晨到现在了，所以，除了这些，还得有充电宝。"

曹老板看看我，我看看他，两个人不由得相视一笑。

这个画面太荒谬了，而且，最重要的问题是——李世海为什么要这么做？

接近正午，太阳越来越毒，反正傻站着也找不到什么，我跟曹老板找了个树荫下的石凳，坐着聊了起来。

曹老板完全没了主意："老蔡，你说这是怎么一回事？"

我用手指在石凳上画着圈，回想起上一次在北京，从酒吧出去接老向的场面。

那个时候，我们也用了地图的定位功能，结果 GPS 显示我们两个人的位置，已经重叠在一起了，但是我连他的一根毛都没看见。就在我心里发毛的时候，突然 GPS 又变了，显示他离我还有几百米。

当时，我单纯地以为是 GPS 出了问题，也没往心里去。现在想起来——尤其结合那晚之后所发生的种种怪事——事情没那么简单。

老向，是一个迷失在时空里的镜像幽灵。

如果不是 GPS 的故障，那么还可以解释为，老向当时所在的时空，跟我所在的并不完全重合。是时间出了差错，导致 GPS 显示的是他几分钟后跟我相遇时的位置；或者是空间错位了，虽然 GPS 显示我们的水平位置是一样的，但存在着垂直距离，也就是我跟老向，不在同一个平面上。

我站在地面，而他有可能在地底深处，也可能在三万米高空。

而如今李世海的情况——假设他的人是跟手机在一起的——跟老向颇有点类似。

想到这里，我有点不寒而栗；难道说，李世海也步了老向的后尘，成为另一个镜像幽灵？

曹老板打量着我，问道：“怎么样，你想到什么了？”

我深呼吸了一下，尽量用平静的语气说：“我有个设想，不知道该不该说，怕你觉得我疯了，或者你听完自己就疯了。”

曹老板诚恳地说：“现在的情况还不够疯吗？我不怕再疯一点。”

我想了想，确实是这样，于是看着他的眼睛，一字一顿地说：“曹老板，我怀疑李世海现在……跟我们不是一个时空。”

曹老板稍微一愣，不过很快反应过来：“你仔细说下。”

我牙疼似的咧了下嘴：“这个……说来话长。”

“……我们跟李世海所处的，是两个不完全重叠的时空。手机信号、GPS 信号什么的呢，我也不知道为什么，能从时空里的裂缝顺利通过，但是我们不行。”

我长长地舒了口气：“就是这样。”

之前的十几分钟里，我好不容易组织起语言，把跟老向碰面的情况，把我已经搜集到的部分信息，我对真相的初步设想，凡是能告诉曹老板的，都告诉他了。

曹老板不愧是个创业公司老总，脑子转速特别快，所以我说的匪夷所思的这一切，他倒是很快就接受了。

好吧，不管接没接受，起码他是听明白了。

因为接下来，他就提出了一个问题："老蔡，也不对啊。"

我皱眉道："怎么不对了？"

曹老板做了个向下压的手势："别着急，我不是要挑战你。你设想得都很好，只是有一个问题，李世海不可能在地下，也不可能在天上，因为手机信号……"

他先用手指向下，又翻过来指向上："手机信号，覆盖不到这两个地方。"

我皱眉一想，好像也是这个道理。

曹老板继续分析道："所以，如果真的照你说的，李世海是被抓到另一个位面、空间或时空，管他什么呢，总之，在另一个空间里，他的位置，也应该是……"

他伸出手来，指向又山湖的正中间。

我同样想到了问题所在："我知道你的意思，在另一个空间，又山湖还是又山湖，湖中间还是那么多水。"

曹老板鼓了鼓掌："不错，反应很快。说真的，有兴趣来我公司吗？给你股份。"

我挥了一下手说："谢谢啊，心领了。不过曹老板，你倒是启发了我，你说……如果在另一个时空，又山湖不是湖，是一片平地呢？"

曹老板皱眉道："你的意思是……"

我继续往下推测："又山湖，是个人工湖，对吧，建校后几年才挖的，然后蓄上水。"

曹老板点了点头："没错，确实是这样。"

我手摸着下巴:“比如说，在另一个时空里，因为某种原因，S大没有挖又山湖，现在湖中心的位置，自然也就不是湖中心了。这样一来，李世海就可以站在那个地面上，手机也不会进水坏掉……”

曹老板先是一直点头，到了这里，又突然打断道:“等等，等等啊老蔡，按照你的理论，李世海不光去到了另一个时空，而且，是一个从挖人工湖之前，就开始分岔了的时空？”

我用手指挠了挠太阳穴，稍微有些心虚:“按照我的理论的话……是这样，没错。”

听完我说的，曹老板沉默不语，先是低头看着脚下，又抬起头来，望着不远处波光粼粼的又山湖，一直发呆。

我稍微有点尴尬，自嘲道:“脑洞太大了是吧，哈哈，不过我就随便说说，你也随便听听好了。”

我叹了口气，继续道:“确实啊什么重叠时空、莫比乌斯环、镜像幽灵，放在科幻电影里还不错，跟现实生活放在一起，就太扯了。”

曹老板愣了一下，解释道:“不，我不是这个意思。”

我挥了挥手:“哎，不用给我留面子。”

曹老板看着我，一本正经地说:“我才不是在给你留面子，我是在想你刚才的假设，你说，在另一个分岔的时空里，又山湖没有被挖出来，对吧？”

我挠了挠头，不好意思地说:“对啊，就是随便瞎说的，目前的情况总要有个原因嘛，我说的是其中脑洞特别大、发生概率特别小的一个。”

曹老板严肃地摇了摇头:“脑洞很大我同意，但是概率特别小这个，我只能说，老蔡，瞎猫也会碰上死耗子的。”

我心里咯噔了一下:“你的意思是？”

曹老板眼珠子转了两圈，似乎是在犹豫该不该说，最后终于还是开了口:“我是说，你的这个猜想，怎么说呢，不是完全不可能的……”

我的好奇心被无限放大，着急道:“你倒是快说啊。”

曹老板长舒了一口气："那要从很多年前开始讲起……"

我不耐烦道："能不能直入主题？"

曹老板横了我一眼："我说故事就是个节奏，你听不听？"

我赶紧赔笑道："听，当然听，曹老板您慢慢讲，慢慢讲。"

他这才嘿嘿一笑："谁让你网上写的帖子，经常吊读者胃口，我这是给他们报仇。"

我心里暗骂，你还真是有正义感啊，嘴上说的却是："嗯，应该的，应该的。"

曹老板这才心满意足，慢慢开始讲了起来。

他的第一句话，就让我不由得毛骨悚然："老蔡，你有没有想过，为什么刚好在我们学校正门口，有一个地下通道？"

我想起了上次跟 Upson 吃完客家菜，自己来学校的路上，所看到的情景。

穿着白衬衫黑西裤、只剩半个身子的向亮，正在朝着车来的方向挥手。当时我就有点怀疑，老向这件事跟 S 大门口的地下通道、跟学校里埋着的什么东西有关系。现在看来，我的这些怀疑是空穴来风，未必无因。

或许，当时向亮的半截身子，并不是偶然被我看到，而是冥冥之中，谁有意给我的提示。

至于这个"谁"，可以是向亮，可以是莉莉安，可以是她背后的高维生物，甚至，是更高级的存在。比如说，我脑子里黑洞的由来……

曹老板像是看出了我的不对劲，问道："怎么了？"

我从神游万里的遐想里醒过来，勉强挤出一个笑容："没事，你接着说。"

曹老板看了我一眼，继续往下说："老蔡，你记得我在大学时是学生会的，对吧？大二那年，学院组织了个活动，让我们这些学生会干部，去慰问当年建校时的老校长、老教师、老工程师什么的。"

我插嘴问:“建校?大二?为什么是大二?”

他看了我一眼，嫌弃道:“我们大二那年，就是2003年，建校20周年啊，你是不是都忘了啊?”

我恍然大悟地哦了一声:“是这样，你继续。”

曹老板接着往下讲:“因为慰问名单上的人比较多，当时我们是分小组去的，每个小组由一个老师，带两三个学生干部，上午一个，下午一个。我还记得，我们下午去看的是一个老工程师，姓林，据说是特别厉害的建筑师，在广东数一数二。”

他手指在石凳上画圈，回忆当年的场景:“当年我们是去他家，在罗湖一个旧小区，对，就是住了很多高级公务员的那个小区。老人都80多岁了，身体还很硬朗，思维清晰，满头银发，右边颧骨下面还有很大一颗痣……”

我听着曹老板描述老工程师的样貌，都是十几年前的事了，如果是别人我会觉得是硬编的，但是由交际花曹老板说出来，我相信他是真的记忆力有那么好。

曹老板继续回忆道:“看见我们来了，老人那个高兴啊，说我们是S大同龄人……”

我点了点头:“这个我记得，S大是1983年建校，我们也是1983年出……”

曹老板又看了我一眼，我赶紧闭嘴。

他这才往下说:“老人非常高兴，他老伴已经去世了，跟大女儿一家住，就让他大女儿削了很多水果给我们吃，然后他又到卧室里翻箱倒柜，给我们找来他参与设计的、S大建校时的蓝图。”

这个时候，我又忍不住插嘴道:“曹老板，不是很多人说S大的教学楼啊、学生宿舍啊什么的，是照着八卦的形状来起的吗，还说这里原来是乱葬岗。你问了那建筑师吗?是真的吗?”

曹老板把手一挥:“这个你也信，还用问!当然是假的啦。”

然后他不好意思地一笑:“好吧，当年我确实问过了，老人就说都是假的，他是忠实的无产阶级革命者，怎么可能信这些怪力乱神的东西呢？”

我哦了一声，换了下一个话题:“你说看了学校的蓝图，是发现什么了吗？”

曹老板点点头:“没错，老人把蓝图摊开放在茶几上，我们几个学生都围着在看，其中一个艺术学院的，发现蓝图上没有又山湖。后来发达了，我还上网查询了一下 S 大的蓝图，上面是有又山湖的。这就说明，当年老人给我们看的是最初的版本。”

我皱起眉头:“最初的蓝图没有又山湖，就是说一开始建校时，没有计划要挖。一般来说蓝图只有一张，后来网上出现了有湖的版本，说明是故意掩盖这个事实……”

曹老板赞许地看了我一眼:“分析能力不错嘛。”

我眉头却皱得更紧:“要故意掩盖又山湖什么时候才挖的，是出于什么目的呢？”

曹老板嘿嘿一笑:“我知道。”

我急切地问:“是为什么？”

曹老板手指在石凳上画圈，故作神秘地说:“当年我们围着看蓝图，我没有发现又山湖，是因为在注意别的地方。在那张蓝图上，S 大正门的地方，画了一个很大的地下隧道口。”

我倒吸了一口冷气:“隧道口？你的意思是，我们学校正门的那个地下通道，原来是一个隧道的入口？后来隧道弃用了，为了掩人耳目，或者废物利用，才把隧道外面的那条通道，当成汽车走的地下通道来用？”

曹老板拍了拍我的肩膀:“你的分析基本都对，老蔡，头脑转速很快啊！讲真，你不考虑来我公司？”

我勉强笑了一下:“别闹，继续讲啊，隧道口是用来干吗的？”

曹老板嘿嘿一笑:“问到点子上了，我看的那张蓝图，没有画出地下隧道的具体构造，但是我发现了一点，很重要的一点，你听好了……”

我瞪大眼睛看着他，曹老板从我热切的眼神里得到了满足感，微笑着说：“从蓝图上我发现，学校里所有的建筑物，都避开了一个圆环，一个很大、很大的圆环。”

我倒吸了一口冷气：“你该不会是在说，我们学校地底下……”

我用手指着石凳下面的地砖：“这下面，埋着一个大圆环？”

曹老板严肃地点点头：“是这样。”

我焦急不安地问：“很大，是有多大？”

曹老板打量了一下四周，沉吟道：“这么说吧，按照那张蓝图，我们现在就坐在大圆环上，它是在学校里画了个大圈，周长得有个，嗯，有个四五公里吧。”

我的重点却是在这里：“坐在大圆环上？我们？”

曹老板点了点头。

我突然感觉坐不住了，噌一下从石凳上站起身来；就好像大圆环是一个高压电圈，我脚下现在就有 10 万伏特，电流会通过石凳，把我整个屁股烤熟一般。

我一边来回踱步，一边神经病一样自言自语：“地下隧道、向亮、镜像幽灵、核电站、又山湖，呃，大圆环，大圆环、莫比乌斯环……”

我仿佛真的被高压电击中了般，呆立在原地。

隐隐约约地，我就要猜到这个大圆环的真面目了。

就好像半空之中，有一根透明的绳子，垂在我眼前；我伸出手来，马上就要抓住它了，但却还差那么一点点。

我深吸了一口气，不要急，慢慢来。

根据我和梁警官的分析，老向是因为在三维空间的莫比乌斯环上走了两次，才会变成一个左右颠倒的镜像幽灵。当时我就在想，三维空间的莫比乌斯环，具体应该是个怎么样的结构呢？一个埋在地下的大圆环，嗯，是一个环没错，但是没有莫比乌斯环的扭曲。

不过，如果它能产生量子叠加态，让老向处于生跟死的混合状态，这种效果，就相当于扭曲了时空吧？

老向反复跟我提了几次核反应堆，所以这个核堆很重要，是揭开真相的关键所在；昨天老向消失之前，又提到了核堆，还说是核堆把他召唤回去的。

虽然公开的资料说 S 大里的核堆，只是进行商业检测用的，但是从现在各种情况看来，这个核堆不会只是那么简单，或者说，起码在一开始按照 S 大的蓝图建造时，并不是用于检测的小型核堆。

很有可能，这是一个核电站。

在学校里建一个核电站，显然不是为了给学生宿舍开风扇——是为了给地下的大圆环供电。

一个埋在地下、周长四五公里的巨型圆环，需要核电站来供电，跟量子什么有关，它的真面目是什么，已经呼之欲出了。

我深吸了一口气，喃喃自语道："粒子加速器。"

我刚说完这五个字，曹老板也突然站了起来，一把攥住我的双手。

我吓了一跳："你干吗！"

曹老板瞪大了眼睛，表情兴奋地看着我："老蔡，厉害！你太厉害了！"

我有那么点反应不过来："什么厉害？"

曹老板骂道："装，你再装！粒子加速器，我只告诉你是个地下埋着的大圆环，你竟然能猜出是粒子加速器，神！你这也太神了吧？"

这下子轮到我惊讶了，我难以置信地说："不会吧，真的是粒子加速器？"

这种高大上的设备，在新闻上听说是很正常的，但是一旦出现在真正的生活里，尤其是正被自己踩在脚下，感觉还是很超现实的。

曹老板还沉浸在对我的崇拜中，用力拍着我的肩膀："老蔡，你这脑子可以啊！说，你是怎么猜出来的？"

我不好意思地挠着头："也没有啦，就是根据已知的信息，按照逻辑的基本法，做了一些微小的推理……"

曹老板哈哈笑道："别谦虚了，跟我还玩这套，厉害，厉害啊，简直神了！说真的，我公司还缺一个……"

看他又要拉壮丁，我赶紧打断道："曹老板，就说这个粒子加速器，你怎么知道它是？"

曹老板听我这么讲，颇有些得意地说："老蔡，你聪明，我也不比你笨。当然了，我不是通过你说的什么微小的推理啊，我是直接问了当事人，得到答案的。"

我皱着眉头："你的意思是说……是姓林的那个很厉害的工程师告诉你的？不能吧，这算是绝密的信息了吧，他当着那么多人的面就能说出来？"

曹老板嘿嘿一笑："所以我说嘛，智商你是很高啦，情商跟我比，嗯，还要学习。"

我装出一副诚恳请教的样子："您请说。"

曹老板也不客气，解释道："当时我跟老师还有同学在场，那么敏感的话题，当然没人敢问，老人也不可能说。但是呢，我们吃完水果，老人把蓝图收起来，慰问的柴米油盐跟纪念册都送了，合照也拍了，我们师生五人就起身告退了。"

我疑惑道："哈？你这没问啊。"

曹老板笑着说："别心急啊年轻人，我跟他们一起下了楼，然后假装说，哎呀，我的学生证不见了，可能掉沙发缝里了，我得赶紧回去拿。"

我恍然大悟："所以你就回去了，然后趁着没人在，求老人家告诉你。"

曹老板又笑了："你啊就是不懂人情世故，你想想，人活了一辈子，年轻时做下了了不起的事，到年老了，总想要拿出来说的对吧？所以，我根本用不着求的，总之，嗯，巧妙地问了两句嘛，老人就一五一十全部告诉我了。"

我附和地笑道："厉害厉害，不愧是交际花，不光撩妹的姿势水平高，撩起离退休老干部也是手到擒来。"

曹老板装模作样地抱拳道："哪里哪里，谬赞谬赞，都是江湖上讨生活的技巧吧。"

我笑着摇了摇头，正色道："好了，如果说我们脚下有个粒子加速器，这东西一定是穿过了又山湖，对吧？"

曹老板点头道："我印象中是的。"

我摸着自己下巴说："我们来捋一捋，1983 年建校时，是在正门那地方挖了个地下隧道的口子，往隧道里运设备，要建一个粒子加速器的。后来挖着挖着，出了什么意外，因为这个意外才挖了个又山湖……"

曹老板打断道："老蔡，我不得不说啊，你脑洞虽然大，但有个问题，就是容易把简单的事情想复杂了。不是因为什么意外，才挖了个又山湖啊，要我说，肯定是挖隧道的时候，把这一块地方挖塌了，大家一看，欸，这里不适合造粒子加速器，好嘛，这么大一个坑也懒得填上了，索性蓄上水，当人工湖用吧。"

我听他说完，用力一拍手掌："对对对，有道理，你分析得对！"

曹老板得意地点了点头。

我突然又领悟到什么，不禁说道："也就是说，现在我们脚下是没有粒子加速器的嘛，因为当年出了意外就废掉了。这样我刚才还紧张个毛。"

他挥了挥手，回归正题："好，现在回到我们刚才说的。老蔡，你刚才是说，在一个分岔的时空里，没有挖又山湖，李世海现在就站在湖心那个位置，对吧？"

我沉吟道："嗯，也就是说在那个时空里，挖塌了地面的意外没有出现，所以粒子加速器顺利建成了。粒子加速器啊……这就是问题的关键了吧，它导致了老向变成了生跟死叠加的镜像幽灵……"

一个名词突然从我脑海里蹦出来，我倒吸了一口冷气，摇头道：

“不，与其说是镜像幽灵，还不如说是量子幽灵……没错！量子幽灵！这个粒子加速器，不光导致了老向变成量子幽灵，还导致李世海从时空裂缝掉到了另一个时空，也就是那个粒子加速器建成了的时空里。”

做完这些烧脑的推理，我像是花光了所有力气，仿佛身体都被掏空，筋疲力尽地总结：“就是这样。”

我呕心沥血的一长串推理，幸好，得到了听众的认可。

曹老板用力地鼓掌，真诚地说：“厉害！老蔡你太厉害了，你是柯南啊！不，你比柯南还厉害！”

他一边继续鼓掌，一边摇头感叹道：“量子幽灵、莫比乌斯环、粒子加速器，还有什么薛定谔的猫，你都是怎么想出来的啊？光听一个觉得莫名其妙，但是全部串在一起，环环相扣，好像真的就是这么回事！”

我勉强笑了一下：“谢谢支持，不过，还有一个问题……”

曹老板折服在我的推理下，此刻仿佛一个虔诚的小粉丝：“没有啊，都解决了啊，还有什么问题？”

我深深吸了一口气：“这个问题非常关键，老向是怎么变成量子幽灵的？”

在向明给我的那本日记里，记载着 2006 年的 3 月 29 号，老向去赴莫宁的约，之后，就没有了下文；而根据李世海的说法，当时正是莫宁拜托他跟曹老板，一起解决老向这个大麻烦的时候。所以，老向会变成量子幽灵这件事，跟他们两个护花使者脱不了干系。

李世海现在已经失踪了，我装作不知道他们的底细，抬头观察眼前的曹老板。

听我这么说，曹老板果然脸色一变，掩饰道：“对啊，他是怎么变的呢？”

我暗自思忖起来，想要曹老板老实交代当时发生了什么，我又不是警察叔叔，没办法让他坦白从宽，抗拒从严。所以，要换个法子，旁敲侧击才行。

我刚停下来没多久的脑子，现在又开始飞速转了起来。变成量子幽灵的老向，三番两次跟我提起微型核反应堆；这个本来应该是一所小型核电站的设备，又是为粒子加速器供电的。简单一分析，老向成为量子幽灵的“入口”，应该就是那座微型核反应堆。

想到这里，我眼珠子转了一下，换了个不让曹老板产生抗拒的说法：“对了，曹老板，按照我的推测，最近被曝出来的微型核反应堆，原本是设计给粒子加速器供电的微型核电站。如果没有这个核电站，我前面的假设就都站不住脚了。所以我想问啊，十几年前你在林工家里看的蓝图……”

曹老板善解人意地接住我的话：“蓝图里有没有核电站，对吧？”

我心中窃喜：“对，有吗？”

他看着我点头道：“有。”

我紧接着问：“你还记得地址？”

曹老板略微有些得意：“换了别人的话可能会忘，我曹敏钦嘛……”

我赶紧狗腿地说：“曹老板记忆力惊人，过目不忘。”

我心中暗暗松了一口气，这么明显的小把戏，曹老板那么聪明，不可能不知道我内心的真实想法。但是，他也清楚，这一个微型核反应堆——也就是老向变成量子幽灵的入口——是找出事情真相的关键。

他害怕的，是我翻起陈年旧账，找出在老向出意外这件事里面，他的不光彩的往事；或者往严重一点说，他的所作所为，很可能要负法律责任，起码会影响他的名声。但是现在，只要我装糊涂，不把他拖下水，他也乐意按照我的说法，一起去探寻真相。

曹老板嘿嘿干笑了两声：“你想知道那个微堆在哪儿，对吧？”

我点点头，补充理由：“对啊，我觉得老向变成量子幽灵，跟这个微堆有很大关系，所以必须去看看。”

曹老板转头不看我，摸着鼻子说：“这个微堆啊，就在……”

他的这些小动作，是想掩饰内心波动的表现，都被我看在了眼里。

曹老板指向东边："在荔枝林里。"

我不由得一愣："荔枝林？李世海最后一次出现在监控摄像里，也是在荔枝林？"

曹老板虽然侧着脸，但还是被我看出表情僵硬，显得很不自然："对啊，那么巧。"

可能觉得说是巧合就太假了点，他又转过头来，补了一句："说不定有什么关联呢。"

我也装模作样地点了点头："对啊，你这么一说，我也觉得是。"

心里想的却是，不光有关联，而是有大大的关联。

曹老板看了一眼手腕上的百达翡丽："午饭时间还差点，要不我们走过去看看？"

我心里暗喜，表面上却不动声色："好呀，走远点，肚子饿了，中午多吃点。"

我本来还想说中午去吃华兴的，可是说出来就演得有点过了，所以把这后半句往肚里咽了下去。

我的演技经过了考验，曹老板没有再怀疑，站起身来说："那我们走吧。"

离开又山湖之前，我最后朝湖心看了一眼。在另一个时空里，李世海所在的那个位置，会是一个小土包、一片草地、一块篮球场，还是别的什么呢？

第十二章

探路荔枝林

S大东边的荔枝林，对于学生时代的我们来说，并不是一个陌生的地方。

荔枝林占地有四五百亩，一直承包给果农，所以，每年到了夏天，会产很多的荔枝。先熟的是妃子笑，晚一点熟的是桂味和糯米糍，你问我为什么那么清楚，因为上大学的时候，我们都会去偷摘荔枝。

对于我们这帮熊学生，果农叔叔当然很生气，所以荔枝成熟季节都有专人看守，还在树上挂了很多牌子，写着诸如“荔枝刚喷药，有毒”，或者是“偷摘荔枝，每颗罚款50元”。当然啦，我们全都置之不理。

我记得有一年夏天，半夜里，我跟两个“基友”翻墙出了宿舍楼，带着一个红色的塑料洗衣桶，奔袭荔枝林。回来的时候，我们扛着满满一桶荔枝，三个人费了好大的劲儿，才又翻墙带回了宿舍里。

偷回来的荔枝，左右宿舍分发了一些，大部分给我们自己吃掉了。因为荔枝是每颗50元，所以很长一段时间里，我们都自豪地声称，一晚上吃掉了一万块的荔枝。

当然啦，偷荔枝是不对的，不过谁年轻的时候没干过点荒唐的事情呢。

十几年后的今天，我跟曹老板顶着大太阳，足足走了有15分钟，才从又山湖边走到那片荔枝林。

林子里的荔枝树郁郁葱葱，我们刚走到树林边缘，就感觉到气温低了有一两度，感觉身心都凉爽起来。

我跟在曹老板后面，一边走一边问："这都十几年了，你真还记得当年老向……啊，我是说林老工程师家的蓝图上面，核电站是标注在哪儿吗？"

曹老板略微有些不满："老蔡你还不相信我啊，当然记得，差不多就在荔枝林最深的位置。以前我没多想，现在看来，也是因为粒子加速器不造了，核电站也荒废掉，所以才种的这一大片荔枝，来掩盖那些痕迹吧。"

我随口附和着，这时候的我，还不太清楚曹老板所说的"那些痕迹"，指的到底是什么；但是过不了多久，我就会意识到"这些痕迹"的重要性了。

走在前面的曹老板，突然停了下来。

我一不留神，差点又撞到他背上去了，不由得嚷嚷道："怎么，走错路了？"

曹老板低声骂了一句："路没有走错，但是你自己看……"

我顺着曹老板手指的方向看去，在不远处，有一道结结实实的铁丝网，挡住了原本是荔枝林入口的地方。再仔细一看，好家伙，原来整整一片荔枝林，都被铁丝网围了起来，只剩下我们刚才路过的、边缘的荔枝树。

难怪刚才就觉得外缘的这些荔枝树长得太高、树龄太老了，可能结不出果子；原来，这些都是被果农叔叔放弃的、留给学生们随便摘的野化荔枝树。

我跟曹老板面面相觑，异口同声道："怎么办？"

大概是在我们毕业之后的某年，果农叔叔们意识到，光靠几个喷药、罚款的纸牌，不足以吓唬我们这些接受了高等教育的文化青年们。所以，他们终于花下血本，修建了这一道结结实实的铁丝网，学生们文化再高，也只能望而兴叹了。

围着荔枝林的这道铁丝网，修得确实讲究，高度足有3米，不光铁丝密集没有攀缘之处，最可恶是在顶上，还有锋利的铁丝卷成弹簧状。这种凶狠的防备，以前我只在电影里的监狱、疯人院、集中营之类的场景看过。

我倒吸了一口冷气，骂道："不就几棵荔枝树，至于吗？"

曹老板也感叹道："下了血本了。"

我走到铁丝网旁边，比画了几下，彻底断了爬上去的念想："这下就没办……"

突然之间，我意识到了什么，不对啊！我到现在还把自己当成十几年前的穷学生，要翻墙才能进去偷荔枝；且不说我们现在都是社会人了，更何况，我们不是要进去偷荔枝的啊！

这铁丝网修得再高再好，修成一个铜墙铁壁，也要留下出入口；当然是有果农看守的，但是我们只要说明来意，大不了塞几包烟，甚至直接给钱，不就可以进去了吗？

曹老板也是笑着看我："老蔡，你心态真年轻。"

我不好意思地挠着头："一时入戏太深，把自己当成偷荔枝的年轻人了。"

他摇了摇头，笑骂道："得了吧，也不看看脸上的法令纹。"

我嘿嘿一笑："走，我们找入口去。"

于是两个人并着肩，沿着这一道铁丝网继续往下走，果不其然，两三分钟后就找到了一个入口。

可是，出乎我们意料的是，把守在门口的并不是果农，而是——两个穿着制服的警察。

不光如此，在铁门周围，还有黄黑色的警用胶带，整个围了起来。

我正想要过去问个究竟，曹老板却一把拉住了我："别啊。"

我回过头来，不解地问：“为什么？”

曹老板压低音量，快速解释道：“你知道这些警察是干吗的吗？万一就是因为李世海失踪，才守在这门口的，我们不是受害人，呸呸呸，我们不是疑似受害人的家属，是不会给我们进去的。”

我皱着眉头说：“也对。”

曹老板继续分析道：“不光如此啊，要是让警察觉得可疑，把我们请去喝茶也说不好。倒是没什么事，可是时间就被耽……”

他突然抬起头来，表情放松微笑，但是低声紧张地说：“继续聊，继续走。”

我顺着他的方向看去，果然守在铁门的其中一名警察，已经向我们两个中年人，投来了怀疑的目光。

再逗留下去，估计他就要走过来盘问了。

毕竟再怎么把自己当成大学生，脸上的皱纹跟疲态，以及手腕上中年人才热衷的、无用的机械表，早已深深地把我们出卖。骗骗涉世未深的学妹是可以啦，想要逃过警察的火眼金睛，那是不可能的事情。

这么想着，我赶紧照着曹老板的指示，面露微笑，一边往前走，一边跟他谈笑风生。

幸好，那个警察并没有走过来，而是重新低下了头，直到我们走出他的视线。

我们在人行道上停了下来，曹老板擦了一把冷汗：“幸好。”

我却脱口而出：“幸好什么啊，现在要怎么进去啊。”

明明找出真相的关键就在里面，但是现在铁丝网挡着，警察守着，根本不得其门而入。所以这片荔枝林，是故意要跟我作对，以报我当年偷了一桶果实的仇吗？

曹老板却一点也不着急，反而拿起手机，点开了微信。

我看着他悠闲的样子，不由得骂道：“欸你怎么一点都不心急啊，就这样放弃了吗，李世海不是你好哥们儿吗？”

他根本不为所动，反而把手机拿到我眼前："你看，这是我早上撩的妹子，Sally。"

我这下子更气了："什么时候了还撩妹子，你也不看看……"

曹老板却嘿嘿笑道："老蔡，别激动，不是我说你啊，太年轻太简单了，我撩妹子，可不是单纯为了撩妹子啊。"

我勉强克制住自己，半信半疑道："那你是为什么撩？"

曹老板转过身去，伸出手指，越过浓郁的荔枝林，指向不远处边缘的一栋粉红色宿舍楼："看见那栋楼了吗？"

我不明就里地说："看见了，新起的宿舍楼嘛，怎么了？"

突然间我想到了什么："该不会是……"

曹老板嘿嘿一笑："巧了，Sally 刚好就住在这栋宿舍楼里。"

我皱着眉头说："你的意思是，我们可以从宿舍楼爬进荔枝林？"

曹老板欣慰地点了点头："你总算没变笨，没错，刚才路过时，我仔细观察了下，这栋宿舍楼楼下的院子，有砖砌的围墙，跟铁丝网是连在一起的，所以有围墙的那段，就没有铁丝网。"

我恍然大悟道："我知道了，所以我们就能爬过围墙，跑到荔枝林里，对吧？曹老板，你太厉害了，你比我厉害多啦！"

曹老板却不吃我这一套："你小子，别捧我啊。"

我又皱起眉头道："可是没用啊，荔枝林有警察守着，女生宿舍可是有宿管阿姨守着的，我们怎么进去？你有办法？"

曹老板摇了摇头，摊手道："我可没办法，宿管阿姨不在我的火力杀伤范围内。"

我不由得骂道："进不了宿舍楼，你这说了不是等于没说吗？"

他这才嘿嘿一笑，满脸鸡贼地说："老蔡，别紧张，告诉你别紧张嘛，我没办法，但是 Sally 有办法啊。现在的女大学生啊，可有一套了。"

我喜出望外道："你是说你撩的这个妹子，叫什么 Sally 的，能把我们带进宿舍楼？"

曹老板满脸奸笑："要不然呢？"

我差点就要冲过去抱着他，被他一把推开，我还是兴奋地喊："曹老板不愧是交际花啊，高，实在是高！"

我转过身去，兴冲冲地朝着那栋宿舍楼走去，却被曹老板一把拉住："你干吗去？"

我回过头来，奇怪地说："进宿舍楼啊。"

曹老板叹气道："你这家伙还是跟大学时一样，一旦对哪件事入迷，就连时间都忘掉了。你也不看看，现在几点？"

我抬起手腕一看，刚好是中午12点整，这才想起刚才似乎听到了下课铃，所以，现在是吃饭的时间。

我看着那栋粉红色、崭新的宿舍楼，有点恋恋不舍地说："那，就我们俩就去吃个午饭，再回这里？"

曹老板却摇了摇头，恨铁不成钢地说："老蔡，谁说是我们两个人？"

我奇怪道："难道你不跟我一起吃饭，哦，不对，你还叫了谁……"

说到这里，我拍了下自己脑袋："哦，是那个小师妹，Sally，你请她一起吃饭。"

曹老板这才面露微笑："没错，要妹子帮忙，请一顿饭是最基本的吧，不过光她一个人怕她尴尬，我还让她带上一个室友。这样刚刚好啊，一个妹子帮一个男人，带进宿舍楼去。"

我不由得佩服道："曹老板真是贴心啊，暖男之神，你这一手我再学十年也学不到。"

对于我的恭维，他倒是一点也不客气，照单全收："确实学不到，天赋，都是天赋。"

在他的撩妹光环影响下，我终于也有点开窍："这么说，我们中午也不吃华兴咯，档次太低。"

曹老板笑道："哎哟不错哦，学得很快啊。没错，Sally说想吃日料，深圳我不熟啊，老蔡你说去哪儿好？"

我打了个响指："去欢乐海岸吧，那里几家店都不错。我来当司机，走着。"

曹老板欣慰地点了点头："好，她们刚下课，直接约日晷那儿。"

我们走回日晷，接到两位现役女大学生，然后便上车朝着欢乐海岸出发了。

实话实说，作为一个有女朋友的男子，并且长期处在唐双的高压政策下，我并没有多少胆量跟兴趣，去泡女大学生。可现在的情况是，女大学生主动在泡我们。

不得不承认，对于许多年轻妹子来说，一辆黑色大蛤蟆似的卡宴，肯定是加分项。

Sally跟曹老板钻到后座去了，她的室友说自己叫喵喵，毫不怕生地就坐到了副驾驶座，还略带挑衅地问："大叔，不介意喵喵坐前面吧？"

我苦笑了一下："不介意，如果你也不介意，别叫我大叔，听着怪别扭的。"

倒不是怕她把我喊老了，不过这两年，"大叔"就是一类勾搭未成年少女的猥琐中年男人的统称吧。

喵喵一边系安全带，一边问："好嘛，那我该叫你什么呢？"

我按下启动键："叫我鬼叔好了。"

她甜甜一笑："好的哟，鬼叔。"

车子一发动，后座那两人开启了小声讲、大声笑的模式，俨然一对速成的狗男女。反正曹老板家室在北京，这里是遥远的南蛮之地，真正的天高皇帝远，他想搞什么都不怕。我就不一样了，一边开车，一边用余光看着喵喵又长、又卷、又红的头发，心想在唐双下次坐车之前，绝对要把车子好好洗一遍。

从S大去欢乐海岸的一路上，到在日料点餐的全程，喵喵一口一个鬼叔，对我的个人情况、从事职业、兴趣爱好，都表达了浓厚的兴趣。

我一边怕被熟人看见，担惊受怕，一边想着老向跟李世海的事情，一边还要回答喵喵的问题，实在是疲于应付。

幸好曹老板还算朋友，看我一副生无可恋的样子，终于来帮忙解围。他说自己在北京开了个公司，需要几个美术——Sally 跟喵喵都是美术系的——果然，就把火力都吸引了过去。到吃完午饭之后，这两个妹子都跟曹老板约好了，要是大四找不到实习单位，就去北京他的公司。

我掏出卡来埋单的时候，不由得松了一口气，以为马上就能回宿舍了。没想到，曹老板却提议说，一起去看个电影。

我气得几乎要翻桌子，这家伙还是人吗？真的把自己当成在约会学生妹啊？你要风流快活、调戏隔代小师妹是你的事，可这是在深圳啊，到处都是耳目，要是有人跟唐双举报，那可是要出人命的。

曹老板看出了我的情绪，把我拉到一边，搬出了他这么做的理由。按照他的说法，并不是想要泡妞，而是现在就回宿舍、爬进荔枝林，还为时太早，光天化日的，容易被人发现。

听起来很有道理的样子，但我还是反驳道："现在不爬，难道要等到三更半夜？"

曹老板耸了耸肩："那倒不用，要我说，最合适的时间是傍晚 6 点半到 7 点，太阳快下山了，大家都在吃饭，我们快速翻墙，不容易被发现。"

我皱了皱眉头，半信半疑地问："老实交代，你真的不是为了泡妞？"

曹老板指天画地说："天地良心，要是泡妞就直接去开房了，还看什么电影！"

我叹了口气，勉强道："好吧。"

不得不说，现在大学生妹子的品味，已经不是我这种中年男人可以懂的了。

总之，Sally 跟喵喵挑了一部电影，说想看很久了，再不看就要下线了。光是看购票处的海报，小清新的男女主角、装模作样的文艺范儿、矫情的片名，心里已经有了不祥的预感。

毕竟不是节假日，又不是什么大片，电影的上座率不高，很多座位都空着。可是两个妹子挑的四张电影票，竟然是两两分开，隔了好几排。曹老板看我的眼神充满暧昧，意思是再明显不过——你爱干吗干吗，别管我干吗就行。

人和人之间的交往啊，全是套路，这个道理我懂；问题在于，为什么我总是被套路的那一个？

在排队验票的时候，喵喵很自然地挽起了我的手。我左右看了看并没有人，而且说“妹子请自重”这种话，大概会被当成神经病，所以也就做贼心虚地接受了。她右手拿着一杯可乐，我左手拿着她的一桶爆米花，并肩走在去影厅的通道上，宛如一对忘年恋的情侣。

黑漆漆的电影厅里，开场 10 分钟后，我的预感得到了验证。电影一开始，两个看上去比我还老的男女主，穿着高中的校服，说着一些毫无营养的话。这些无聊的情节跟对白，给我带来了 100 点的催眠效果，我整个人昏昏欲睡，眼皮子不住地往下掉。

不过刚才说的“看不懂大学生品位”的中年男人里，肯定是不包括曹老板，因为从后几排的座位上，一直传来他跟 Sally 的轻声谈笑。

耳边传来喵喵轻柔的声音：“鬼叔，很困吗？”

我用残存的意识，勉强答了句：“嗯。”

然后，就在电影院里，我陷入了沉沉的睡眠。

一阵急促的呼吸声。

“吱呀。”

铁门关上的声响。

之后是深深的叹息。

我茫然四顾，黑漆漆的，什么也看不见。

身后，有一个声音，仿佛在自言自语：“不要来。”

我急忙转身，看到的却还是一片漆黑。

似乎一团若有若无的黑雾，在漆黑中根本无法辨认，微弱地跳动着。

那个声音再次响起，还是在我的身后：“你不要来。”

我深深地吸了一口气:“老向，是你吗，老向？”

那声音没有回答。

沉默了半晌，那个声音再次响起，依然重复道:“你别来，他们都要来，你别来。”

最后，他补充道:“老蔡。”

果然是老向，没有错，但是……

我焦急地问道:“别来哪里？核反应堆？”

应该是老向的声音承认道:“微堆，他们都来，你别来。”

我趁这个机会，试图证实自己的猜想:“老向，你说的微堆，本来是设计给粒子加速器供电的，对吗？你会变成现在这样，也是因为微堆，所以你一开始才提醒我核反应堆这件事，对不对？”

那个声音又沉默了一会儿，终于说:“差不多。”

然后，他再次重复道:“他们来，你不能来。”

我大惑不解地问:“他们是谁？李世海和曹敏钦？”

那个声音没有肯定，也没有否定，我只有当他是默认了，然后再追问道:“为什么只有我不能去？我去了会怎么样？之前不是你让我去找微堆的吗？”

老向不再回答我的问题，只是语气低沉地说:“你问得……太多了。”

我心里暗骂，我有这些问题，还不是因为你？现在又来扮无辜，怪我咯？这个锅，你甩得倒是漂亮啊！

不过，对着梦境里的一团黑雾发脾气，显然没有任何意义。

梦里的我深深吸了一口气，尽量平复情绪，这时候，我听见一阵窸窸窣窣的声音。

奇怪了，这是什么声音？

“咔滋、咔滋。”

这个声音我听明白了，是口腔里的咀嚼声，紧接着，还有“咕噜噜”拼命往喉咙里咽的响动。

我突然感觉毛骨悚然："老向，你在吃东西？"

那个声音变得含糊不清，就像嘴巴里塞满了食物："饿，我饿。"

他说话的声音越来越轻，就像电影里一个镜头的结尾，正在慢慢淡出。

我不禁急了起来，大喊道："为什么我不能去？！"

老向在彻底消失之前，再次重复了上次说的那句话——不知道是给我的答案，或者只是他的一句哀叹："一切都变了。"

我心急如焚地喊："你别走！"

一个年轻而陌生的女声，从我身旁传来："鬼叔？"

我睁开眼睛，发现自己正身处于一团漆黑之中，只不过，这是一个确实存在于地球上的场景——电影院。

我深深吸了一口气，抹去额头的冷汗，再看向银幕——男女主换下了校服，不演高中生了，演一对久别重逢的中年恋人，正在执手相看泪眼。总之，电影就快结束了。

喵喵大概以为我是癫痫发作之类，虽然还坐在椅子上，但身体却往另一边倾斜，努力离我远一点。我勉强笑了一下，这样倒好，要是她很温柔地过来照顾我，才不知道要怎么对付呢。

她看我不像要继续发作的样子，恢复正常坐姿，小声问道："鬼叔，你没事吧？"

我摇头道："没事，做了个噩梦。"

喵喵也松了口气，很自然地又挽住了我："这样啊，刚才喵喵都被鬼叔吓到了，大家都在看你呢。"

我挠头抱歉道："嘿嘿，不好意思啊。"

她轻轻拍了一下我的手背："没事啦，欸，对了，帮我把爆米花拿一下。"

爆米花是喵喵要买的，我们刚才入座的时候，她坐在左边，我坐在右边，我顺手把爆米花放到了右边扶手上；结果电影一开始，还没拿给她，我自己就睡着了。估计喵喵也是被电影情节吸引，现在才想起要吃爆米花的事情。

我点头说好，然后伸出右手去拿，刚一举起爆米花桶，心里就突然一凉——怎么这么轻?

拿过来仔细一看，不由得毛骨悚然——满满一桶的爆米花，现在只剩下桶底的零星几颗。

“咔滋、咔滋。”

这是刚才我在梦里听到的，老向吃东西的声音。

原来，他吃的是我身旁放着的这桶爆米花。

这时候，喵喵也探过头来，奇怪地说：“欸，没啦？”

我勉强一笑，掩饰道：“嗯，刚、刚才我吃掉了。”

喵喵咦了一声，狐疑地说：“鬼叔不是一直在睡觉吗？喵喵都听见打呼了呢！”

我挠了挠头，憋出一句：“嗯，我、我有特殊的偷吃技巧。”

喵喵不知道想到哪里去了，万般娇羞地拍了我一下，嗔道：“鬼叔坏嘛。”

好不容易挨到这该死的电影结束，厅里十几个观众纷纷站了起来，准备散场。

还好，觉得这电影烂的不光我一个，有人正在跟女朋友抱怨，说他差点都睡着了。

嗯，年轻人，等你再老个10年，跟我一样大的时候，就会真的睡着。

这时候已经是5点多钟，吃完饭再回去的话就来不及行动了，所以我们照曹老板的建议，随便买了点面包什么的，带回宿舍当晚餐就好。

从欢乐海岸回学校的路上，Sally跟喵喵倒是一起坐到了后排，小声交谈着，可能在评价各自手上的“猎物”。

曹老板自然是坐在副驾驶座了，我考虑了很久，终于在一个红灯面前，压低音量悄悄对他说：“我刚才睡着了，梦见了老向。”

他的反应，比我预想的要大很多；如果不是系着安全带，曹老板直接就弹到车顶上去了。

我不由得奇怪道："怎么了？"

曹老板却答非所问道："那人是向亮？"

我更加听不明白了："那人？哪个人？难道你还能看见我梦里的人？"

这时候绿灯来了，我一边踩下油门，一边听曹老板情绪激动的表达："向亮？你说你梦见向亮？他在干吗？"

我皱着眉头："你是说在梦里吗？他跟我说……"

我突然想到，不能够把向亮让我别去核反应堆的事情告诉曹老板，所以含糊地说："他跟我说了些话。"

曹老板并不在乎向亮跟我说了什么，反而接着追问："然后呢？还做了什么？"

老向还做了什么……

我压抑住内心的恐惧，尽量用平稳的声调说："然后，然后他就开始吃爆米花，咔滋咔滋的，吃得可响了。你知道吗，最吓人的是我一觉醒来，爆米花真的被人吃完了！"

我自嘲地笑了一下："太荒诞了，对吧，曹老板你能信？"

曹老板却没有说话，一直都没有说话。

终于等到下个红灯，我转过脸去，才发现他正看着窗外，但是整个身体在瑟瑟发抖。

我倒吸了一口冷气："曹老板，怎么了？你看见什么了？"

曹老板回过头来，脸上的表情把我吓了一跳。

只见他双眼通红，上下牙咯咯作响，声音像被滚轮压扁了："我看、看见了，他就、就坐在你旁边。"

这下子，换我开始发抖了。

原来这不是梦？

起码，不完全是梦。

曹老板深深吸了几口气，终于勉强恢复了平静，开始描述当时的情景:“电影我也没看多少，一直跟 Sally 在聊。中间她去了趟洗手间，我抬起头来一看，奇怪了，你身边多了个人。刚才电影厅那么空，那人为什么会坐在你旁边？该不会是小偷吧？但是我观察了一下，他一直在吃爆米花，倒没有什么奇怪的举动，我就没太注意。”

我的手紧紧握住了方向盘:“我左边坐着喵喵，所以那个人，那个向亮，他坐在我右边，对吗？”

曹老板也听懂了我的意思，肯定道:“对，他拿爆米花的手，是左手！我当时也觉得奇怪，按照道理来说，他应该把爆米花放在右边，怎么会放在你们中间，难道是在偷你的爆米花吃？但是这个想法太奇葩了，加上 Sally 上完洗手间回来，我就没有再深究。”

我倒吸了一口冷气:“你看清楚他的样子了吗？真的是向亮？”

曹老板哼了一声:“电影厅里那么暗，又是背对着我，怎么可能看清啊。”

我皱起眉头:“我醒来时没看到他，是什么时候走的？”

曹老板回忆了一下说:“我也没看见他走，只是一抬头的时候，那人就不见了。老蔡，你不是说向亮会瞬间移动吗……”

他还在继续说着，我已经没心思听下去了。

老向很饿，上一次就跟我说过了，这一次不光说，还拿出了实际行动，偷偷吃了一整桶的爆米花。要说起来，他才是有特殊的偷吃技巧。

更重要的是，回想起我“见到”老向的那么多次，除了喝威士忌那晚，是在清醒的状况下见到的——好吧，我指的是喝醉之前——其他的时候，都是在半梦半醒之间。

为什么会这样呢?

我以前做过假设，因为在我们这个简单朴素的三维世界，一个原因只能导致一个确定的结果。比如放到老向身上，他活着就是活着，死了就是死了，不可能像薛定谔的猫，既活着，同时又死了，处于量子的叠加态。

但是，作为量子幽灵的老向，让我们所处的三维世界，产生了不可调和的矛盾。比如作为观测者的第一阵营、第二阵营的人，如果身处同一个地点，那么老向是绝对不能出现的。要不然的话，世界就会因为这个违反了因果规则的存在，变得分崩离析，具体会发生什么可怕的事情，没有人能知道。

而现在，能看见老向的曹老板，是属于少数派的第二阵营的；不能见到他的我，还有旁边的路人喵喵，都属于第一阵营。

我深深吸了一口气——这样一来，在我清醒的时候，老向是绝对不能出现的，因为这个单一因果世界的规则，不能允许这样的情况出现。

这样一来，老向为什么总在我梦里出现，就变得合情合理了。

因为，他要传递给我一些重要的信息，但是又不能破坏这个世界的规则。

另外一个重要的可能性，是由于我脑子里那个黑洞的存在，能够在睡着的时候，把意识调到一个特定的频率，这个频率，才能接受量子幽灵老向给我发来的信息。

我脑子里的黑洞——想到这里，我不由得暗自叫苦——这也是为什么老向在"死而复生"之后，谁都不找，偏偏要来找我的原因。

"看路！"

我急忙踩了一脚刹车，才发现自己差点闯了红灯。

曹老板有点鄙夷地说："看把你吓得，魂不守舍的。"

我苦笑了一下，没有反驳。

过了立交桥，再下一个路口，就到S大的正门了。

在我的左手边，太阳已经开始下沉；过一个小时后，我跟曹老板就要翻墙而出，到那茂盛得遮天蔽日的荔枝林里，去找设计蓝图中那个微型核反应堆的遗迹。

到时候，会有什么在等着我呢？

老向连续警告了我两次，让我不要去核反应堆，到底又是为什么？

不，摆在我面前更现实的问题是——我应该去吗？

老向让我不要去是一回事，上一次，他还试图从我脑子里取走什么，据我猜测，应该是我的记忆。

因为拿不到这个东西，他一定是怨恨我的。

如果是这样，我何必送上门去，让他有机会报仇？

更何况，以前的我，是属于绝无仅有的第三阵营，清楚老向属于生与死的叠加态，而且从客观现实中，能够观察到这一点。

然而现在，我已经是一个看不到老向的第一阵营群众了，跟后座的Sally、喵喵一个样儿；如果老向主演的是一场悬疑恐怖电影，现在我属于龙套的一员，跟剧情发展完全脱离了关系。

换句话说，我已经处于事不关己的安全状态了。

不需要什么智商，即使是帮我开货车的堂弟蔡子游，也能看得出来，这件事实在是凶险万分，抽身而出，才能保平安。

是啊，如果是蔡子游，不，只要是个稍微正常的人，现在都会带着一点点疑问，远离这件事，然后让心中的疑问随着时间慢慢消亡。

可惜，我不是蔡子游，甚至也不是正常人；我是传说中的鬼叔，是喜欢冒险，迫切想要知道这个世界，甚至更高维世界运转法则的那一个——蔡必贵。

我的好奇心早已饥渴难耐，不允许我有半点迟疑。

第十三章
“不存在”的情史

等我们进了 S 大，停好车，走到 Sally 她们宿舍楼下，发现早有个戴眼镜的小哥，提着一个塑料工具箱，正在等着我们。

确切来说，是等着 Sally。

Sally 走过去跟小哥交涉的时候，我偷偷问曹老板：“这谁啊？”

曹老板带着怜悯的口气说：“还能是谁？备胎呗。刚才看电影时，Sally 当着我的面跟他聊的微信，备注是 4 号，括号，修电脑，括号。你说现在的小师妹啊，把备胎还按用处分类了……”

我打断道：“Sally 要修电脑？她不是带我们回宿舍的吗？”

话音未落，却看见 Sally 提着那个工具箱，款款向我们走来，身后的小哥依依不舍，但还是转身走了。

曹老板坏笑道：“懂了吧？”

我恍然大悟：“小哥是活雷锋啊，来给我们送道具的。”

他这才拍着我的肩膀：“老蔡，总算没笨到家。”

接下来，由我提着工具箱充当小工，曹老板本色出演老板，Sally 和喵喵一起跟宿管阿姨撒娇卖萌，顺利地进了女生宿舍。

宿管阿姨当然能看出来，我跟曹老板不是什么修电脑的，再说了，哪家上门修电脑的会一次来俩人啊，早该倒闭了。

不过，阿姨需要的只是一个理由，万一出了事可以推脱——啊他们都拿着工具箱呢，我真以为是修电脑的——这样，她也就乐得睁一只眼，闭一只眼。毕竟，我们做戏还是做了全套的。

根据 Sally 的说法，几枚备胎送的零食啊什么的，她平时没少孝敬阿姨，这不，派上用场了。

“不能过夜啊。”

这是宿管阿姨对我们唯一的要求。

总而言之，我跟曹老板跟在两个妹子后面，顺顺当当地走进了她们位于二楼的宿舍。这一间宿舍的位置绝佳，刚好就在楼梯转角处，下一层楼梯再走 5 米，就能到围墙下面；一翻过去，就是我们要去的那片荔枝林。

总之，真是天助我也。

好吧，确切来说，是撩妹技能满点的曹老板助我也。

喵喵关上了门，两男两女身处在布置成粉色系的小房间里，气氛还是有点尴尬。

还是交际花曹老板打破了沉默，他嘿嘿一笑说：“我跟你们鬼叔啊，上一次来女生宿舍，都是十几年前了。”

两个妹子立刻八卦了起来，对于我们这两个大师兄在学校时期的恋爱经验，开始不厌其烦地刨根问底。

曹老板倒是不介意分享他丰富的情史，从他大学时的七八个女朋友里，挑了两个来重点解说。不光如此，他连单恋女神莫宁，最终未能一亲芳泽的遗憾，都如实告诉了两位学妹。

等他扛了十几分钟的雷，终于，火力还是转移到了我这边。Sally 猜测我的女朋友一定不比曹老板少，喵喵更是拉着我的手，要我向曹老板学习，痛说革命情史。

“说说你们老男人是怎么想的，我们以后才不会被骗嘛。”

她们是这么说的。

我心里想的是——你们不骗老男人就好啦。

面对小女生的纠缠，我苦笑了一下，摊开双手说：“大学的女朋友啊，我不太清楚。”

喵喵马上就不愿意了，说我不真诚，敷衍人，哪有人连大学谈过的恋爱都忘了。

听起来确实扯淡，可是，我是真的“不太清楚”，字面意义上的。

在我自己的记忆里，大学时只跟一个英语系的妹子谈过恋爱；可是，据他们所说，我还有个同班的女朋友，叫莉莉安。这个我的“便宜”女朋友，长得跟时间囚徒 Marilyn 一模一样。

我有充分理由相信，就是她运用自己穿梭时空的能力，回到了大学时代，跟我同班并且谈了一场恋爱。通过这么做，她创造了一个我根本不了解的平行时空，很可能我现在面临的关于老向的困境，全是她一手造成的。

作为一个真实年龄一百多岁的女人，她的外表却永远只有 18 岁，扮演一个大学生再合适不过。

而且，我心里依然被一个难题萦绕着，那就是——为什么在毕业照上，向亮是跟莉莉安一起出现，又一起消失的？

换句话说，如果向亮没死，莉莉安才会出现在毕业照上，反之亦然。这两个人、两件事，到底有着什么深刻的联系？

不过，此时此刻，更加困扰我的不是心底的疑问，而是两个青春少女的叽叽喳喳、反复盘问。那些幼稚的激将法，虽然不能挑起我叙述的欲望，却成功让我感到心烦意乱。

我求救似的看向曹老板，幸好，他足够义气地出来救场。

曹老板笑着对两个妹子说：“好啦好啦，放过你们的鬼叔叔吧，像我这么坦白的男人，毕竟是少数。”

我应该感激他的，却忍不住脱口而出：“丢人。”

曹老板又经过一番努力，终于搞定了两名妹子，让她们该干什么干什么去，留我们片刻清静。

然后，我们借口抽烟，一起到了阳台，并且关上了阳台门。

阳台下面，就是那一片茂密的荔枝林。墨绿色的荔枝叶子，离水泥护栏是那么近，几乎伸手就能摸到。

曹老板背靠在护栏上，仰起头来，正在吞云吐雾；我面朝荔枝林，心里想着莉莉安的事，盘算该怎么开口。

突然之间，他发现了什么，伸手指着头顶："快看！"

我吓了一跳，顺着他的指的方向看去，看到的却是——妹子晾在阳台的内衣裤。

曹老板笑得差点被烟呛到："老蔡，看你紧张的。"

我没好气地说："别闹。"

他还是觉得好笑："你看你看，这件 Hello Kitty（凯蒂猫）的，猜猜是谁穿的。"

我压制住想揍他一顿的冲动，深深吸了一口气，直接问道："莉莉安是怎么回事？"

曹老板瞪大眼睛看着我："什么？莉莉安怎么回事，你问我？"

我皱眉点头道："对，问你。"

他看着我仿佛在看一头史前怪兽："老蔡，你认真的吗？你造的那些孽，忘得一干二净了？"

造孽？

虽然莫宁之前也跟我说过，是我做了什么过分的事，才导致了莉莉安跟我分手，并且把我拉黑到现在。但是，用得上"造孽"这个词，程度严重得出乎我的意料。

也难怪曹老板会起疑，正常来说，自己造的孽，当然不应该忘。

我皱着眉头，心想，就算是让他看出破绽，也必须把这件事搞明白不可，于是把心一横道："对，我跟莉莉安的事，按照你的记忆说一遍。"

我看了眼荔枝林，补充道："还有，她跟老向的死又是什么关系？"

曹老板入神地研究着我的表情，突然哎呀一声，原来是手指被烟烫到了。他把烟头在护栏上捻灭，也转身看着荔枝林，嘀咕了一句："莉莉安，向亮。"

他估计是猜到了莉莉安对这件事的重要性，长长地吐了口气："好，老蔡，你做过的混蛋事，我来跟你说一遍。"

我做贼心虚地一笑："好，洗耳恭听。"

接下来的 10 分钟，对我来说，是一个特别诡异的体验。

听大学时的同窗，讲述自己年轻时做的荒唐事，他说得活灵活现、历历在目；可是，我这个当事人，却一点印象都没有。

真是见鬼了。

不过，相比起来，我所谓的"造孽"，情节上倒是不复杂；我把曹老板的回忆归纳了一下，大概是这样的。

按照曹老板的说法，如果说莫宁是我们班里的班花，那么莉莉安就是班里的副班花。大一的元旦晚会，她们两个一起跳了朴志胤的《成人礼》，轰动了整个学院，自此以后，她们就成了男生普遍垂涎的目标。

我点了点头，没错，在老向传达给我的梦境里，舞台上，站在莫宁身后、操纵木偶线的那个身影，果然就是莉莉安。而且，这一个舞姿，绝对是有意为之——莫宁，是时间囚徒手上的扯线木偶，不知不觉中，任由她摆布。

毕竟，莉莉安是个活了一百年的人精。

接下来，曹老板不无嫉妒地说，也不知道莉莉安是怎么瞎的，总而言之，看上了我这样一个不学无术、身无长物的"浑小子"。不光如此，她还是主动展开进攻的那一个，总而言之，大二的第一学期，我跟莉莉安就公布了关系。

按照曹老板的说法，为了这事，我好几次都差点给狂蜂浪蝶们揍了。

"幸好你小子跑得快。"

曹老板对我的赞赏，我不客气地接受了；确实，跑得快是我为数不多的优点之一。

在众人艳羡的目光里，我们甜蜜蜜地拍拖了一年多；这段时间里，莉莉安还放弃了去加州大学洛杉矶分校当交换生的机会，就是为了留在国内陪我。

可惜好景不长，到了大三的下学期，我华丽丽地劈腿了。

劈腿的对象，是一个英文系的女生。曹老板所说的名字，就是我记忆中大学唯一的一个女朋友。看起来，果然如我所料——就跟我和 Gary 的相遇一样，不在机场遇到，就在滨海大道上遇到一样——莉莉安可以改变现实，但是我要遇上的人，或早或晚，始终还是会遇到。

接下来，终于到了造孽的戏码。

莉莉安发现我劈腿，并且原谅了我；但是我竟然辜负她的好意，坚决要分手，即使她哭着说要自杀，我也没有回心转意。

然后，出乎所有人的意料，这个无论从哪个角度看，条件都好我太多的、本该骄傲的女神——真的自杀了。

她自杀的工具，是一把美工刀。

事后大家一致认为，莉莉安是真心想死，因为她割腕是在半夜，而且没有告诉任何人。幸好莫宁担心她，在宿舍里发现了，并及时叫了救护车，这才救回她一命。

曹老板说，他有时也挺佩服我的，可以狠到这个地步。即使莫宁来找我几次，我还是连去医院探望一下都不肯。

就这样，莉莉安终于死心了，出院后，动用了家里的关系，两个月之后去了美国留学，毕业后就一直留在那里了。

听到这里，我不由得嘴角抽动了一下。

我回想起在我所处的时间线上，跟时间囚徒 Marilyn 交手的险境。当时，我也是差点被她布下的局给骗了，幸好最后一刻，我幡然醒悟，并且毅然决然地和她一刀两断。

看起来，即使是在另一条时间线里，莉莉安对付 10 年前的我，结局还是一样。

我在心里，默默给自己点了个赞。

众人皆醉我独醒，也就是我，蔡必贵，才能透过莉莉安楚楚可怜的外表，看穿她冷血残忍的内心。

总之，莉莉安出国了，留下我们在国内。

讲到这里，曹老板感叹了一句："要是莉莉安没被你气走，老蔡，有她来劝莫宁，向亮的事就不会发……"

他突然意识到自己说漏嘴了，转过头去，戛然而止。

但是，这已经足够了！

我终于搞清楚了困扰我多时的问题——为什么莉莉安跟向亮会捆绑在一起，同时出现或者消失于毕业照上。

因为在一条时间线上，莉莉安出国留学了，不能作为闺密给莫宁意见，或者直接解决老向的事，所以，老向"意外"身亡了。一个出国，一个死了，当然都不会参加毕业典礼。

而在另一条时间线上，莉莉安没有出国——无论是跟我谈恋爱没有、分手没有、怎么分手，总之，她依然留在国内——由于她的影响，未来呈现了另一种可能，老向就不会死。这样，他们就一起出现在了毕业照上。

原来如此！

"时间差不多了。"

身边的曹老板提醒道。

我不需要看表，也知道他说的是对的。西边的太阳，已经快沉入荔枝林里了。我们这两个学生妹的"猎物"，现在也要钻进树林打猎去了。

有所不同的是，我们追猎的目标不是人，更不是动物，而是真相。

无论平行空间到底有多少，真相，只有一个。

行动的时间是傍晚 6 点半。Sally 跟喵喵送我们到门口，这两个妹子还是挺聪明的，刚才问了我们为什么要去荔枝林，被曹老板一语带过，她们也就没再追问。毕竟，每个人都有些不方便说的秘密。

告别了两个妹子，我们出门直接下楼，到了围墙下面。果然如同曹老板预料的那样，这个时间大家都在吃饭，没有人注意到我们。

我跟曹老板对视了一眼，纵身一跃，便爬上了围墙，然后再转过身来，背对着爬了下去。

翻墙的感觉有些久违了，就像十几年前，半夜从宿舍偷爬出来，去跟兄弟拼酒，或者去跟妹子约会。

不过，现在不是怀念青春的时候。

脚刚一落地，我便追着问："曹老板，该往哪儿走？"

他装模作样地看看天，再看看地，沉吟道："嗯，这边。"

我跟在他身后，不一会儿，就钻进了浓密的荔枝林里。

太阳本来就下山了，荔枝树的叶子又密，林子里深蓝色的光线正在变深，气温也骤降了几摄氏度。曹老板打开手机的闪光灯，我则从口袋里掏出一个卡通手电筒，是刚才找喵喵借的。

曹老板看着我手里的电筒，嘿嘿笑了两声："Hello Kitty 的哦，果然我没猜错吧，那条内裤也是她的。"

我不由得白了他一眼："都什么时候了，还想着内裤。"

两人凭着微弱的光线，在林子里穿行着；荔枝树的枝丫像是无数的鬼手，感觉阴森恐怖。离开粉红色的女生宿舍，离开温香软玉的两个年轻妹子，这才几分钟，就好像来到了另一个世界。

曹老板似乎也有同感："这荔枝林，能拍鬼片了都。欸老蔡你说，以前大半夜的，我们怎么就敢来偷荔枝呢？"

我耸了耸肩膀："那时年轻，火气旺吧。别说这些了，你认识路吗？核反应堆在哪儿呢？"

曹老板笃定地说："哎，你着什么急呢，我记忆力超群，你忘了？"

我抬头看着被切成碎片的天空，狐疑地问："这林子里，什么楼都没有啊？"

曹老板转过头来，朝我灿烂地一笑："谁跟你讲，微堆是建在楼里的？"

我一下就急了："我在网上搜过资料啊，微堆就是建在一栋楼里的。"

曹老板摇了摇头，解释道："你说的那个微堆我不知道在哪儿，我带你去你的这个，是我从蓝图上看到的，也是……"

他话到这里就打住了，我却猜到了接下来的内容。这个蓝图上的微堆，也是当年老向出意外的现场。

10 年前，曹老板跟李世海，出面帮莫宁解决问题，一定是把老向带到了这里；之后，他的遗体被发现在又山湖里。

10 年后的现在，监控录像显示，李世海最后出现在荔枝林里；但是，他的手机也被定位到又山湖的中心。

我倒吸了一口冷气，脑海中浮现出两个字："报应。"

前面传来曹老板的声音："你在干吗？快跟上。"

我摇了摇头，把这个可笑的念头甩出脑海，然后快步走上前去。

天黑得异常快，如果不是手机跟电筒的光线，我们根本就看不到路了。

我看了看手表，从围墙上翻下来到现在，已经过去了快 10 分钟。虽然在荔枝林里不能走直线，但是也跑了挺远的；这个林子，比外面看起来要大，似乎也比 10 年之前，我半夜来偷荔枝时要大。

我皱着眉头，竟然有点起疑，这个荔枝林，是我以前来过的荔枝林吗？

这么想着，我不禁问那个自告奋勇的向导："曹老板，还有多久到？"

他的语气充满迟疑，但说出来的话却是斩钉截铁："快了，马上。"

我摇头苦笑，这家伙，估计是给员工画饼画惯了吧，谎话张口就来，这黑漆漆的树林根本没有头，怎么可能……

唰，仿佛是特地来打我的脸，一片空地突然出现在眼前。

这像是一个不应该存在于荔枝林，不，简直不应该存在于三维世界的空地。

曹老板不知为何立在原地，林地狭窄，我只能从他的肩膀上看过去。这块空地呈正圆形，大概有两个篮球场那么大，铺的水泥已经龟裂，长出一些杂草，还有细小的白花。

奇怪了，我为什么连地上的花都能看见？

抬头一看，我简直不敢相信自己的眼睛——不知道什么时候，天上已经是皓月当空。

我用力拍曹老板的肩膀："你看月……"

手搭在他肩膀上时，我才感觉到，他的身体正在微微发抖。

"你这是干……"

话音未落，我已经找到了他停下来、吓得发抖的原因。

在不远处的月光下，空地的正中间，站着一个长发女人，低头背对着我们。

女人的头发，在皎洁的月光下，看上去又黑又长。

我不由得喊了一句："呀，贞子？！"

不过，朗朗乾坤，光天化日，不对，光天化月之下，哪里来的女鬼？虽然出现的地点诡异，也不过就是个长头发的女人而已。好笑的是曹老板，竟然吓得浑身发抖。

我再次拍了拍他的肩膀，开玩笑道："别怕啦，不是什……"

突然之间，曹老板却发了疯似的，朝着那女人跑去。不，与其说是发疯，不如说是马拉松终点的冲刺。

我错愕之中，听见他一边跑，一边大喊："莫宁！"

莫宁？

那长发女人慢慢转过身来，一张好看生动的脸，在月光下清晰可见；五官的侧影投射在脸上，深刻而立体，像带 3D 效果的黑白电影。

真的是莫宁！

莫宁沉静的一张脸，慢慢绽放出笑意："曹敏钦！"

原来曹老板刚才的发抖，并不是惊吓，而是意外地重逢大学时代的梦中情人，惊喜得难以自持。也亏了他记忆力惊人，从背影跟体态，就能辨认出10年前的同学，换了我的话，街上当面遇到都未必敢确认。

莫宁当然也认出了我，表情多少有点不自然："必贵，你也来了。"

来了？

看她说的，好像早就知道我们会来这里一样；而且，曹敏钦是连名带姓地叫，对我却显得更亲密一些，这态度也让我觉得奇怪。

我按捺住心里的千百个疑问，笑着招呼道："莫宁，好久没见。"

曹老板这是已经跑到了她身边，毫不客气地一把抱在怀里。真是老同学相见，分外眼红啊。

莫宁一边咯咯笑，一边用粉拳捶着曹老板的肩膀，倒是没有把他推开的意思。

两人激情相拥，只把尴尬留给了我，我只好转过头，慢慢走着，打量周围的环境。

这是几百亩荔枝林正中间的一片水泥地，树木掩映，别说从荔枝林的围墙外，就算在喵喵她们那栋宿舍楼的最高层，也未必能看得见。

这片水泥地没有立上任何牌子，地上也没有标识，看上去跟核反应堆、核电站什么的，根本没有半毛钱关系。如果是无意误入，会以为是果农用来晒荔枝干的。而且，话说回来，十几年前来偷荔枝的时候，从没看见过这块空地啊？是因为我没进到那么中……

"小心！"

身边传来一声大吼，然后有人拉住了我的右臂。

与此同时，我迈出去的右脚踏空，往前一看，竟然是一口深不见底的枯井。不，连枯井都说不上，因为没有任何的护栏——这是一个直径大约5米、深度不知道多少米的大坑。

真的好坑。

如果不是曹老板在千钧一发之际拉住了我，我现在已经掉到坑里了。

此刻，惊魂乍定的我，正跟他们俩并排坐在水泥地上，一起聊天。

莫宁坐在中间，我跟曹老板并列两侧，像是保镖或者什么的。

我对她的第一个问题是："莫宁，你是怎么进来的？"

她似笑非笑地看了我一眼："走进来的呀。"

我奇怪道："走进来？门口的警察叔叔不管？"

莫宁咦了一声："警察？哪有什么警察？"

隔着莫宁，我跟曹老板对视了一眼。我不由得苦笑了一下，因为有警察守着入口，我听了曹老板的安排，费尽心思讨好两个女学生，才从宿舍楼爬墙到了荔枝林。但是，两个自诩成熟睿智的中年男人，却都没有估计到警察也会撤岗的情况。

所以，之前的折腾完全是白费劲，像莫宁一样，时间到了，直接走进来就行。

我叹了一口气，接下来是第二个问题："你来这里是为了……"

这个问题她没有回答，只是看着我的脸，轻轻一笑。

不得不说，经历了 10 年这么漫长的时间，她的笑容还是那么迷人；岁月没有削减她的美貌，反而增添了高贵优雅的气质。

在皎洁的月光下，她的一颦一笑，似乎都有了摄人心魂的魔力。

我挠了挠头，你笑起来是很好看，但是不回答问题算什么事呢？

莫宁却已经转过脸去，直视前方。

我皱着眉头，顺着她的视线，看向不远处水泥地的正中间——我刚才差点掉下去的大坑。

这时我才发现，在大坑的边缘，放着一把白色的花。

白花？该不会是……

我倒吸了一口冷气，大声嚷嚷起来："头七？今天是老向头七？"

我掐指一算，不对呀？今天是 4 月 6 号，我跟老向"久别重逢"，一起喝威士忌，是在 9 天前的 3 月 29 号；那一天，也是他 10 周年的忌日。

我刚要开口问，却突然想明白了，老向是3月29号失踪的，但是两天后的31号，才在又山湖里被找到。所以，如果把31号当作忌日，确实今天才是老向的头七，不，确切来说，是头七的10周年。

曹老板却没注意到这个细节，接着莫宁的话往下讲："向亮的头七？莫宁，你是为了这个过来的吗？"

莫宁点头说："对呀。"

她似乎觉得我们的问题很奇怪："什么呀，说得好像你们不是一样。"

我跟曹老板面面相觑，老向的头七，是她说了我们才想到的，来之前根本没有这个概念。

我舔了下嘴唇，决定实话实说："呃，还真的不是呢，我跟曹老板是来找微型核反应堆……"

曹老板纠正道："确切来说，是核电站才对。"

我点头道："没错，我们是来找核电站的……"

莫宁看看我，又看看曹老板，打断道："慢点儿，你们说的我都听不懂，什么反应堆、核电站……"

我一时语塞，确实，我跟曹老板要找的东西，这样没头没脑地一下说出来，别人不可能听得懂。但是，要把整件事的来龙去脉跟莫宁详细解释一遍，又要耗费不少时间。

想到这里，我换了个说法："好吧，忘了刚才说的，其实我们是来找李世海的，他前两天失踪了。"

莫宁更是一脸困惑："李世海，我们班上的李世海？他失踪了？"

我点了点头："没错，监控录像拍到他进了这个荔枝林，然后就失踪了。"

莫宁关注的点却不在于失踪，反而问道："李世海？他来这里干吗？"

她突然站了起来，转过身，居高临下地看着我们："你们把秘密泄露了？"

秘密？

莫宁到底在说什么啊？

我把求助的眼神投向曹老板，却发现他也处于一脸蒙的状态，对着我连着摇了几下头。

我抬起头来，看着莫宁的表情，发现除了不解之外，甚至还带着一点气急败坏。

看得出来，对于我们“泄露秘密”给李世海这件事，她是真的生气了。

可是，这有什么好生气的啊？

10年前，正是为了解决向亮这个大麻烦，莫宁拜托曹老板跟李世海出手，结果却意外地导致了老向的身亡。所以，10年后的今天，莫宁才会特意从洛杉矶飞回来，带着一束白花，来纪念老向的10周年头七。

身为当事人的李世海，怎么可能会不知道里面的内情呢？退一万步，我有什么秘密可以泄露给他？

我的视线越过莫宁的黑发，看着天上那亮得异乎寻常的明月。从钻进这片荔枝林开始，我就感觉到有点不对劲。先是这个奇怪的月亮，然后莫宁意外出现在眼前，听不懂我跟曹老板说的话，又说着我们也听不懂的话。

难道说……

我倒吸了一口冷气，难道说，从围墙上翻下来的那一刻，我们就踏上了另一个世界？

第十四章

平行世界

接下来莫宁所说的话，更证实了我的猜想。

她先是带着越来越浓的怒意，指责我跟曹老板："不是说好了保守秘密吗？为什么要告诉李世海？"

这下子曹老板也坐不住了，他也站了起来，低声辩解道："莫宁，李世海怎么会不知道呢？当年他……"

曹老板的辩解起了反作用，莫宁更焦急地说："当年？除非你们当年就告诉他了，曹敏钦，枉我那么相信你……"

我也站起身来，一边挠着头一边说："那个，莫宁，你会不会认错人，又记错名字了？我是蔡必贵啊，当年帮你，呃，帮你那个的是李世海，你是不是把我们搞混了？"

没想到，莫宁一下就生气了："蔡必贵！你什么意思？我不可能记错的，当年就是你，和他……"

她分别指着我们两个人："你们把向亮骗到这里的，然后才发生了那件事。"

莫宁跺了一下脚："跟李世海完全没关系！"

她不可思议地看着我们的脸："难道说你们都忘了吗？因为那件事，向亮才会死的，他头七的那一天，我们约好了 10 年之后要回到这里，希望他能原谅我们。”

莫宁的声音里带着哭腔，边摇头边说：“这一切，你们都忘记了吗？”

她说的这一段话，信息量太大，差点把我脑子都炸裂了。

10 年前，老向是被骗到了这个荔枝林里，然后发生了意外，莫宁刚才说的话，验证了我之前的猜想。

但是，这跟我有什么关系？把我跟李世海的角色互换，又是因为什么鬼？

天地良心，当年老向这事，跟我没有一毛钱关系！

曹老板也跟我一样，完全搞不清现在的状况，只能重复确认情况：“莫宁，我来理一下，你是说当年的事情跟李世海没有关系，是我跟老蔡两个人，呃，两个人处理的？”

莫宁毫不犹豫地说：“当然。”

接着，她又补充了一句：“要不是约好了今天见，我怎么会特意从澳大利亚飞回来？”

曹老板完全理不清头绪：“等等，澳大利亚？你不是一直住在洛杉矶吗？”

莫宁不可思议地看着他的脸，反而笑了起来：“洛杉矶？莉莉安在的地方，我怎么可能去！”

三个人里面，最冷静的反而是我——尽管我无缘无故地，要承担起害死老向的这个责任。

我心里的念头已经越来越清晰，就如同水泥地上白晃晃的月光。

就是说——我跟曹老板，踏入了一个陌生的时空。

之前第一阵营、第二阵营所处的时空，都是基于曹敏钦、李世海两个人把向亮带到荔枝林里，发生了某件事情，导致他出了意外——这一个基础上的。分歧之处仅仅在于，出了意外之后，老向到底是活着，还是死了。

然而，我们所处的这一个时空，跟前两个时空都截然不同。这个时空，也被莉莉安修改过了，而且，被修改得更早。

刚才莫宁所说的一切，都基于这样的过去——10 年前，帮莫宁解决向亮骚扰她问题的两个人，是曹老板跟我。而李世海却置身事外，变成了局外人。

虽然老向意外死亡这个事实没变，但在这件事里，我跟李世海的角色却互换了。

老向的声音在我脑海里响起："一切都变了。"

难道，他说的就是这个意思？

而且……

我看着莫宁的脸，虽然还是那么好看，但因为生气的原因，却有点变形了。

犹豫了一下，我还是问道："莫宁，你跟莉莉安闹翻了吗？"

前几天我跟莫宁通过一次电话，她亲口告诉我，莉莉安至今还在生我的气；也就是说，她们两个人还保持着密切的关系。再之前，Gary 跟我提到过，莫宁跟她的富豪老公之所以会移民到洛杉矶，也有莉莉安牵线搭桥的原因在。

但是，这个时空里的莫宁不但住在澳大利亚，而且刚才提到洛杉矶的时候，还表现出了极大的愤怒，仿佛被羞辱了一般。

果不其然，莫宁冷冷哼了一声："10 年前的事，说它干什么。"

我倒吸了一口冷气，刚才只想到她们是毕业前闹翻了，没有料到，却是发生在大学时期。

莫宁又瞪了我一眼："装什么糊涂，还不是因为你？"

她的愤怒里，竟然还带着几分娇羞，喊出了我的名字："蔡必贵！"

我按着自己的胸口："因为我？怎么我又躺枪……"

电光石火之间，我突然想起，上一次因为自己的名字，产生了异样的感觉，是在老向的日记本上。

"……没想到啊，她喜欢的人是……他哪里好了？我真想变成他。

不，我要弄死他。”

“蔡必贵。”

作为老向的遗物，这本编号为 #07 的日记本，存在着太多疑问。

在他出意外的前几天，语焉不详地提到过一个他想弄死的、莉莉安告诉他的、莫宁所喜欢的男人，而那个男人，竟然就是我。这个事情没有前因，也没有了下文，显得孤立而突兀。

更为奇怪的是，在向亮死前写的最后一篇、内容为约了莫宁的日记后，竟然还有一篇用圆珠笔写的日记，里面让向明去又山湖边，把日记本跟卡西欧电子表都交给我。

我当时的猜想是，老向作为一个能瞬间移动的幽灵，偷偷出现在弟弟向明家里，偷偷写下这篇日记，然后又偷偷消失。

但是，我忽略了另一种可能。

作为一个量子幽灵，老向迷失在不同的时间跟空间之中；作为老向的笔记本，上面所记载的，也未必是按照时间顺序，描述同一个时空里发生的事。

那一个日记本，很可能是由不同时空里的碎片拼凑而成。

关于莫宁喜欢我的这几篇日记所记载的，正是这一个时空里发生的事。

想到这里，我脑子不禁快要爆炸了——任意穿梭的时空，可以篡改的过去、未来，还有人的记忆，一切都在变；就像一座无比巨大的迷宫，里面的每一道墙，无时无刻不在移动。

所以，被困在迷宫里的人，注定会永远地迷失。

不过，感到困惑的不仅仅是我。

曹老板站在莫宁面前，终于忍不住问：“你在说什么？”

没错，如果我正在造访的是一个陌生的时空，起码我还有一个来自相同时空的同伴——曹老板。在许多事情上，我们拥有相同的理解。

比如说，曹老板现在正在声明的：“莫宁，你是不是记错了？我们没有把秘密泄露给李世海，当年就是我跟他，把向亮带到荔枝林里的。”

曹老板平时守口如瓶，如果想弄清楚老向是怎么死的，现在他情绪失控，倒是个千载难逢的好机会。这么想着，我不失时机地追问道：“然后呢？你们对他做了什么？他怎么会淹死在又山湖？”

莫宁也困惑地看着他：“曹敏钦，你继续说。”

他看看我，又看看莫宁，像是终于豁出去了一样：“好，那我就告诉你们。10 年，这个秘密我守了 10 年，谁都不敢说，谁都不能说，憋得难受。现在终于能说了，正好，正好。”

接下来，在这个诡异的时间、诡异的地点，曹老板给我们讲了一个诡异的故事，主题是“年少无知时，我所做过的荒唐事”。

这一个故事，上半截是李世海跟我讲的，下半截，换了曹老板来说。

我跟莫宁各怀鬼胎，站在旁边静静地听。

按照曹老板的说法，10 年前，他跟李世海答应了莫宁的请求，要再次“摆平”骚扰狂人，向亮。

上一次的经验让他们知道，对付向亮，光打是不行的。那要怎么办呢？两人商量了好几天，也没有什么特别的办法，于是约好了各自回去想对策。

有一天晚上，曹老板正在上 QQ，突然看见远在洛杉矶留学的莉莉安上线了。莉莉安说觉得莫宁最近情绪有点不对劲，是不是遇到了什么事？曹老板觉得这两个人是闺密，就把事情和盘托出了。

莉莉安没有给出任何实质性的建议，但在无意之间，讲起了一件事。她说，大学写作课有一次要写童年阴影，她帮老师收作业的时候，好奇地看了向亮的，想知道这个沉默寡言的男同学，害怕的东西会是什么。

向亮那一次写的是，小时候有一次掉进枯井里，过了一晚上才被大人发现，所以对深井特别害怕。

莉莉安没多久就下线了，但是这个故事，给了曹老板很大的启发。

因为，他在去荔枝林偷荔枝的时候，有一次恰好发现，在林中的空地上，就有这么一个深坑。

一个邪恶的计划，在他的脑子里慢慢成形。跟李世海一说之后，得到了对方的大力支持，于是，两个人就决定实施。为了不让莫宁产生压力，计划内容对她是保密的，只是让她出面约向亮，下午 3 点，在荔枝林中间的空地里见。

被恋爱冲昏了头脑的向亮，果然不疑有诈，准时赴约。让曹老板觉得好笑，却又于心不忍的是——向亮穿上了一套虽然廉价，但已经是他最好的衣服，白衬衫、黑裤子，甚至还有一双特意擦过的皮鞋。

但是，箭在弦上，不得不发。

向亮不是傻子，看见莫宁不在场，反而出现了李世海跟曹老板，当然知道有问题，见势不妙，转身就要跑。

但是，曹老板说了几句话，让他留了下来。

不仅如此，他还顺利地让向亮顺着生锈的梯子，下到深坑的最底部；而那段铁梯子，已经由李世海提前锯断了最上面的三米，临时固定在那儿，等向亮下去了，就马上拿走。

即使隔了 10 年，到了现在，曹老板依然耻于告诉我们，当时他是用什么手段，让向亮爬到了他最害怕的深坑里。

在确定向亮已经下到深坑底后，曹老板跟李世海，把梯子藏到附近一棵荔枝树下，然后就去吃饭了。

临走之前，他们跟向亮说得很明白了，在深坑里反思一晚，发誓再也不骚扰莫宁，第二天早上就放他出来。

其实，他们俩没有那么过分，这么说只是为了吓唬向亮。按照计划，吃完晚饭之后，他们就会回来放出向亮。

体验了几小时最害怕的深井，还以为要在井里过夜，向亮的心理防线一定接近崩溃。这时候，曹老板跟李世海突然出现，假装大发慈悲，把向亮放出来，他会一边害怕，一边感恩戴德，两种状态一叠加，造成深刻的印象，保证以后再也不会骚扰莫宁了。

不得不说，曹老板的计划几乎是完美的，在 10 年前，他就体现出了作为一个 CEO 的统筹能力。他甚至还早早准备好了面包跟矿泉水，提前放到坑底。

确实是无比完美的计划，只可惜，人算不如天算，这个计划里，没有预料到一点。

晚饭之后，突然下起了瓢泼大雨。

那是当年的第一场大雨，比往年来得早，仿佛直接跳过了春天，进入了夏天的雷暴模式。

曹老板回忆说，那简直是他 20 多年的生命里，见过的最大的一场雨。天仿佛漏了个洞，伴随着强烈的电闪雷鸣，感觉就像世界末日。

这么说起来，不光是他，连我都有印象，那一次学校整个都被水淹了。

总之，曹老板跟李世海都傻眼了。那种情况下，别说去荔枝林里找向亮了，就算下楼都成问题。他们只能寄希望于向亮会游泳，水聚在深坑里，向亮顺势浮起来，反而就能逃出来了。荔枝林里树木虽然多，但是远离山坡，不用担心滑坡什么的，生命倒是没有问题。

已经忘了是谁先提出来的，但是在滂沱的大雨中，两人都开始坚信，向亮会游泳，向亮一定是会游泳的。

虽然这么安慰自己，但毕竟人命关天，雨势稍微小了一点后，两人就结伴去了荔枝林。踩着满地的泥泞，千辛万苦，终于到了水泥地。

出乎意料地，深坑里所聚集的水，还不到一个人的腰部，看来坑底有疏水的设施。这样的水量，淹死一个人是不可能的。要趁着水涨，从十几米深的坑里爬出来，也是不可能的。

可是，向亮失踪了。

暴雨来得快，去得也快，雨势渐渐缩小以后，两人在荔枝林里展开了搜索。

他们藏在树下的梯子还在，可是，老向的衣服却不见了。

两人挠破了头皮，最后一致的定论是，老向不知道怎么样从坑里爬了出来，穿上衣服就跑了。

因为做贼心虚，曹老板跟李世海不但不敢报警，而且约好对谁都不能说，就一起回了宿舍。洗好澡后，曹老板借故跑到向亮的宿舍，却发现只有 Gary 一个人在。Gary 说，向亮下午打扮整齐，应该是出去面试了，到现在还没回来。

曹老板把消息告诉了李世海，两人度过了一个惊魂不定、彻夜无眠的晚上。

第二天，向亮没有出现。

莫宁询问了向亮的情况，但是曹老板应付过去了。他仍心存侥幸，认为向亮就是躲起来了，目的是要吓唬他们两个。

果然，到了第三天，向亮就出现了。只不过，不是在宿舍，不是在教室，甚至不是在荔枝林。

没错，他出现在又山湖，以一具淹死的尸体的状态。又山湖在学校的西边，跟东边的荔枝林隔了整个校区。没人知道，从东边到西边，隔了两天时间，向亮到底发生了什么事。

曹老板跟李世海只知道，一个坏消息，向亮死了，这很严重；一个好消息，没有任何人怀疑他们俩。

在经过最初的恐慌之后，两人定下了攻守同盟，绝不承认这件事跟他们有任何关系。对莫宁也好，对莉莉安也好，对前来询问的老师跟警察也好，一个字都不能泄露。

毕竟，对于两个即将踏入社会、前途无量的年轻人来说，不可能愿意为了无心之失，为了一场意外，为了一个已经死掉的同学，付出自己整段人生作为代价。

也许是上天眷顾，也许是有看不见的手在幕后安排一切，总之，他们两个的所作所为，没有被任何人发现。

向亮原本也不是特别受关注的人，在学校平息了事态之后，忙于毕业找工作的同学们，很快就把这个不幸的男同学忘掉了。

只有莫宁，在向亮头七的晚上，特意找到了喝得酩酊大醉的李世海，才了解了整件事情的经过。

不，确切点说，是从他的视角，所看到的整个事情的经过。

至于老向是怎么死的，在所有人眼中，仍然是一个谜团。

或许，这个秘密，只有老向本人知道。

如今，10 年后，在同一片空地上，曹老板终于讲完了这个故事。

释放了在心底藏了 10 年的秘密，他仿佛用掉了全身所有力气，瘫坐在水泥地上。

他的身旁，两位听众都陷入了沉思。

原来是这样，莉莉安，又是莉莉安，她假装在无意之间，运用心理暗示的方法，帮曹老板想出了一个天衣无缝的计划，并且最可怕的是，让曹老板到现在都认为，计划是他自己想出来的，跟莉莉安毫无关系。

被观测到的、能描述出来的故事内容，经过李世海、曹老板的接力讲述，已经完整呈现出来了。

我深深吸了一口气，仿佛闻到了真相的味道。

不过，莫宁呢？

我抬起头来，看了她一眼，低声问："曹老板刚才讲的，跟你记忆里的不一样，对吗？"

她想了一下说："事情经过没有错，但他怎么会记成李世海呢？明明是你帮我做的这一切，因为莉莉安，你欠我一个人情……"

莉莉安？人情？

我正要往下追问，突然间，仿佛从地狱深处，传来一个嘶哑的声音。

"救命。"

我被吓了一跳，针扎屁股似的跳了起来，四处张望着。

曹老板像看猴子一样看着我："老蔡，你干吗？"

我紧张兮兮地说："你没听见？有人喊救命。"

曹老板皱着眉头，挥了一下手：“不要自己吓自……”

“救命。”

他脸色一变，明显也听见了这一句。

我倒吸了一口冷气，看向声音的来源——那一口深坑。

这个嗓音，听上去有点耳熟。

这时候，曹老板也结结巴巴地说：“怎么听、听起来，有点像李世、世海？”

没错，这就是李世海的声音。

我肾上腺素狂飙，心跳也开始加速：“他不是在西边的又山湖吗，怎么会在这东边的坑里？”

莫宁似乎没听到坑里传来的声音：“你们在说什么啊？又山湖？什么又山湖？”

我跟曹老板奇怪地看着她，我开口说：“不是吧莫宁，又山湖你都忘了？”

确实，在S大上过学的人，就算忘了院长的名字——我确实忘了——也不可能会忘记又山湖，

除非……

我突然想到了什么。

莫宁仍然一头雾水，抛出了一连串问题：“你们在说什么？是一个湖吗？学校附近的湖？在哪儿啊？”

曹老板的表情越来越凝重，看起来，他也想到了我想的那个问题。

我深吸了一口气，再次确认道：“莫宁，你仔细想想，学校里有没有一个叫又山湖的人工湖，里面都是鲤鱼，湖边是学生的恋爱胜地？”

莫宁想都没想，坚定地摇头：“没有，绝对没有，以前读书时还抱怨呢，别人学校都有湖，就我们学校没有，少了个地方花前月下。”

听完莫宁的话，我跟曹老板交换了下眼神，表情里都是不可思议。

自从踏入这片荔枝林，我就有一种奇怪的感觉，像是到了另一个世

界；现在看来，这并不是错觉，因为，我跟曹老板确实来到了另一个世界，一个没有又山湖的世界。

在我们原来的时空里，由于挖地下隧道时发生了塌陷，所以粒子加速器的建造就终止了，塌陷的大坑顺便就蓄上水，变成又山湖。

而在这一个时空里，并不存在又山湖，也就是当年的塌陷没有发生。再推论一下，蓝图上的粒子加速器建成了，而这个巨大的圆环，此刻就在我们脚下。

不光如此，在这个时空，莉莉安和莫宁这一对闺密，还发生了决裂，而且看上去跟我有关。

如果时间充裕的话，我一定要跟莫宁坐下来，仔细探讨两个时空的异同；可惜现在的情形并不允许，因为更重要的问题是……

“老蔡，老曹，是你们吗？”

李世海嘶哑的声音，像是透过了漫长的隧道，幽幽地传到了地表：“救我，快来救我。”

这一下，就连莫宁都听见了坑底的声音，惊讶道：“坑底有人！你们说李世海失踪了，是不是掉到里面去了？”

我皱着眉头，确实有这个可能，但是，如果他人在坑底，为什么手机在又山湖，不，在又山湖那个位置的地面呢？

曹老板已经行动起来，他走到坑边，往下面看去，喊道：“李世海！你在哪儿？”

坑底下面，却没了回音。

曹老板朝我招手道：“老蔡，快过来看看。”

我只好也走了过去，朝坑底下面看去。

月光虽然很亮，但是月亮并不在天空中央，所以月光斜着照在深坑里，只照到了一半的深度。

我皱着眉头，掏出了 Hello Kitty 的手电筒，往坑底照去。

曹老板跟莫宁一人一句，接连喊着：“李世海，李世海！”

手电筒微弱的光，在坑底来回扫射着。

这个深坑的底部，没有任何的设备，甚者连杂草都没有，看上去，也是一片平整的水泥地。给人的感觉，就好像坑底跟空地是一体的，都是一模一样的水泥地，只是不知道因为什么原因，突然垂直陷下去十几米。

曹老板在旁边嘀咕道："奇怪了，我记得坑底很多杂草的啊，还有石头。"

我提醒道："你记得的，是我们那个时空的坑底。"

曹老板像是听见了什么奇闻，瞪大了眼睛看我，过了几秒，又恍然大悟似的点了点头。

手电筒的光，已经把整个坑底扫了一遍，可是，别说李世海了，连李世海的汗毛都没有发现。

我挠了挠头："难道是幻听？"

曹老板却说："不可能，哪可能三个人一起幻听？"

这时候，一直没说话的莫宁，突然叫了起来："你看那里！"

我睁大了眼睛，手电筒来回扫射："哪里，哪里？"

莫宁焦急地说："那里，往左一点，不对，上面，上面……"

我仍然不得其法，什么都没有发现。莫宁干脆抓着我的手，控制手电筒的方向。

然后，我们确实看到了什么，不是在坑底，而是在坑壁上。

一扇门。

虽然隔了十几米，虽然角度不好，虽然手电筒的光很微弱，但几乎是在第一时间，我就认出了这扇门。

因为，在我的梦里，曾经出现过这扇铁门，还不止一次。

梦里的我，以老向的视角，似乎是匍匐趴在地上，朝着这扇铁门伸出手；这扇画着核辐射标记的铁门，有时紧闭着，有时却会缓缓打开。

而如今，从坑底的铁门里，再次传来李世海的声音："救我。"

我深吸了一口气，跟曹老板互相看了一眼。

如果李世海是摔到坑底的，十几米的高度，下面又是水泥地，没有任何缓冲，很难想象他没摔死，还会喊救命。

而且，好端端地爬到那扇门里干吗？这样不是更难被发现吗？

要知道这些问题的答案，最好的办法，当然是到坑底看看去。地面上的三个人，不约而同地都把目光投向了坑壁的梯子。

跟曹老板描述的不同，这一把梯子没有被锯断，也没有生锈，看上去像是有在使用，或者有人维护的样子。而且，梯子所处的坑壁，凹进去了一米左右，刚好可以容纳一个人上下。给人的感觉，就像坑底真的是可以升降，所以才故意这样设计的。

想到这里，我抬起头来看着曹老板，才发现他也在看我；几乎在同一时间，我们异口同声地说："下去看看？"

我皱着眉头，提出了关键性的问题："谁下去？"

曹老板没有出声，只是尴尬地一笑。看起来，他对害死向亮这件事，绝不是没有心理压力的，所以一开始向亮出现时，他才会反应激烈地进行否定。现在，面对这一个让向亮死掉的深坑，他不敢下去，也是人之常情。

可是，我也不想下去啊。

谁知道下面有什么正在等着呢？

更何况，李世海跟曹老板的关系更好，跟我只能算泛泛之交。而且，他们还一起做过这种不名誉的事，于情于理，都应该是他下去才对。

我跟曹老板你看看我，我看看你，突然间，再次异口同声地说："一起？"

两个人都点了点头，算是达成共识，接下来就往梯子那边走。

这时候，莫宁却提出了异议："你们都下去了，我怎么办？"

我挠了挠头："就在这里等着啊，你刚才不也是一个人来的吗？"

莫宁却有她的道理："刚才我本来就在等你们啊，而且也没听你们说奇怪的话，没发生那么奇怪的事。”

她看向曹老板，建议道：“要不，你下去看看吧，他在这里陪我。”

曹老板面有难色：“我？可是我……”

我看着他婆婆妈妈的样子，深吸了一口气，豁出去道：“算了，我下去吧，曹老板在上面陪着莫宁。”

莫宁虽然不太情愿，但也没开口阻拦。

曹老板更是如释重负：“老蔡，够义气。”

我苦笑了一下：“反正底下真的有危险的话，两个人下去也不能干啥。你们都留在上面，万一我出什么事了，也好赶紧去求救。”

曹老板掏出手机：“嗯，我这就报警。”

莫宁关切地看着我：“要不你也别下去了，等警察来就好了。”

我看了一眼坑底的铁门，下定决心道：“不知道要等多久呢，我还是先下去看看，别说是大学同学，就算不认识的，也是一条人命。”

莫宁眼神里露出少女似的崇拜，像是看着什么英雄。

我问心有愧地挠了挠头，确实，想要救李世海是一方面，但是，还有一个更深刻的动机，驱使我爬下坑底，那就是我的好奇心。

自从老向出现以来，带给我的种种谜团，量子幽灵、核反应堆、卡西欧电子表、日记本、粒子加速器、可以被篡改的现实，还有，在幕后操纵一切的莉莉安——所有真相，可能就躺在那扇梦中反复出现的铁门之后。

都到了这个地步，如果因为害怕，不敢下去看看，这辈子我都会不甘心的。

所以，那就这样吧。

这时候，曹老板已经打完了报警电话，抬起头来看着我。

我撸起袖子，对他们两个点了点头，便走到梯子旁边，把手电筒塞到裤兜里，开始慢慢往下爬。

曹老板站在坑边，俯视着我，关切地说：“老蔡，小心啊，有不对劲就赶紧上来。”

我嘿嘿一笑：“好啊，不过你可别把梯子锯断。”

曹老板尴尬地说：“怎么可能。”

我往下爬了几步，突然又抬起头来，对曹老板说：“10 年前，你也是这样把向亮骗下去的吧？”

背对着月光，我看不见曹老板脸上的表情，想来一定好看不到哪里去。

他沉默了半晌，最后低声说：“老蔡，谁没年轻糊涂过呢，对吧？”

他这么说就等于默认了，确实啊，老向心底最深的恐惧是枯井，能让他失去理智、硬着头皮往底下爬的，只能是这个最卑鄙的谎言：“莫宁在下面，快去救她。”

是啊，谁还没年轻糊涂过呢？

如今，这个当年用借口骗老向下去的人，正蹲在深坑边缘，看着我关切地说：“千万小心。”

我顺着梯子往下爬去，幸好，感觉很牢靠。

只不过在下了几十级，感觉该到坑底的时候，我转过头去一看——还没到一半的深度。

月光刚好在这里，斜着把井壁切成了两半。我所在的梯子这一边，被明晃晃的月光照耀着，可是就在我对面的坑壁，却是一片黑暗。更别提坑底了，这时没有了手电筒的光，黑漆漆的什么都看不见，仿佛是个无底洞。

再抬头看时，曹老板跟莫宁的脸，都变成了黑漆漆逆光的两个小点，根本看不出五官。

这个深坑，比看上去还要深啊；仿佛它不止十几米，而是几十米，几百米，不，简直是直通地心，永远也不可能爬得到。

此刻的我，就这样孤立无援地站在梯子中央，向下似乎永远到不了底，向上也跟地面拉开了无穷的距离。甚至在一瞬间，我产生了奇怪的

念头 —— 不如往下跳吧。

仿佛有个声音说，跳吧，跳下去，什么问题都解决了。

我察觉到了危险，用力摇了摇头 —— 这个坑不太对劲。

头顶上，传来了莫宁的声音:“必贵，没事吧？”

我深吸了一口气，回应道:“没事！”

然后，我在心里坚定信念，慢慢一步一步地往下爬。

在过了不知道多长时间，下了不知道多少级，在我以为永远也不可能下到坑底时，突然之间，我的右脚踩上了一片坚实的地面。

心里轻松了下来，我朝上面喊道:“我到坑底啦。”

奇怪的是，上面并没有回应。

我抬头一看，两个人似乎都不在了。是警察那么快就到了，他们在说明情况吗?

不管了。

都到了这一步，无论如何也要去一探究竟。

从梯子上下来，我马上打开了手电筒，朝对面坑壁照去。

没错，正是梦里的那一扇铁门，锈迹斑斑，上面有黄黑相间的标志，像一个三叶风扇。

从半开着的铁门后，又传来李世海的声音:“老蔡，是你吗，老蔡?”

我大喊一声:“是我！我来救你了！”

然后，我咬紧牙关，朝着铁门走去。

第十五章

鸟入樊笼

奇怪的是，这个铁门留下的缝隙，非常窄。我都没有办法挤进去，只能用力把铁门推开，无法想象李世海的身材，是怎么塞进门缝里的。

更何况，他应该还是受了伤的。

但是，现在没时间让我细想了，因为进了铁门之后，我马上被黏稠的黑暗、凝滞的空气，深深地淹没了。

我捏着鼻子，用手电筒四处乱照。

没有李世海的踪影，眼前只有一条狭长的走道，四周都是简陋的水泥。

李世海的声音，就在走道的最深处："老蔡，救我。"

我别无选择地大喊："李世海！我来了！"

可是，跟刚才一样，我没有得到他的任何回应。

除了李世海的求救声之外，在走道的尽头，还有一盏模糊的红灯，发出微弱的亮光。

即使最愚钝的人，也会觉得这是个陷阱，像是深海里的某一种鱼，在额头前挂着一盏灯笼，等候傻乎乎的小鱼游过来，然后突然张开长满利齿的大嘴，把猎物一口吞掉。

小鱼，现在就是我。

但是，我已经别无选择。

我下意识地想要深呼吸，却被凝滞难闻的空气阻止了，只好捂着鼻子，慢慢朝前走去。

那一盏灯像是无论走多久都无法接近一样，走道两边是毫无区别的水泥壁，让人无法区分自己走了多远，甚至搞不明白是在前进、停止，还是后退。

突然之间，手电筒的光亮被水泥墙上的什么东西反射过来，差点晃瞎了我的眼睛。

仔细一看，却是在三米之外，右边的墙壁上，镶着一块金属牌子。

牌子上，似乎还刻着字。

我狐疑地走上前去，用手电筒侧着照在金属牌上，看上面写的都是什么。

最下面的落款是——1986 年。

我深吸了一口气，往上看去，却是一串长长的人名，粗略一看，有一两百人；按照最简单的猜想，这是当年建造这个设施时，所参与的工作人员。但是，在名单的最上面，却找不到项目名，估计是出于保密原因。

那么长一个名单，没一个我认识的，不过这也毫不出奇。我只在第一行的人名里，发现了一个姓林的男性名字，估计是曹老板说过的那个参与了蓝图设计的林工。

在我手电筒马上要移开的时候，在众多名字中间，却有一个熟悉的名字，让我的精神为之一振。

不会吧?

我重新用手电筒照在牌子上，瞪大了眼睛，用手指摸着那三个字，口中念念有声："马、莉、莲。"

Marilyn。

顿时，鸡皮疙瘩爬满了我全身。

在这个陌生的地底通道，我又看见了这个老熟人的名字，还真是有缘分。

不，应该说是冤家路窄、阴魂不散吧。

拼图碎片似的线索，在我脑海里飞速拼凑起来。地下隧道、粒子加速器、塌陷、又山湖……当然少不了 Marilyn，这个前任时间囚徒。

看起来，自我从游戏里把她释放出来后，她循环穿梭时空的能力，也得到了巨大的增强。Marilyn 穿越时空的尺度，不再限于固定的 11 月份，而是可以依照自己的需要，随意回到某一个时间点。

换句话说，她拥有了肆意改变现实的能力，可以将我玩弄于股掌之间。

比如，在我现在所处的这个时空，她先是穿梭到了 20 世纪 80 年代，扮演一位 S 大地下的大型粒子加速器的参与建造者。按照我的猜想，正是在她的影响下，产生了地面塌陷、形成又山湖，以及地面不塌陷、粒子加速器顺利建成，这两个分岔的未来时空。

然后，在第二个分岔的时空里，她又穿梭到 21 世纪初，跟我们一起入学，化身为名叫莉莉安的女大学生，并且和莫宁成为闺密。接下来，她运用超过百年的智慧，躲在幕后，不光莫宁成了她的提线木偶，甚至曹老板、李世海、向亮，所有人都按照她的剧本，出演了这一场荒唐可笑的戏剧。

理论上，我身边的每个人，甚至每样物品，都可以随莉莉安的心愿，被肆意修改。我所能感知到的，就已经有好几次，甚至我还亲眼看见过，在正反物质相撞爆炸后，现实被篡改的整个过程。

也就是说，这场戏里的所有角色、所有道具，从某种意义上，都不过是 Marilyn 手中的玩具。

而在 Marilyn 的魔爪下，能幸免于难、完全不受影响的，只有我一个人。这是因为，在我的脑海里有一个不断旋转、飘忽不定的黑洞，在现实受到篡改时，会触发某个条件，跳出来保护我。所以，只有我可以维持着独一无二的、从未被修改的记忆。

现在看来，如果要跟强大到逆天的 Marilyn 对抗，我所拥有的唯一武器，竟然是脑子里无法治愈的绝症——黑洞。

不知道是谁给的这样一个设定，细想起来，真是充满了讽刺。

突然之间，我想到了什么。

已经有好几分钟，没听见李世海的求救声了。

这个声音的存在，仿佛只是为了把我吸引到坑底，再走进铁门里。

认真想的话，如果李世海是在走道的尽头，他的声音根本不可能通过长长的走廊、绕过铁门，再传到地面上，让我们三个听见。

毫无疑问，这就是一个陷阱。

如果走道的尽头，是一个放满了刑具的房间，Marilyn 带着 18 个肌肉打手，正一脸冷酷地在里面等我——我也丝毫不会觉得奇怪。

我用手里的 Hello Kitty 手电筒，照向前方深深的黑暗。红灯依然在闪烁，手电筒电量有限，光芒已经变得很弱。

尽管如此，掉头逃跑，并不是我的个性。

走道的那边，似乎有一点流动的新鲜空气；我毫不犹豫地深深吸了一口，然后昂首踏步，走向前方的黑暗。

充满未知的黑暗里，可能是危险，也可能是答案。

那红灯看起来很远，走起来，竟然很近，不超过一百米。

红灯是嵌在另一扇铁门里的，这扇门很新，没有铁锈，但上面也画着核辐射警告的标志。

我深吸一口气，用力推开铁门，里面是一个同样黑漆漆的房间。我迈出左脚，鞋底踏上一块金属地板，发出区别于水泥地的声音。

身后传来咚的一声，我吓了一跳，转身用手电筒一照，原来是铁门自动关上了。

几乎就在同时，四周的光线唰一下亮了起来，刺眼得我只好抬手挡住；除此之外，还响起了抽风机嗡嗡运转的声音。

等我能睁开眼睛的时候，却赫然发现自己走进了一个白色的、充满科技感的实验室里。我还来不及去看周围密密麻麻的仪器，因为就在旁边的墙壁上，正半躺着一个人。

李世海。

他抬头看着我，形容憔悴，脸上是抱怨的表情："怎么才来？"

我揉了揉眼睛，确实是李世海没错，他身上穿的，还是我在他朋友圈里看到的、在机场候机室里的那身衣服。

那张照片上，我只看到了他，曹老板却说，在他身后站着向亮。

我突然弹了起来，紧张地四处张望，并没有向亮的踪影，也没有看见 Marilyn，以及她身边的 18 个肌肉打手。

在这个三四百平方米的白色实验室里，就只有我跟李世海两人。

李世海靠着白色的墙壁，斜躺在似乎是铅制的金属地板上，一条腿伸直了，裤子破了一块，露出来的膝盖血肉模糊。

他看我站在原地，不满地催促道："发什么愣，快扶我起来。"

我皱着眉头问："你怎么会在这里？"

他骂了一声："还不是向亮那浑蛋，别管那么多了，你先扶我起来。"

我眉头皱得更深了："他人呢？"

李世海朝实验室的另一边努了努嘴："跑到那边电梯里了，还把我手机也拿走了，哎，快过来扶我啊，我腿都断了。"

我不解道："电梯？"

他没有回答我的问题，反而朝我招手，催促道："快点啊，老蔡。"

我又左右看了下，确实，整个实验室里，并没有其他人。

李世海在那边嘶嘶地吸着气，看来腿伤确实让他挺疼的；那么多年老同学，我实在没理由见死不救。

再说，我从水泥空地爬下来深坑，本来就是为了救他。

这么想着，我走上前去，弯下腰来，把他左手搭在我脖子上，再用力直起身子。

李世海看我吃力的样子，抱歉地说："不好意思啊老蔡，我有点沉。"

我骂骂咧咧道："吃那么胖干吗！"

终于扶着他站了起来，我刚要往进来那扇铁门走，李世海却着急道：“错了，错了，不走那儿。”

我皱起了眉头：“为什么？”

李世海看着我摇了摇头，一副哀其不幸怒其不争的样子：“我说老蔡，你看我现在什么样子，能从梯子爬上去吗？”

我想了想说：“也是，那怎么办？”

他扭过头去，指着相反的方向：“我们走那儿，有电梯，直接上到地面。”

我扶着他转过身去，果然，在实验室的另一边，有一道半圆形的拱门，宽得能开进一辆SUV（运动型多用途汽车）。拱门里面闪烁着淡淡的红光，隐约还有仪器运转的声音；拱门外有一条白色的跑道，整个样子就像是医院里检查用的核磁共振，被放大了五倍。

李世海又催促道：“老蔡，快送我去医院。”

我扶着他朝那边走，本以为他那么胖，腿又伤了一条，应该走得很艰难；没想到，实际上我们还移动得挺快的，看来我的体力还是不错嘛。我们两个的姿势，有点像那晚我喝了威士忌，老向扶着我去道路上打车。不过，现在人物、时间、地点都换了。

走到一半，我突然意识到一个问题，便问道：“电梯是通往哪里的？还在荔枝林？”

李世海支吾了一下说：“地面，呃，核电站吧可能，我也不清楚。”

我突然觉得不太对劲：“你刚才说向亮也进了电梯，还带着你的手机？”

李世海有点不耐烦了：“我哪知道那么多啊，快扶我过去。”

我刚犹疑着挪了一小步，两个人却踉跄着往前走了有大半米，给我的感觉是，根本不是我在扶着李世海走，而是他挟着我往那个所谓的“电梯”走去。

就算是再迟钝的人，也会觉得有点不对劲了。

就在这时，身后被关上的铁门外，却传进来纷至沓来的脚步声，接着，一个人的喊声通过长长的走道，从门缝挤进了实验室里：“老蔡，你在哪儿？”

我听出来了，这是曹老板的声音。

我不禁喜出望外，没想到啊，关键时刻曹老板竟然没掉链子，下来救我了！

接下来，还有莫宁的声音：“必贵，你在里面吗？”

我赶紧回应道：“在这儿！快来帮忙！”

我回头跟李世海说：“他们都下来了，这会儿可以把你弄上梯子了，我们走这边吧。我看你这伤也不是很严重啊。”

我试着转身，李世海却突然变了脸，左手勒住我的脖子，夹着就要往拱门里冲。

虽然是突生变故，幸好我早有心理准备；而且，更幸运的是，我以前无聊时，还跟国际刑警梁警官，请教过被人制住时要怎么挣脱。

所以这时候，我双手抓着李世海的左手往上托，身躯则往下一溜，顺利挣脱了。

但李世海也不是吃素的，在我就快要跳开的时候，左手顺势一抓，紧紧钳住了我的右手手腕。他的左手孔武有力，当年不愧是棒球校队的，看来在厚厚的脂肪下面，应该还隐藏着不少肌……

不对啊。

我倒吸了一口冷气，李世海是棒球队的投手不错，但是，我记得一清二楚，他并不是一个左撇子。

我看着李世海的脸：“你这是？”

他嘴角抽动，露出一个诡异的笑容：“对不起了，老蔡。”

我尝试着挣脱他，他却纹丝不动，再低头一看，他双脚扎稳了马步，根本没有一点受伤了的样子。

电光石火之间，我明白了什么。

我眼前的李世海，在失踪几天之后，跟向亮一样，成了一个左右相反的量子幽灵。

而现在，他要把我拖进去的拱门里，并不是什么通往地面的电梯，而是——粒子加速器！

没错，在这个时空里，由于 Marilyn 施加的影响，粒子加速器已经建成了。

我不知道如果被拖进去会发生什么，但是，不可能是好事。

心里正乱糟糟的时候，李世海突然伸出脚来，往我膝盖后狠狠踢了一下！

我猝不及防，一下就跪倒在地，本来僵持的两人，就这样被他拖着往拱门里走。

要完。

就在关键时刻，老曹冲到了铁门外，一边咚咚拍门，一边大喊大叫："老蔡，老蔡！快开门！"

我着急地喊："推门！"

老曹比我更着急："推不开啊！"

刚才我进来的时候，铁门明明是用力就能推开的，在自动关上后却像是锁住了，不知道是什么机关。

李世海呵呵冷笑道："没用的，老蔡，陪我走进去吧。"

然后，他把我当成一个麻袋，在地上拖着走。

我不甘束手就擒，没被抓住的左手用力往他身上招呼，但是他却不为所动，根本没有感觉似的。看起来，已经成为量子幽灵的他，身体构造也发生了一些变化。

眼看着拱门越来越近，里面的红色光芒异常妖冶，甚至能看到拱门里的通道，是斜着往地下的。大概那个粒子加速器的管道，是埋在地下更深的地方，所以这个实验室的地板，才是用铅来制成。

我心里感到无比懊恼，原来 Marilyn 设了这个陷阱，留在实验室里的帮凶，不是18个肌肉打手，而是一个和向亮一样、变成量子幽灵的李世海！

不行，我绝不认输，绝不束手待毙！

我必须想个办法。

可是，越是在紧急关头，却越容易想到一些根本无关紧要的东西；就像在高考考场上，差20分钟交卷，两道大题没做，脑子里却不断地回放着一首动漫歌曲。

没错，正是这种绝望。

“一切都变了。”

“你别来，他们都要来，你别来。”

脑子里，不断回响着向亮跟我说的话。

难怪，他叫我不要来核电站，是早就知道有危险在这里等我。

为了我的安全，他不惜多成为一次量子幽灵，在电影院里跟我传达了不要来的信息。也就是说，他多经历了一次死亡的痛苦，就是为了保证我的安全。

这么想着，我心里不禁有一丝感动。

但是，感动有个毛用啊？

不作死就不会死，偏偏我就是个作死小能手；我没有理会向亮的忠告，所以才把自己置于现在的险境。

比起向亮，我更对不起的人是唐双。最近她正在忙于公司的事情，我也乐得没有跟她汇报动态，所以她连男朋友误入了另一个时空，现在正如待宰羔羊，快要被拉入可怕的粒子对撞机都一无所知。有一首古诗很好地描述了这种情况：“可怜无定河边骨，犹是深闺梦里……”

“蔡必贵！”

铁门外传来女人的喊声。

我突然间欣喜若狂，两秒钟之后才醒悟，门外不可能是唐双，而是莫宁跟着曹老板一起下来了。

也算她有心。

曹老板正在各种尝试开门，脚踢、手拍、拨弄门把手，但是似乎全无用处。

李世海阴险地一笑："没用的，门是开不了的。"

门外，莫宁继续喊道："必贵！你怎么了？"

我苦笑了一下："是李世海，他要把我……"

变成量子幽灵的李世海，性格也凶残了起来，突然往我喉咙上劈了个手刀。

我的喉结差点被劈碎，痛苦万分，口里一阵腥甜，却连血都咳不出来。

如果不是被他拖着往前走，现在我已经满地乱滚了起来；无比痛苦之间，我听见铁门外莫宁疑惑的声音："李世海？你是说李世海？"

就是李世海啊，有什么好奇怪的。

正在这时，铁门外又响起了第三个人的脚步声，然后是一个气喘吁吁的声音："我在、在这儿，老、老蔡……"

我一下子就愣住了，门外，是李世海的声音。

另一个李世海。

莫宁在铁门外补充道："必贵，李世海没失踪，他说下午在机场接到电话，赶过来学校找我，在里面转了好几圈，最后才进了荔枝林，一进来，就看到我跟曹敏钦了！"

曹老板也大喊道："没错，我们被骗了，李世海不可能在下面。"

李世海的声音还是那么喘："你跟谁在里面？向亮吗？是不是向亮！我要好好教训他！"

电光石火之间，我突然明白了什么。

难怪，从女生宿舍里翻墙下来，一踏上荔枝园的土地，我就觉得有点不对劲。我跟曹老板，不光是踏上了粒子加速器建好的另一个时空，而且，这一个平行时空，跟我们原来的那个时空，是有"时差"的。

这是两天前的另一个时空。

难怪，天上的月亮突然会升得那么高，而且那么亮。

难怪，明明离老向的 10 周年祭日，已经过去了 9 天，莫宁还说是向亮的头七。

原来，这就是两天之前，李世海还没有失踪，刚从机场过来，在学校转了半圈之后的……凌晨两点多。

所以，外面那个正常的李世海，并没有失踪，而是刚刚踏入荔枝林。

而强拖着我往铁门里走的，是不知道出于什么原因，已经在深坑下面待了两天，并且变成了量子幽灵的李世海。

我抬起头来看他，却发现……

量子幽灵李世海的脸上，露出了极端惊恐的表情。

他突然毫无理由地自言自语："不要过来，求你了，不要过来……"

我手捂着疼痛难忍的喉咙，用沙哑的声音，艰难地说："过来？门都开不了……"

下一秒钟，我领悟到了这句话的意思。

因为，本来已经把我拖到拱门边上的李世海，突然之间，向实验室另一边的铁门，移动了两步。

他的脚并没有动，但是整个身体，在铅制的地板上，像溜冰似的往相反的方向滑动。

就好像，在那边的铁门背后，有一块吸引力极强的磁铁；而这个量子幽灵的李世海，是一个用铁做成的人。

互相吸引。

突然咚的一声，从铁门外传来，接着是莫宁的惊叫："你干吗贴在上面？"

曹老板也怒斥道："海胖子快走开啊，开门才能救老蔡，他是为了救你啊！"

李世海自己也是莫名其妙："不是我想啊！有东西把我吸住了，快救我下来！"

我大概明白了点什么。

几天之前，向亮的弟弟向明，给了我一块正常的卡西欧电子表；回到家里之后，被我放在书桌抽屉里的、镜像化的、左右相反的电子表所吸引。两块表在空中互相绕圈旋转，最后碰撞爆炸，造成了现实世界的重构。

而现在，铁门外是正常的李世海，拖着我不放的，则是镜像化的、左右相反的、量子幽灵李世海。

他们也在互相吸引。

两块表的相互碰撞，都足以产生一场让世界灰飞烟灭的爆炸；两个人那么大体积的物质，相互碰撞，又会炸掉多少东西呢？

上一次，在现场的只有我一个人；而如今，在爆炸范围半径内的，还有来自不同时空的曹老板跟莫宁。

而且，抛开这一切不说，回到造成爆炸的物质本身。

两块卡西欧电子表，违背了物质守恒定律，从地球上，不，从宇宙中消失了。

如果是两个李世海碰撞、爆炸之后，所产生的效果……大概就是所谓的粉身碎骨、烟消云散、灰飞烟灭、万劫不复吧。

连一点渣渣都不会留下。

所以，我能懂这个李世海的恐惧了。

然而，再恐惧也没有用，他还是死死地拖着我，朝铁门那一边，飞速滑去。

两秒之后，他根本连地面都站不住了，失去平衡，仰躺着飞向了半空中。这个样子，就像是飞机在高空中失事，他正被负压吸向那个破洞。

这时候，他用来投球的那只手，终于也无力再抓住我了；我趁机挣脱了他，坐在铅制的地板上，看着他飞向铁门。

飞向李世海的李世海，面如死灰，留给我一个绝望的眼神：“老蔡，救……”

这是他对我说的最后一句话。

紧接着，在莫宁跟曹老板的惊呼中，那一道牢不可破的铁门，竟然被整块掀起。

两个李世海飞到了半空中，幸好实验室天花板有六七米高，不然他们就冲进天花板里去了。

也没什么幸好……

场面异常惨烈。

两个胖子在空中互相围绕、旋转，发出不该是人类能发出的惨叫。

他们身上的衣物，像是车祸中的那样，早就被掀了下来，脱离了身体，也在半空中不停旋转。所以，我们眼前的景象，就是两个赤身裸体的胖子，加一堆乱七八糟的衣物，在半空中一部看不见的滚筒洗衣机中，飞速旋转。

我坐在实验室里，曹老板跟莫宁站在门外，三个人都惊呆了，仰着脖子、不眨眼睛地看着这一奇观。不知道他们是怎么想的，反正这一个离奇又诡异的场景，肯定能秒杀了所有的魔术、舞台效果，一定会让我毕生难忘。

更何况，这两个一分为二、孪生兄弟般的表演者，本来是我们的一个大学同学。

此情此景，连见识过两块手表碰撞的我，都说不出话来，难怪他们两个也是下巴掉到了地上，一个字也说不出来。

当然了，这个奇观没有维持太久。两个李世海以及他们的所有衣物，都在飞速旋转中，彼此靠近，马上就要发生大爆炸了。

我的脑海中，又有什么东西要呼之欲出。

这个时候我才想到，要用脑子里的那个黑洞，来保护曹老板跟莫宁。

于是我一边大叫，一边一瘸一拐地朝他们两个跑去，可是，一切已经太迟了。

他们并没有领会我的意思，两个李世海疯狂而绝望的呐喊，也完全盖住了我的声音。

我还没跑出几米，头上传来一阵波动，还有一个震荡的声音。

如果要用文字描述的话，那就是六字真言里的第一个字，“唵”——许多印度人坚信，宇宙在刚刚诞生时，所发出的就是这个声音。

我徒劳无功地伸出手，朝向10米外，那两个目瞪口呆、反应不过来的男女。

曹老板伸出双臂，想要抱住莫宁。

在他们快要接触到的前一瞬间，我眼前一黑。

脑子里的那个黑洞，又在千钧一发之际，将我整个身体包围了起来。

跟上次在卧室里，目睹两块手表引发的爆炸一样，我又暂时获得了高维度的一个视角。

我俯视着这个实验室，果然如同我所料，这次的爆炸比上次要强烈千百倍，整个实验室，包括铅制的地板、各种奇怪的仪器、拱门，还有惊恐万分的曹老板、莫宁，都在一瞬间灰飞烟灭了。

被爆炸吹飞的粒子，这一次没有快速重构，而是如同沙尘暴般四处扩散，把保护着我的黑色球状体都掩埋了起来。

就连我的高维度视角，仿佛也被爆炸的气浪掀飞，急速上升，越过了地面，飞过了荔枝林，超过高楼，飞到了云层之上。

我看见，整个S大，都变成了肉眼不可见的微粒，只剩下地底下一个巨大的圆环。圆环发出诡异的红色光亮，如煤气炉上烧红了的铁圈，红光越来越盛，越来越亮，最后仿佛融化成液体，又变成刺眼的白光。

即使在高维度的我，也承受不了这个光亮，被迫捂住了眼睛。

突然之间，一阵巨大的吸引力，把我死命往地下拽。

我的身体感受到重力牵引，产生了从高处坠下的失重感，心脏停止跳动，肺部吸不进任何空气。

我如同溺水的人，右手举高过头顶，被量子幽灵李世海劈了一下的喉咙，徒劳无功地嘶喊着：“救……”

第十六章

水落石出

"命！"

后半句呼喊，响亮地冲出我的喉咙，然后仿佛是在一个空旷、巨大的室内般，不断地发出回音。

"命、命、命、命、命……"

我惊坐了起来，睁开眼睛。

这是一个黑乎乎的不知道是什么的地方。

地面凹凸不平，我撑在地上的双手以及裤子，都感觉到了地面的松软跟湿润。

我摸着自己的喉咙，奇怪，倒是一点都不痛了，就像是从来没被李世海劈过一个手刀。与此同时，我被踢了一脚的膝盖窝，也完好如初，于是我轻松地站了起来。

一切就像是一场梦。

我大喊道："曹老板！"

接着是："莫宁！"

甚至喊："李世海！"

然而，回答我的，只有我自己的回音。

我感觉裤子里有东西硬邦邦的，一摸，却是从喵喵那里借来的

Hello Kitty 手电筒。

所以，这不是梦。

那么，我到底是在哪儿?

我深深吸了一口气，静下心来，听到隐约的水声，滴答、滴答。

还有围绕在身边的潮湿空气，暗示我，现在可能正身处地下一个湿润的洞穴里。

我掏出手电筒，打开开关，照向周围。

这是一个空旷的人工挖掘的洞穴，有两三百平方米，墙壁是未经加工的、被地下水浸染的、潮湿的泥土。仿佛是挖了这个洞，正准备进行建设，但因为什么原因就放弃了。

很容易猜到，我所身处的地点，就是爆炸前那个白色的、充满科技感的实验室。

只不过，那个建成了的实验室，是在别的时空。

而现在的我，已经回到了原来的、粒子加速器没建成、有又山湖的时空。

一个人，在废弃的、阴森的、黑暗的地底。

这个事实，会让任何人都感觉到恐惧。所以，明知道毫无意义，我还是大喊:“有人吗？”

“有。”

一个声音，从黑暗中升起。

我仿佛被烟头烫到一般，在原地跳了起来，手电筒的光线四处乱晃，当然，什么鬼都照不到。

尽管我表现得惊慌失措，但是理智已经告诉了我，这个说话的人的身份。

我吞了一口口水:“老向？”

那个声音不带感情:“对。”

我皱着眉头，在黑暗中尽量睁大眼睛:“你在哪儿？我看不见你。”

老向的声音，仿佛是从四面墙壁上的每粒土壤，或者是潮湿空气里的每个水分子里发出来的:“你看不见我，是因为你不应该看见我，我也不应该在这里。”

我马上就明白了，他说的不应该，并不是普通日常里所说的、表达情绪的“不应该”，指的是物理法则上的不应该。

不应该在这里的老向正在这里，而三个本应该在这里的人，现在却不见了踪影。刚才，在爆炸发生后，我只看见李世海、莫宁、曹敏钦三人化成了粒子，却没看见他们被重构。

该不会……

我心里一凉，不禁脱口而出:“他们人呢？”

老向的声音不带任何感情，但是却极大地安慰了我:“都没事，你放心。”

我大大地松了一口气，却听见老向接着说:“老蔡，我知道你来这里，是为了寻找答案。现在，我就给你答案，把我所知道的，全都告诉你。”

知道那三个人没事，又听到答案两个字，我一下子就忘了自己是身处地下一个幽暗的空间，心中不由得升腾起一股喜悦。但是，积累在心底的疑问太多，一时之间，竟然不知道从哪个问起。

老向却催促道:“我的时间不多，抓紧。”

问答竟然还是限时的，我来不及想太多，赶紧继续刚才的问题:“李世海、曹敏钦、莫宁，他们三个人具体是去了哪里？”

老向如同一台高速运转的电脑，完全不需要思考，马上进行了详尽地解答:“老蔡，你应该知道，你现在身处的是 S 大荔枝林下面，一个被弃用的人工建筑里。曹敏钦、李世海，都正在走进荔枝林，等会儿就会下来救你。”

我松了一口气，看来这两个家伙没有死，而是在爆炸发生、现实被篡改之后，粒子都消散到了我视线所不及的地方，并且进行了重构。

不过，救我？

我狐疑地问:“怎么会是救我，明明是你把李世海骗到这里来，我跟曹老板来救他的。”

老向似乎早就知道我会这么问，毫不犹豫地回答道:“你也知道现实被篡改了，包括他们的记忆。在这个时空里，是你被称自己是向亮的人所骗，来到此处探险，幸好在失踪之前发了信息给他们二人。”

我不禁苦笑了一下，好吧，这个新剧本，倒也合情合理。看起来，在 Marilyn 导演的这么多场戏里，我就是那个剧本被换掉了都还浑然不知的演员。

不过，这时候与其抱怨莉莉安，不如担心她的“闺密”，我着急地问:“那莫宁呢？”

对于这个问题，老向却陷入了沉默；即使听上去语气毫无波动，但能猜得到，在灵魂深处——如果作为量子幽灵的他，还具有我们通常所说的灵魂——他对莫宁有极为深刻的感情。

几秒钟过后，他终于开口说:“另一个时空里的莫宁，独自待在深坑旁边，谁都没有等到，然后就回澳大利亚了。而在这个时空里……”

老向又停顿了两秒，才接下去说:“她根本没回来。”

即使再迟钝的人，也能听得出来，老向心里满怀悲痛。但是，现在我并没有时间，也没有能力，去安慰老向。

说好了要解答我的问题的他，尽职尽责地催促道:“下一个问题。”

我用力挠头，抓住脑海里沉浮的一个疑问:“老向，你想从我脑子里拿走的东西，是什么？”

老向的答案正如我所料:“你的记忆。”

接下来，是我无法确认的一点:“你要我的记忆干什么？”

之后，老向似乎是在描述别人的经历:“这要从 10 年前说起，我被他们两人骗到深坑里面之后，不久就下起了大雨。我不会游泳，在水里昏了过去。醒来的时候，发现了一扇铁门，就是在梦里给你看的那一扇。我推门进去，见到了莉莉安。”

我倒吸了一口冷气，莉莉安，果然是她。

老向继续往下说，仿佛这些悲惨的遭遇跟他毫无关系："莉莉安告诉我，我已经死了。"

我不由得打断道："你怎么会相信？她是骗你的！"

老向否认道："不，她没有骗我，她给我展示了一些，一些东西。"

我不知道"一些东西"指的是什么，但是，我非常清楚，莉莉安具有很强的说服人的能力。在她还是一个时间囚徒的时候，为了让我当继任者，曾经布下了一个完美的局，我也是到了最后一刻，才侥幸发觉。

老向毫不停歇地继续道："莉莉安告诉我，我可以选择就这样死掉，或者我的意识可以进入一个拱门，下到一根管子里，后来我知道，管子就是粒子加速器。她说，我如果这么做了，就会以另一种形态活着。"

老向的声音没有任何情绪，但却悲哀得让我浑身发冷："另一种形态，她没有骗我，只是我在想……"

黑暗里，弥漫着他的声音："这算不算还活着？"

我心里明白，老向所说的另一种形态，自然就是量子幽灵的形态。

自然而然的，接下来的问题就是："所以你就进了粒子加速器？然后呢？"

老向如同念稿子一般："然后，我就进到了一个扭曲的时空，用人类的语言无法描述这个形态，除非是亲身体验。当然，我想没有任何人会想要这种体验，并没有感觉到肉体上的痛苦，那像是一种空虚，被放逐到外太空的感觉。"

他毫无情绪地描述道："任何人类，应该说是任何人类的意识，都一定会迷失在那里。因为根本不知道该去哪儿，我能做的只有一件事，就是沿着一条直线，不停、不停地往前走。"

我倒吸了一口冷气："然后呢？"

老向接着说："然后，我就走到了宇宙的边缘，成为镜像中的自己。"

笔直地朝前走，就成了镜像的自己，这一点跟莫比乌斯环里的二维小人，遭遇是一样的。

我不由得插嘴道："老向，镜像的自己，量子幽灵，这些我都知道了，但是问题在于，要我的记忆是为了什么？"

老向完全不为我的打断而感到生气："你研究过莫比乌斯环，对吧？我被放进去的那个扭曲时空，就等于一个莫比乌斯环，当我走到宇宙边缘时，就变成了一个镜像的自己。但是，莉莉安一开始就对我承诺，只要能以这种形态活上10年，我就可以从你的脑子里，取出一个固定的记忆。以你的记忆作为锚点，我可以在那个扭曲的时空里，再走一遍，回到我出发的原点。"

我豁然开朗，原来如此！

当一个生活在二维空间的人，绕着莫比乌斯环走两遍，就会成为一个左右颠倒的镜像，这个我早就想到了；但是，我却没有再往深处想，这个镜像的二维生物，只要绕着莫比乌斯环再走两圈，他就会左右再颠倒一次，变回原来的自己！

在老向所迷失的那个扭曲时空里，情况可能更为复杂，我无法想象具体是如何，但是如他所说，我唯一的、不变的记忆，就相当于一个锚点，可以让他找回原来的出发点，然后再变回正常的自己。

可是，我仍然还有数不尽的疑问："为什么你一定要变回来？"

老向长长地叹了一口气，就连这叹气，也是不带任何感情的："只要我还是以那种状态活着，就会随时被召回到扭曲的空间里，这是一个原因。另外一个原因是，饿。"

我以为自己听错了，重复道："饿？"

老向解释道："没错，饿。我们都是文科生，我一开始也不知道，氨基酸、糖，所有能被人体吸收的食物，都是右手性的，具体来说，都是向右旋转的。人体也只能吸收右旋的食物，所以，你已经猜到了。"

确实，如老向所说，我大概猜到了。

当老向以左右颠倒的镜像存在，不光是器官上的左右颠倒，连组成他身体的细胞什么的，也全部颠倒了。他身体的所谓“手性”都被颠倒，所以就无法吸收右旋的食物，无论吃多少东西下去，都无法消化，所以永远会感到饿。

所以在梦里，他在喊饿，并且吃掉了我影院里的爆米花。

不知道民间传说中的饿鬼，是不是基于这个原理。而老向喝了那么多威士忌却没醉，同样因为他的身体无法吸收酒精。

如果不论喝多少酒，都不会产生醉意——要我说，这真是世界上最可悲的事情。

老向的声音，正在变得越来越遥远：“还有问题吗？”

我徒劳无功地原地打转：“有啊，你别走啊老向，我还没问完呢！对了，如果你能取走我的回忆，现在会变成什么样子？”

老向似乎笑了一下：“按照莉莉安的说法，我会以真正的身体，出现在这个山洞里，而且会在一瞬间，突然拥有10年的生活经历，可能会跟你们一样，结婚，生孩子，有一份稳定的工作，过着幸福安稳的生活。不过，现在说来也没用了。”

我着急道：“我愿意给你啊，你现在拿去不行吗？”

老向的语气听不出一点惋惜：“太迟了，而且你说得对，很可能莉莉安是在骗我，一开始就是，她明知道我无法取走你的记忆，而只是在利用我，利用我来报复你。虽然我不知道你们有什么恩怨，但我看出来了，她很恨你。你要小心。”

我不关心莉莉安，我关心的反而是这样一个问题：“老向，那你恨我吗？你为什么还要救我，让我不要来核反应堆，是为了保护我对吧？为了不让我被那个李世海拖进粒子加速器？”

老向对我的问题不置可否，自顾自地说：“李世海也被莉莉安骗了，她以为既然取不出你的记忆，就把你整个人骗过来，抓到里面去，可以起到一样的功效。但是，没有用，统统都没用，只是莉莉安在捉弄你。我怀疑，她在我身上所做的一切，只是对自己能力的测试。”

他像一个吃亏上当的人，警告着下一位：“老蔡，你要小心，她会回来找你的。”

此刻的我，并不在乎什么 Marilyn 的报复。我只是预感到了什么，在黑暗里伸出手，当然能抓住的也只有黑暗：“老向，你别走啊，我还有很多问题啊！”

在不远处，我听到了纷沓而至的脚步声，还有两个人在呼喊：“老蔡，老蔡！”

老向似乎没有听见他们的喊声，也没有听见我的话，而是突然说起了另一个话题：“老蔡，‘薛定谔的猫’，你知道吗？”

我在黑暗中毫无用处地点头道：“知道，我知道。”

向亮继续往下说，仿佛他其实不在意我知不知道：“没错，‘薛定谔的猫’。我，向亮，就是薛定谔的猫，处于生跟死的叠加态，活着，同时又死了。现在，这一个黑漆漆的地下洞穴，就是关着猫的黑盒子。但是，我不在这个盒子里，我不在宇宙中的任何一个地方，我是在物理法则之外的，或者说，是物理法则不允许的一个存在。”

我倒吸了一口冷气，黑漆漆的洞穴，确实就如书本上描述的，关着猫的黑盒子。

向亮接着说：“老蔡，你知道吗，你也不应该在这里。”

我不由得问道：“为什么？”

老向停顿了一下，就像他对这个问题也感到疑惑：“在关着猫的盒子里，是不应该有任何的观测者的。因为盒子一旦被打开观测，猫的状态就要落实成为一种，是生，或者是死……”

他说到这里，我紧张地听着李世海跟曹老板的脚步，没错，一旦他们踏入这个“关着猫”的盒子，产生了观测……

老向不急不慢地阐述他的观点：“奇怪的是，你现在在盒子里，观测到了我，正在跟我对话，但是，并没有打破我生跟死叠加的不确定状态。”

他接着总结道：“老蔡，对于我们的世界来说，你是一个奇特的观测者。这么说吧，你跟我一样，也是物理法则之外的存在，可能在你的背后，有一个看不见的、更高级的、操纵物理法则的什么东西吧。”

我脱口而出：“高维生物？”

虚空中的、生死叠加的老向，没有回答我的问题，反而毫无征兆地提起了另一件事：“老蔡，大学时你介绍我看了一部美剧《迷失》，还记得吗？”

我一边焦急地看着曹老板跟李世海来的方向，一边试图挽留正在渐渐淡去的老向：“记得，当然记得啊！”

这部美剧，仿佛是老向对人世间最后的眷恋：“很好看啊，可惜烂尾了。不过，还是很好看，想再看一次呢。”

我不知道该怎么做，只好说一些毫无意义的话：“你别走啊，老向，我下载高清版本给你看！”

出乎意料地，我听见了老向的笑声。

那是在漫长的痛苦、压抑之后，获得解脱的笑声。

笑声戛然而止，突然消失，或者说，从来就没存在过；就好像10年之前，向亮这个人，就已经完全死去。

而我，不过是在这个地下的洞穴里，自言自语。

两只强光手电照在我身上，接着是曹老板夸张但热烈的声音：“太好了，你没事啊！老蔡！”

我闭上眼睛，试图拒绝那莽撞的光线，重新回到黑暗。

那个叠加的、模糊的、不确定的黑暗。